よはひ

いしいしんじ

よはひ　もくじ

よはひ

YOWAI

Ishii Shinji

二歳五ヶ月のピッピ

ピッピが目をあける。

色が、光が、爆発します。

春の野ばらの蔓のように身をのたくらせ、両手両足をつっぱらせてうー、うーん、と背伸びする。まるでこの世のちょうつがいを全力でこじあけ、青い朝の光をその奥へそそぎいれるように。

枕元に目をやると、ゆうべ持ってあがってきた、ロンドンバス、MKタクシー、銀色のトラックが、互い違いの方向をむいて転がっています。ひとつひとつの表面に、それをくれたひと、遊んだすべての場所、おかあさん、おとうさんの声、轟音、虹のほどけた輝きがうつり、照り輝いています。MKタクシーは黒いふつうのタクシーにハートマークのシールを貼ってMKにカスタマイズしたものです。

世界をつかむように真上からロンドンバスを握りしめると、ピッピは立ちあがり、ふとんを駆けおり、ふすまをあけ、もう一枚ふすまをあけ、そこに、ストーブの光がちらちらと揺れる、おとうさんの背中を見いだす。

ピッピという呼び名は、ピッピ自身が自分の名前を正確に発音できないから、しかたなくそう自称している、とまわりでは思っていますが、じつはピッピは正確に、自分の名前を発音できなくもないのだけれど、語の響きがたのしいし、くちびるもきもちよいので、ピッピ、ピッピ、いいまわっているのです。

「よう、おはよう、ピッピ」

背中ごしに、ちょっとブワブワしたおとうさんの声がきこえる。ピッピとちょうど同じくらいの高さの「き」の台にむかって、おとうさんが「おはなし」をやっていることをピッピは知っています。

ピッピも、猫のじったんと「おはなし」します。運転手さんと、一輪挿しのちいさな花と、「かもがわ」の鴨(かも)たちと「おはなし」します。「おはなし」は大好きだけれど、ときどき「おはなし」が大きな口をひらいてピッピをすいこもうとし、ちょっとこわいときがある。

段ボール箱、割れたガラス、ひざの傷、おとうさんは、なんでも「おはなし」します。ピッピもそうする。「おはなし」は、そのあいだ、ずっとつづいているようで、おわってしまうとどこかへ消えてしまい、はじめるとまたそこにある。新幹線や飛行機や、猫よりはやい。

ピッピは「き」の台の横にまわって、ハーイ、と手をあげます。す、とからだが浮きあがり、つぎの瞬間、ひざの上の、「おとうさん椅子」にすわっている。おとうさんが「世界でいちばんジャンプの高いイルカ」の「おはなし」をします。

ピッピはむかし、先週、イルカをはじめてみました。大きな黒いバナナが、「プール」から突然とびだしたり、水面に立ちあがったり、そのたびに小さなさかなを、開いたくちに投げてもらっている。ピッピもイルカにさかなをあげました。いっぱいあげたらイルカはケケケケと笑い、「あくしゅ」しようと、とんがった黒い三角をピッピのほうへ突きだしました。飛行機で山と海をこえてうちにもどりました。世界でいちばんジャンプの高いイルカが、一生で最後の、これまででいちばん高いジャンプを、星空にむけてまっさかさまに決めて、おとうさんはそれで「おしまい」といいました。

外へ出ると、向かいに住んでいる大きなひとたちの前をとおって、郵便局にいきます。おかあさんと手をつないだり、ひとりで道を走ったり、郵便局にはもっと大きなひとたちがいて、手にもっているMKやチェッカータクシーを見せると「うわあ」と笑います。

信号のある広い道を、タイヤがいくつも、丸い川みたいにたえまなく流れていき、その上にキラリ、キラリ、と銀色に輝く星が見え、そのひとつひとつをピッピは見分け、その名前をいうとおかあさんは、郵便局のひとより大きな声で「うわあ、よくわかるねえ」といって喜ぶ。道沿いにならんだ一個ずつの箱からも、大きなひとが出たりはいったりし、そのたびに歩道の風景が変わり、そこでじっと留まっているものは、草の一本、猫の尾、すだれ、なにひとつ路上にはありません。世界が振動し、アスファルトの上からほこりが、ガラスでできた虫がポーズを決めているような無数のほこりが浮きあがり、ピッピのまわりにストップモーションで、刻一刻と舞いおりていきます。

ピッピは駆けだす。信号が鼓動みたいにずきずき明滅している。「かもがわ」のあちら岸に黄色いクレーンが何本も立って、エンジンの音をあげながら川面を波打たせ、鴨たちが一斉に、とっぷり、とっぷりと上下に揺れるのが「おもしろい」。

「かもがわ」の橋の下に、真っ白い煙の表面がちりちりと輝く星雲みたいなものがたまり、ゆっくりとまわっているときがある。煙が揺れ動くと、目をあけたまま寝転んでいるひとや、手や足のところどころがないひと、頭だけのひとが、そのすき間にみえ、ネオンを灯すように、星のかがやきがそのひとのまわりに集まります。

ピッピは口をあけて見いり、足をぴんと突っ張っていますが、どこかしら、なつかしい風景を見ている、そんな気分にも駆られる。煙を破り、犬を連れたおばさんや、ランニングシャツのおじいさんがつぎつぎに飛びだしてくる。自分では気づかないまんま、白煙を吸いながら、星々のきらめきを全身にまとい、みんななつかしい風景のなかへ、なかへと駆けこんでいく。

ピッピにはそれがみえます。

おとうさん、おかあさんと、バスに乗ります。おとうさんもおかあさんも、MKの運転手さんみたいな、真っ黒い服です。ピッピはおかあさんの、青いふわふわした服が好きです。おとうさんのなら、金色のボタンとしっぽがついてるの。けれども今日は真っ黒。

窓の外に白バイがこないかなあ、とおもったら白バイがくるし、クレーン車がこないかなあ、とおもったらクレーン車がくる。馬がこないかなあ、とおもったら馬がくることを、ピッピは知っているけれど、馬がこないかな、とはあんまりおもいません。歩道で猫がなにか茶色いものをむさぼっています。

建物にはいった瞬間、ピッピのなかにあのなつかしさが涌きあがった。立っている大きいひとたちはみんな黒い服を着ている。部屋じゅうにお乳みたいに艶めいた煙が色濃くたちこめ、「かもがわ」では星雲みたいだったかがやきが、ここでは、赤、黄色、紫、さまざまな色を帯び、まるで虹を束ねている紐をほどいて雲じゅうにばらまいたかのようです。

まあたらしく、なつかしい。

長細い箱のなかに、顔を知っている、声を知っている、手のあたたかみを知っているひとが、瞳をとじて横たわっています。黒い服のみんなはそのまわりにとりどりの花をかざる。ピッピも、渡された花を、そのなつかしいひとの、胸で握り合わせた手の上に、ポン、と投げてみる。

花が爆発した。

みんなが着ていた服が、赤、黄色、紫、ピンク、世界一の花火みたいに色づき、燃えあがり、輝いてる。建物の天井がひらき、陽光の雨がみんなの上にふりそそぐ。ピッピは走りだし、そのままの勢いで壁を蹴って、たちのぼる煙のなかへ身を躍らせました。なかは思ったよりひんやりとして、土地から噴きあがる風が、ピッピのからだを上へ上へ、これまでのぼったことのない高みにまで運んでいく。仰向け（あおむ）になって見あげると、いくつもの星雲が、紺色の空に渦を巻いてちらばり、ちりちりと輝く光点のひとつひとつが、笑顔やおもしろい顔のあいさつを送ってくる。

馬がこないかな。光をまきちらして馬がやってくる。マリがこないかな。細い腕を伸ばし、あたらしい自動車をもってマリが駆けてくる。あのひとがこないかな。

「ピッピ、ここにいるよ」

なつかしいあのひとが、さっき渡した花を大切そうに手にし、真横で、春のせせらぎみたいに宙を泳いでいます。「かもがわ」の橋の下で見かける、頭だけのひと、手や足がところどころないひとたちも、同じように中空に浮き、とりどりの花を身にちりばめて、光を受けて輝いてる。鴨たちが飛ぶ。ランニングシャツのおじいさんが駆けてくる。

そうして、空の低いところから一気に、身をくねらせて浮上してきたのは、夜空をうつしたバナナみたいな一頭のイルカだ。イルカはピッピと、鴨たち、ひとたちのまわりを、成層圏を波だてて何度も何度も旋回すると、尾びれで空を叩き（たた）、勢いよく、真っ黒い夜に跳ねあがる。世界でいちばん高い、イルカの最後のジャンプが、黄金の三日月にかさなる。いわしの群れみたいな流星が、ピッピたちの上に、ものが燃える音をたてながらひゅんひゅんひゅん降りそそぐ。

翌朝、耳がどうかなったみたいになんにも音がしないので、サッシ窓をあけて外をみます。道も、自動車も、石灯籠も草木も、真っ白な、ひとつの風景のなかにとじこめられている。色も、かたちも、すべてが溶け合い、意味をうしない、この世がはじまるときに響いた、大きな声のなかにまた包まれているみたいだ。

隣にきたおとうさんに、

「おとうさん、これ、おはなし？」

きいてみる。

おとうさんはこたえます。

「雪だよ」

ピッピは少し考え、そうして、これまで使ったことのないかたちに口を動かして、その魔法のことばを、窓の外の、ひんやりとした空気のなかにはなつ。

「ゆき」

こたえを返すように、真っ白な宇宙から、ささやかな雪片がらせんを描き、たったいま、ピッピの目の前を垂直に行きすぎていく。

六十二歳の写真家

職業写真家にとって、もっとも苦難の時期は、四十代、五十代だといわれている。やる気にみちあふれた編集者やデザイナーにとってみれば、自分より年長の、気むずかしそうな相手に発注するより、どうしたって、足腰が軽く、感覚もフレッシュな、同世代か年下の世代へ目がいく。そうした雌伏の時代をなんとかいきのび、田辺五郎はいまも写真の仕事だけで生活している。といって、大家というわけでなく、文字どおり口を糊する程度のくらしむきで、ゆうべの夕飯など、行きつけの魚屋で買った真鰯を塩焼きにし、めかぶの味噌汁、自家製の大根漬けを添えただけの簡素なものだ。

2LDKのマンションにひとりで住まい、三十年をともに暮らした相手はいまでは、黒檀の四角いフレームにおさめられた一葉のなかでちいさく笑みをこぼしている。その写真も五年前、河岸に自生した夾竹桃の前で田辺自身が撮った。あたたかな風がうしろから吹いていた。妻が帽子を押さえ、顔を斜め加減にあげた瞬間、川面から黄金色の噴水のように光が氾濫し、ワンピースに縁取られた輪郭線がまわりにほどけ、ちらちら波打つ五十代はじめの相貌に、撮影スタジオで出会った当初の青さ、さらには十代の屈託、おさなごのきらめきさえ映りこんでみえ、「撮った」というよりも、田辺は妻に、河に、光に、撮らせてもらったと、写真の前にすわるたび実感している。いまも、シャッターがおりた瞬間を生きている、そう感じるときすらある。

　仕事でひとを撮ることは少ない。田辺への依頼は、ほとんどが植物、それも、季節ごとの花や紅葉などポピュラーな対象でなく、街路樹や、公園の木々、山の斜面に群生する雑木など、ふだんはあまり目をむけられない「樹木」の撮影に集中している。本の表紙や、ポスターのための撮り下ろしはもちろん、イメージカットとして枝葉を接写したり、古木の植え替えを記録したり、剪定されたばかりの若木の晴れ姿を七五三の朝のように残したりと、他人には意外におもわれるくらい幅広い注文が毎週のようにはいる。

　四十代なかばで仕事が激減したとき、田辺は日がな自転車にまたがり、はじめはなんというつもりもなく、途中からは標本袋を首から下げた博物学者にも似た熱心さで、街なかに根を張ったとりどりの樹木をまわり、一眼レフカメラのシャッターを切っていった。日中は事務所にとじこもりっぱなしの妻に、一日一枚みせようとはじめたことだ。そのときはどういうわけか、35ミリフィルムの縦位置にぴったり収まる樹木とばかり出会い、あとから思い起こせば、まるで木々のほうからそっと身をかがめフレームのなかにはいってきてくれた印象さえあるが、そのようにして撮りためた少なくない数の写真を、知人の画廊が「樹のポートレイト」と銘打ち展示してくれ、結果として、それが現在の田辺の境遇につながっている。

学生時代から妻は、時間があるとなにか一冊本をもって、近くの公園にでかけ、お気に入りの樹に背をもたせかけて、ページは開かないまま、ずっとすわっているような女性だった。青空でも曇天でも、真上に迷いなくまっすぐに枝葉を伸ばしているようなところがあった。五十をすぎて彼女は、ひとの目にみえないものがみえるようになった。夜中にすっと立ちあがり、雨戸も玄関のドアも開け放して、フローリングの床に裸足(はだし)で立ち、じっと耳をすましていたり。ある日、二泊三日の撮影旅行から帰ってきたら、部屋の空気が一変していた。ふだん、目にみえるものばかりみつめている田辺だからこそ、その瞬間なにが起きつつあるか理屈をこえて感じとった。妻は明け方、川べりの公園でみつかった。陽光を浴び、薄桃色の服をきたまま、とりわけ気に入っていた木蓮の枝から、蜜につつまれた果実のようにぶらさがっていた。

誰にも明かしたことはないけれど、その日から田辺にも、ひとの目にみえそうにないものがおぼろにかすんでみえるようになった。自宅の押し入れを改造した暗室で、ひたひたと波打つ現像液のなか、ピンセットでつまんだ印画紙の上に、昼間撮ったブナやシラカンバ、アカマツらが、いまうまれつつある雲のように不意に浮かびあがる。みまもっていると、たくましくうねる根の上や、大きく張りだした大枝にぶらさがって、白く顔のないちいさなものたちが、跳ねたり、しゃがみこんだり、こちらに手を振っていたりと、おもいおもいの姿勢で遊んでいる。妻がみていたのはこれと同じような光景かもしれない、そうだとすれば、こわいのと同じくらい、じつはけっこう楽しかったのでは、目にはみえないむこうのほうへ誘われていると感じても、それはあながち不自然なことではなかったんじゃないだろうか。みつめている田辺の前で、ちいさなものらの遊びは、現像液の波間にあとかたもなく吸いこまれ、かわりに、エンジュ、カシ、ヤマザクラの輪郭が、ぶれることなく、そこに存在する生命のかたちをとり、冴え冴えと紙の上にたちあらわれる。一本ずつが、みなそれぞれの年輪をはらみ、瞬間、瞬間、その場所で生きている、そのことに田辺はいつも、太陽系のどこかにひとり、裸で放りだされたような寒気と安堵を同時におぼえる。

半年に一度、みどり色のバスで十五分ばかり走ったところの総合病院へいく。五月のとある木曜日、ひととおりの検査のあと、いつもなら、十分もすれば名前が呼ばれ、簡単な説明をきいてまたバスに乗って帰途につくところ、おもってもみない時間がかかる。顔見知りの内科医が、春の鳥のようにくるくる首を動かしながら、来週、再検査を、と職業的な滑らかさで指示する。田辺の目にみえない内側で肉の筋のようななにかがのったりとまわりはじめる。翌週、ふたたび尿をとり、血を抜き取られて、巨大な鉛筆削りのような穴の奥へ、寝台で仰向けになったまま、がたがた運ばれていく。機械のなかで田辺はなにかの部品になった気がしている。

長い待ち時間のあと診察室に呼ばれる。内科医の職業的な手によって、ライトボードの上に、現像されたばかりのモノクロ写真が、一枚、また一枚と、洗濯物の靴下のように貼りつけられる。背骨、腹腔、肺臓。輪切りになった田辺五郎のからだ、六十二年をかけてふくらみ、ちぢみ、またわずかにふくらんできた、なまぬるい肉の年輪。見つめているうち田辺はいたましい気分になってきた。長い距離を歩いてたどりついた、撮ろうとおもっていた親しい樹木が、その場でまえぶれもなく、切り株になっていた、といったような。

「手術するかしないか、田辺さんご自身で、ご判断いただきたいんですが」

内科医は少し親身さをにじませた、だからこそいっそう、田辺の耳には、職業的に響く口調でいった。モノクロ写真の腎臓の、真上あたりにぽつんと浮かんだ心細げな一点を、毛むくじゃらの指であけすけに叩きながら、

「はっきり申し上げてね、手術なしで、あと三年生きられる可能性、フィフティフィフティです」

うちに帰りつき、しばらくソファにすわっている。腹部を押し、さすりながら、少しも意外に感じていない自分のこころもちを、あらためて胸の底でころがしてみる。五年前のあの日から、ずっと待ちのぞんでいた感覚さえ湧いてくる。壁にピンで留められているのは、先月、鉄道会社の依頼で撮った、樹齢千年をこえるクスノキの写真。いま現在を支点に、千年の過去、千年の未来へと、田辺は想像の橋を渡しかけてみるけれど、遠すぎて、両端をとらえることは到底できない。クスノキの巨木は、笑いかけるように、あるいは宇宙に網をうつように、枝を大空いっぱいに差しのばしている。

夕食のあと目を休めてから、ふだんと同じく暗室にはいる。週のあたま、イチョウ、カエデに、ケヤキを撮ったフィルムがたまっている。考えることはなにもなく、ピンセットの手をいつもどおりに動かして、現像液を波打たせているうち、まるで絵の具を溶かしこんだように、新緑が、陽の光と水のきらめきをその隅々に冴えわたらせた五月の色が、薄暗い水底からゆっくりと浮上してくる。

池のたもとにすっくと立ち、ひとびとの営みを見守ってきたケヤキ、小学校の校庭から外へ、歓声のようにはみだすイチョウの枝、秋の色香とはかけはなれた若やぎをふりまく古寺のカエデ。

田辺はふとおもいつき、スリッパを脱ぎ、靴下を取って、眼下できらめく現像液にくるぶしを濡らし、一歩、また一歩と、青みを放つ木々のほうへ歩みよっていく。とぽん、と頭の上で音が響き、水面がとじる。息苦しさは、感じないどころか、深度を増すごとに胸のうちがいっそうすみわたっていく気配すらあり、さまざまな樹齢でその場に立つ木々の前を通りすぎながら、おだやかな呼吸のなかに、目のさめる五月の緑をとりこむ。

水際の、ケヤキの前でたちどまる。これまでにしようとおもってもみなかったことをする。写真に写った木の幹に手をかけ、す、と首をのばし、向こう側をのぞきこむ。そこは池の岸だった。草の上に足をのばし文庫本を膝に置いて樹冠をみあげる影があった。田辺はなにもいわず池からあとずさり、そうしてもう一度、自分がファインダー越しに写しとったと、そうおもいこんでいた樹たちを、何千何万と立ち並ぶ幹を、まるで夢の雑木林にとりまかれているかのように、その場から見わたす。

日曜日、軽い朝食のあと、何十年ぶりかでジャージとTシャツに着替える。まずは歩いて川べりに出、軽くその場で跳ね、縄跳びを少しずつ前にずらしていくみたいに、ゆったりとした足どりで走りはじめる。仕事がら歩くことは多いし、それに、遠い学生時代はやたら走りまわっていた記憶がある。ジョギングと呼ぶのもはばかられる、忘れ物を取りに帰るくらいの、ほんの早足。それでも、ぬるまった川風を斜めから受け、橋の下の斜面を軽く加速度をつけてくぐりぬけていくうち、田辺は背後に、自分の表皮を何枚も、何枚も、脱ぎすてていくような身軽さをおぼえる。

あの木蓮(もくれん)が近づいてくる。根もとに、まるでなにかのサインのように、小学生の女児、それに弟だろうか、縮尺を縮めたような顔だちの男児がすわりこんでいて、ふたりの前にはレモン色の、底の深い段ボール箱が置かれてある。歩みよってのぞきこんでみると、うまれたての微光を箱の底にふりまき、茶色い子犬が一匹、毛布にくるまって眠っている。女児と男児の、みあげる二つの視線が、自分になにを問うているのか、田辺には透かし絵のようにありありとわかる。

「つれてってやんなさい」

田辺はいう。

「つれてかえって、おとうさん、おかあさんにおねがいしてみなさい。きみたちがみつけたんだ。きみたちが守ってあげるんだ。いいかい、たいせつなことだよ」

川風が木蓮の樹冠を揺らす。段ボール箱を抱えた女児、その前を、胸を張って先導していく男児の後ろ姿をみおくってから、田辺は一度だけ木蓮の幹を触ると、川をふちどる五月の緑のなかへまた、本をめくるようなゆるやかさで走りこんでいく。

十八歳のきのこ

「シロ」めざし、息をつめて、雑木林を歩いていく。

まわりを埋める枝葉が、こちらだ、こちらだよと、進むべき道を指し示してくれるときもあれば、気まぐれに、あっちこっちをむいてしまい、森全体が緑の迷路になってしまうときもある。物心のつく頃から、少女はこの山を歩いてきたが、それでも、歩き慣れた、と感じることはなかった。生い茂る緑は、一日として同じ姿をたもってはおらず、また、目に見えるかたちばかりでなく、息づかい、匂い、気配といったものは、訪れるときによって、まったく異なった波をなして、少女のからだを包み、押し返し、しみわたった。

頼りになるのは傾斜だけだった。土や山肌の勾配を余さず感じとるため、山にはいる村のものは、特別なときをのぞいてほぼ裸足だった。少女もかたちのいい足に、木の皮をくるりと巻きつけただけの軽装だ。

歩を進めながら、「うた」を口ずさむ。もちろん、「シロ」をめざしていくのだから、うたっていい「うた」といけない「うた」がある。少女はくちびるを、暁の峰のようにうたう。
とがらせ、また、春の湖水のように青々とひらいて、「るりびたきのうた」をうたう。うたっているあいだだけは、方向をあやまつ心配はない。「うた」が運んでくれるから。木々を越えて、鮮やかな色の一羽の鳥のように、ゆらめきながら渡っていくのを、ただ追いかけていけばまちがいはないから。

前年、夏の盛りに行われた村同士の「うたうたい」で、少女の名の記された籠には、群を抜いた数の貝殻が投げこまれたが、安定した呼吸、のびやかな声の響き、広場じゅうを「うた」できらきら濡らした声量、それればかりでなく、川遊びを覚えたての子どもから、村の役職を引退した老人まで、男性という男性はすべて少女に票を投じたのが、いったいどういうわけだか、少女はまだ自覚してはいなかった。

やがて「うた」はとだえ、森林全体があたたかな沈黙のなかに閉ざされ、そうすると少女の耳に、いつもならけして届いてはこない物音が、さやさや、くすくすと、濡れた土をくすぐるかのように聞こえてき、少女は身をかたくすることなく気をひきしめて、いよいよ「シロ」の範囲に足をふみいれたことを全身で知る。

と、息をのむ。はるか遠く、おそらくは山のむこうから、少女のめざしていくその場所をめざし、土を踏んで歩いてくる足音、息づかいが、響いてきた気がする。それは錯覚ではない。まちがいなく、いま、この森にもうひとりいる。山の反対側から、まるで鏡をのぞきこむみたいに、「シロ」のほうへまっすぐに歩を進めてくる。

唾をのんで、動悸を抑える。これがジイちゃんのいっていた、「シロかぶり」だろうか。ふだんなら「シロ」は、その日いち早くやってきたものだけに門をひらき、うちに風を入れるかのように招き寄せ、それ以外のものは気配すら与えられず、あるとおもっていた「シロ」のまわりを、ひと晩じゅう堂々めぐりする。こんな風に、いちどきにふたり以上が「シロ」のそばにはいりこむなど、通常あることでない。

「かぶった」相手とは、どうするのだったろう、戦うのか、「うた」を交わし合うのか。少女は歩を進めながらおもいをめぐらす。取り交わす「うた」など知らないし、鎌や小刀など、武器になるものはなにもない。当たり前だ、「シロ」にはいるものはいっさいの金気（かなけ）、かたいものを身につけていてはいけないのだから。

　シダの葉をゆっくりとかきわけ、ひろびろとした森の窪地（くぼち）に出る。ちょうどそこだけ、頭上を覆う枝葉が薄まり、夜空の光が浅い灰色の日だまりをなして、土の底にたまっている。「シロ」を前に躊躇（ちゅうちょ）は禁物だ。もうひとつの足音は忘れ、自分の名、村のことすらも忘れて、少女は歩を進め、ゆったりと畝をなす窪地を踏んで、みずからの「シロ」へ、家族の誰にも教えず、教えられることもなく、七歳で山に迷いこんだとき見つけたマツの根の海へ、まわりに溶けた浅い光を呼吸しながら近づいていく。

　いつ来ても、はじめて訪れた、そんな気分で「シロ」を見わたす。ひょこり、ひょこりと、いまこの世に生まれでたかのように、光のかたまりが根のすき間からのぞく。山の下では「きのこ」と呼び習わされているこれらの生き物が、ほんとうになにの「子」といえるのか、この「シロ」にいて、少女にはいつも判断がつかなくなる。

「子」や「親」なんてあてはまるのか、別の宇宙から、いま、この場所にだけあらわれた「結晶」じゃないのか。

胸で、いろんなかたちのおもいが逆巻くなか、しゃがみこんだ少女は、無言で手を動かし、白、銀色、濡れそぼった茶色のそれらを、柄の根もとからつまみあげ、木の皮で編んだ籠にそっと置いていく。みおろしているつもりが不意に、からだが一気に縮まり、頭上高くひらいた、ひだつきの傘を見あげながら、「きのこ」の森を迷い迷い歩いている。あるいは、うねり逆巻くマツの根の波間を、時が停止したような、信じられない緩さで泳いでいく。

籠がこんもりと山盛りになる頃、少女はようやく、もうひとつの足音へ耳を寄せる。窪地のちょうど反対側、ブナの密生するあたりから息づかいがきこえてくる。とすると、正確には、「シロかぶり」でなかった。地の底なり、部分部分が、ベン図のように重なり合っているところはあれ、互いの「シロ」はそれぞれ独立し合っている。

少女は安心し、同じようにしゃがみこんでいる相手に遠い目をむける。夜空から降ってくる光のなかで、むこうもこちらを見つめているのがわかる。なんて瞳をしているんだろう。ブナのあいだで顔をもたげているのは、歳は同じころだろうか、まんまるく開いた花びらの目の少年だ。この山で迷ったあの日、「シロ」まで導いてくれた「やまいぬ」の姿が、少女のなかでありありとよみがえる。

森の中で明滅する蛍の群れにみえた。近づいていくと、初秋の午後というのに、大量の残雪がみずからの足で木の根を踏み、とん、とん、と駆けまわっているようにみえた。背が真っ白な「やまいぬ」は、少女がついてきているかどうか、時折ふりむいて確かめながら、なだらかな斜面をのぼっていった。そうしてマツの根がうねる窪地へはいりこんだとき、「やまいぬ」のからだは、火を近寄せられた雪玉のように、空中で一瞬のうちに消え去ったのだ。そのあとの窪地に、ところどころ銀色に輝く「シロ」が浮かびあがったのだ。ブナの根もとでひらいているあの瞳、花びらの目も、山を渡る強い風に吹かれたら、一気にばらばらと散ってしまうだろうか。

少女は立ちあがり、木の根を踏んで歩みだす。窪地に落ちかかるシダの葉をかきわけながら、いつもどおり頭のなかから「結晶」の影かたちを丁寧にぬぐい去る。透明な胞子が口からふわふわ飛びださないように。耳から「結晶」がこぼれ、村の誰かに「シロ」までの道を辿(たど)り直されないように。「シロ」を守るのは他でもない、自分ひとりなのだから。

村へ帰って籠をみせると、みな手を叩き地を蹴って跳ねおどる。もし「シロ」から手ぶらで帰るはめになったとしたら、誰にも、親きょうだいにさえも気づかれないまに、裏のせせらぎで清水を浴び、早々に床にはいっていなければならない。村の男たちの跳ねおどりは、少々おおげさなくらい長く、樫(かし)の木のてっぺんの梢(こずえ)に月がかかるまでつづく。少女はもうとっくに小屋で眠ってしまっているにもかかわらず。

翌日、そのまた翌日、少女は砧をうち、水桶をはこび、全体がぜんまい仕掛けのような鶏の群れにはいってトウモロコシをまく。牛の腹にたわしを当てながら、意識せず、何度も何度も目をこする。妹、弟たちに「うた」をうたって寝つかせ、自分も寝床について天井をみあげ、そうしてようやく、自分の瞳にあの花びらが落ちているのに気づく。

昼夜とわず、花びらは、少女の視界にふわりふわりと舞いあがり、村の広場を薄紅色にかざったり、弟の顔を紫色に染めたりする。一枚のときがあれば、花吹雪のように細かにひろがっていくときもある。ゆっくりと沈んでいったあと、あの瞳、ブナの幹のあいだからこちらを見すえる、風に吹かれて散っていきそうな瞳が、どうしようもなく、胸のどまんなかに光の串のように突きささり、煮炊きや掃除のさなかでも、少女はまるで身動きがとれなくなってしまう。気分が悪いというのに、まわりからは、なんぞええことでもあっただかなどと、にやついた顔でいわれ、いっそう心持ちが悪くなる。

小屋の裏でタバコをふかしているジイちゃんにそっと歩み寄り、目のなかに落ちた花びらのことを、小声で話してみると、

「そらあ、花の咲いてたとこへいかんと、話にならんさや」

欠伸のようにいわれ、そうしてやわらかな胸に両手を当て、この半月、自分がずっとそうしたいとおもいつづけていたことに、ようやっと気づく。あの少年に会わなければ。そして目のなかの花びらを相手に返すのだ。

収穫の季節は終わりに来ている。ひと月も経たないうちに同じ「シロ」を訪れるなど、

ふつうはやらないことであるし、少年がまたあのブナの場所を訪れているはずもないのだけれど、いってみればなにか、花びらにつながるなにかが、みえるか、身をかすめるかするかもしれない。少女は身支度をととのえ、収穫に出るのとまったく同じしきたりで、家族の誰にもなにもいわず、明け方、ひとりで山へはいる。

どうしてだろう、薄暗い雑木林を進んでいきながら、じょじょに胸のうちがふくよかに丸まってくる感触がある。くちびるをそっとすぼめ、そっと押しだす吐息に乗せてうたうのは「ひばりのうた」、山林にいるわけのない雲の雀、夏空にくるくると舞いあがるあの陽気な鳥のうただ。「シロ」をめざしていくものがうたっていい「うた」か、あるいはそうでないのか、少女にも判断がつかない。けれども自然に、くちびるのあいだから羽ばたくように「ひばりのうた」が転がり出る、その感触が心地よく、少女は土を蹴って、森の空間をまっすぐに滑っていく。

シダを越え、窪地に出る。「シロ」のマツが、意外な再訪に目をむき、ほんの少し根っこをもたげる。少女は少しだけマツに語りかけ、そうして踵を返し、窪地の反対側、ブナの立ち並ぶあたりへとまっすぐに近づいていく。と、ふたつの「シロ」が重なり合うあたり、それまでなかったところに、ふしぎなかたちの低木が一本生えている。通りすぎざま低木が、

「ああ、きてくれた」

声を漏らしたものだから、少女は息をのんで後ずさる。低木は半ばきのこ化した少年

の姿だ。柄からしょんぼり両手が垂れさがり、傘の上に浮かんだ顔には、あの花びらの瞳がふたつひらき、くるくると輝いている。少女は逃げだそうとしたがもう間に合わない。裸足のくるぶしまですでに、地中を伝う木の根にくっついてしまっている。全身に銀色の胞子が付着し、声も息も、森全体の巨大な呼吸といつのまにか同期する。少年のか細い手が伸びてきて少女を抱きよせる。花びらに縁取られた四つの瞳はじょじょに閉じられ、ふたりはからみ、つながり、一本の「結晶」となって、窪地のまんなかにふわりと立つ。

十八歳で「きのこ」になってしまった人間は、えんえんと十八歳をやりつづける。窪地の「結晶」は着実に増殖していく。あたらしく育ちはじめた「シロ」を取りかこんで、リスやクマたちが集い、目を細めて見守る。輪の中央にはもちろん雪の背をした「やまいぬ」の姿がある。

五百歳の音楽

一五〇二年、ドロミテ渓谷。薄ら寒い初春のある日、かたい土を割って一本の芽が、青い天蓋(てんがい)のもとに小さな頭をみせる。うさぎたちが身を縮め周囲を通り過ぎていく。氷雨を浴び、斜面を染めていく明け方の陽光を浴びて、芽はゆっくりと顔をもたげ、舐(な)めるような速度で、表面に浮かんだわずかな亀裂をほどいていく。

みどり色の風が渓谷を渡り、鷹(たか)の音、せせらぎの小声、森のざわめきを芽のまわりに運んできては溶け合わせる。

芽はゆっくりと伸びをする。白い季節がやってくればまた小さく身を縮め、青と黄色の補色に満ちた春の陽ざしの到来を待つ。まどろみのなか、青黒い茎のうちに脈打っているのは、渓谷の土の上、いちばん背の低いところで耳をそばだてているからこそ聞こえてくる、山をなめていく陽のめぐり、黄金色の波打ち、この天体上のあらゆるものが朝夕になす和音、不協和音の束だ。

バッハ家の大勢いるきょうだいの末っ子は燕(つばめ)のさえずりに眠りを破られ、一家じゅうでもいち早く目をこすり、冷え冷えとした木床に素足をおろす。窓のすき間にひろがる世界は、金色の薄日のなか、ゆっくりと回転をはじめている。

鈴を鳴らし、石畳の上を山羊(やぎ)の群れがいく。ルリビタキとカケスが舞いあがり、明けゆく空に、ふくよかなさえずりを惜しげもなくふりまいていく。

窓辺に立ちつくす末っ子は、気がつけば唇の端から、山奥の岩間からしみだす泉のように、きいたことのない、けれども「なつかしい」調べを、青白い部屋の空気にこんこんとこぼしている。彼にとってめずらしいことでない。思いつくというより、音階は、洞穴(ほらあな)から吹きあがってくるなまあたたかい風に似て、あらかじめ、自分以外の誰かがさわった感触をもち、けれどもそのからだを通過して出てくるとき、ほかならない、末っ子自身の生きている実感、山に川、空、星、生きているものらとつながる喜びと、はなれあう寂しみのかたちを帯び、彼のからだをうらがえしたかのように、身を離れ、部屋のなか、窓の外、黄金色の空のほうへ、輪郭もなくひろがっていくのだ。

末っ子は鼻をかく。ふいごのように動きをとめ、たったいま自分から流れだした調べを、遠い思い出のように反芻(はんすう)してみる。そうして軽く驚く。こんな調べが出てくるのなら、自分のからだは、天高い場所に住まうあのひとのために、そのように作られたとしか、もはや思えないじゃないか。

末っ子はふだんやらないことをやる。椅子によじのぼり、父の机に立ててあった羽根ペンをインクにひたし、たったいま自分を通してこの世に生まれでたメロディ、リズム、休符のすべてを、青みがかった陽光のあたっている、きのうの新聞の欄外に書きとめる。

一七〇二年、イタリア北部、ポー川中流にはりついたクレモナの市街地、陽のさしこむ工房で、楽器職人が届いたばかりの木材に節くれ立った指を伸ばす。撫で、はじき、こすり、たたいてみる。余韻をたしかめ、もう一度くりかえしてから、地の底からあがるような深いため息を、手にしている、冷え冷えとやわらかいかたまりにむけてつく。

木のかけら、材木、というよりそれは、幼い頃駆けめぐった森そのもの、明るみと暗がりを同時に秘めた「全体」、自分がいつか出ていき、そうしていずれまた入っていくまっさらな空間を手に持てる大きさまで圧縮したなにかにみえる。職人は無言でかんなをかけ始める。弟子達は表情を変えず、視線をただ交わし合う。親方がひさかたぶりに、最初から最後まで自分だけでかたちにしてみたい、そんな材料とめぐりあったのだ。

木材は笑いかける。

「いったいなにを、どうしようってつもりなの」

職人はうなずき、指先の動きでこたえる。ほんとうにすまんが、おまえさんを削らせてもらう、おまえさんの響きで、うまれてはじめて慰められ、励まされ、生きていこうってきもちが湧く、そういうおんな、おとこどもが、俺たちの世界にはいま溢れてる。こうして丸みをだし、穴をあけ、ニカワで貼りあわせ。おまえさんは本来おまえさんのまま、何百年、何千年もその土地でいたかったにちがいあるまいが、俺たちの勝手な都合で、こんな風な、別のかたちに整えさせてもらうよ。

「そうなの、べつにかまわないけれど」

樹齢二百年の木はほほえみを投げる。その齢にして若くみえるのは、数世紀、この地方で小さな氷河期がつづき、春夏を通して気温があがらず、少しずつ、少しずつにしか生育してこられなかったためだ。ただ、そのおかげで木の年輪は均等に並び、とりわけ職人のもとにやってきた木材は、幾何学上の奇跡といっていい等間隔の平行線を、宇宙にむかってまっしぐらに投じている。職人はその線に沿い、その線の声をききとどけて、丹念に削り、丹念にみがき、丹念にニスをぬる。それがどんな音を出すか、できあがりつつある木のかたちを一目みれば、ことばをおぼえたての子どもにだってわかる。

森がうたうのだ。

一瞬、自分が鼻歌をうたっている感覚に駆られる、それくらい、たったいま鉱石ラジオからこぼれたくぐもった音階は、少年のからだをなす、細胞のひとつひとつになじみ、なつかしい震えのなかにすべてを包みこむ。つま先だってふりかえり、キャベツを切っている母親の背中へ問いをかける。

母親は横顔で微笑み、作曲者の名をこたえ、その広がりのある名前のなかで少年は、キャベツを刻む包丁のパーカッションが、波打つ弦楽器の流れにくさびをうち、一音一音をきわだたせるのを、眼前でうまれたての世界が切り開かれていく、その瞬間のように見守る。キャベツが芽吹き、青い鳥がさえずり、川はうねりのたびに響きをかえ、すべての星からこの地上へ光のざわめきがつぎつぎと寄せてくる。作曲者がみているものをいま僕自身もからだの奥でまちがいなく目にしている。生きているものらとつながる喜び、はなれあう寂しみ。

父親が海底の闇のような煤（すす）にまみれて帰ってくる。母親の手はキャベツからいったん離れ、何百回とくりかえされた洗濯の果て、通りをわたる霧みたいに透けてしまったタオルを籐籠（とうかご）からつかみあげ、父親が水をかぶっているバスタブへと運んでいく。

そのシャワーの音も少年には、演奏が終わるのを待ちきれずにはじまってしまった喝采のようにきこえる。父親がろうろうとうたいだす。移民船で渡ってくる前に、土地に貼りつく虫のように生きていた古老たちからきかされていた民族の歌。地面と天上の世界は、きっとどこかでひと連なりなのにちがいない。ミミズたちは半透明の羽根をひろげ飛びかい、土の下ではバラ色の肌の赤ん坊がおだやかな寝息をたてている。少年はたったいま、自分の背が空にむかって伸びていく、ささやかな骨のきしみを耳の底できき
とる。

夏の荒海を想起させる喝采にむけ、ヴァイオリニストは手をひろげると、舞台中央からわずかに左に寄った定位置で、もう一度深々と頭をさげる。二百五十年前にクレモナで作られた楽器が黄金色の照明に照り輝く。

それよりもっと古い年代、遠いこだまが、木肌の内奥に響きつづけていることを、ヴァイオリニストは初対面のときから知っているし、熱狂する聴衆たちも、そのかけがえのない音色を存分に浴びながら、薄闇のなか、意識しないまま聴きとっている。

渓谷をつつむ氷河に稲光のような亀裂がはいり、白いもやをたてながらゆっくりと割れていく。青色と金色。燃えあがる隕石が成層圏で放つ叫び声。森のなかで音がたつのではない、音にとりまかれてはじめて、森の、木の、枝葉のかたち、種子や菌糸のかたちが浮かびあがる。誰にもみられたことのない銀色のけものが岩を砕き山稜を駆けぬけていく。楽器の木はまだおさなかったけものを樹冠の陰にかくしてやった昼と夜のことをおぼえている。

「もう一曲、やらないわけには、いかないようですね」

ヴァイオリニストのひとことに、黄金色の喝采が頂点まで噴きあがり、そうしてひと呼吸のうちに、しん、と鎮まりかえる。客席を埋める幅広い年齢の男女は、たったいま、この世界の中心にちがいない舞台の上で、飴色の光を表面に凝集した見事な楽器が、演奏者ののど元に収まり、痩せぎすなそのからだとひとつとなる瞬間を息を凝らしみつめる。

長い長い満ち潮のように、音がはじまる。ヴァイオリニストの耳の芯で、ふと、森がざわめく。キャベツの刻まれる音に混じってこの曲をはじめて聴いたあの日、曲のなかに父の、祖父母の、さらにさかのぼるひとたちの声を聴きとったあの日の少年の時間が、こぽこぽと泡立ちながら楽器から涌きあがる。

そこにはもちろん、あでやかな鳥たちが起きだしたまだ早い朝、羽根ペンをかさこそいわせながら、生命のざわめきそのものを、音符で書きつらねていく末っ子の時間、「なつかしい」うたの時間も、含まれているだろう。

さらに、クレモナの職人が息をつめてかんなを使っている時間、そうして、小さな氷河期のあいだ、ドロミテ渓谷の奥でささやかなきしみをたて、枝葉をふるわせて、少しずつ少しずつ背を伸ばしていく一本の樹木の時間も。

演奏のあいだ、ヴァイオリニストは、聴衆たちは、すべてが入りまじった、けれどもたったひとつの透明な時間を分け合う。ほんのわずかに現身(うつしみ)から浮きあがった、特別な時の流れを、彼ら、彼女らは同時に生きる。日付は意味をなさず、年齢も消え去り、ヴァイオリンからほとばしるあらゆる瞬間が、巨大な永遠の一部としてこの星の上にたちあがる。

日夜の演奏のあいま、ヴァイオリニストはときどき夢想することがあった。音楽は、演奏が終わった瞬間、ほんとうに消えてしまうのか。ほんの少しの余韻を残すだけで、生活がまたはじまれば、さっきまでこの部屋を染め抜いていた音の雨は、虚空に蒸発し、あとかたもなく消滅してしまうのだろうか。

ピチカートを鳴らしながら、ヴァイオリニストはおもう。一度この世にたった音は、たとえどれほど小さく、コウモリにさえ聴きとれないほど遠くへ離れていったとしても、けして消え去りはしない。信じられないほどなだらかに、ほとんど直線ほどにまで平らにみえたとして、音の波はえんえんとうねり、この星の果てまで伝わっていく。あるいは成層圏をこえて。ひょっとして、大気が存在しないという宇宙の闇の底へまで、まっすぐに垂れていく銀糸のように、ささやかな光を放ちながら。

それは、この世に生きていたひと、その姿がみえなくなってしまったひとびとのありように似ているかもしれない。わたしたちが、不意におもいだす、そのたびに「なつかしく」、いっそう若やいだ姿で、母は、父は、きょうだいたちは、僕の目の前にありありとたちあらわれる。ほとんど平らに、透明にしかみえなくなったって。いや、だからこそ、自分がつくったはずはないのに、たったいま、自分のからだを通し、この世にうまれつつあるとしかおもえない、まあたらしいからだをもった「なつかしい」家族として。

そうして演奏は終わる。

プレイヤーの上でくるくると、一分間に三十三回の速度でレコードは回転をつづけている。

ぷつ、ぷつ、と遠くからささやきかけるような温かいノイズのなか、畳にすわりこんだまま、しばらく置いてピッピはたずねる。

「おとうさん、これ、おはなし？」

まうしろで「おとうさん」はうなずく。

「ああ、そうだね」

音楽にむかったまま身じろぎもしない小さな背に、低い声でささやく。

「ながいながい、おはなしだよ」

九十二歳のイースト菌

週に一度、朝のパンを買いに行くパン屋さんのパンを食べたひとが、なくなった。クラスはその話題でもちきりだ。今朝だってわたし、うちのではなく、きのう買った、そのパン屋さんのパンを食べてきたのに。

先生が教科書を読んでいるあいだじゅう、おなかの芯のほうが、ぶわぶわ、ごろごろ、ずっとざわついてて、それはパンのことだけでなく、先生が読んでいたのが、海の話だったからかもしれない。先月、わたしたち、海へいった。すわーっ、と音をたてて海が波をはこんできて、そうしてわたしの足もとから、砂の地面を少しだけ、ぞぞーっ、ともっていってしまう。わたしも自分のどこかがもっていかれた気持ちになってしまう。わたしのどこかが海に溶ける、と同時に、わたしのなかにもはいりこんだ小さな海が、すわーっ、ぞぞーっ、と規則ただしく音をたてはじめる。

音楽の時間、いきなり驚いた。この先生はパンを食べたひとの事件を、知ってるんだろうか。隣の机で同級生の女子も、サンダルの裏の毛虫みてるみたいな目つきで、鼻にしわをよせ、プリントの字を追ってる。

「ちょっと古いけど、とってもたのしいうたよ」

先生はときどきひっくり返る、失敗した笛みたいな声でいいながら、オルガンの椅子にすわった。ぶかぶかまぬけな風音に乗って、先生の声でうたわれたそのうたは、プリントの字で読むより、先生のいうとおり、よっぽどたのしく、晴れやかで、わたしのなかの海はちゃぽちゃぽと小気味よくさわいだ。

パン屋のおやじ　トラララ
きんぎょが好きだ　トラララ
大きなかめに　トラララ
およがせていた　トラララン　トララ　ランランラン

きんぎょはひとつ　トラララ
おうじさまより　トラララ
ごちそうずくめ　トラララ
たいした身分　トラララン　トララ　ランランラン

きんぎょがしんだ　トラララ
ある朝はやく　トラララ
お墓をたてた　トラララ
小川のそばに　トラララン　トララ　ランランラン

だいじんもきて　トラララ
きんぎょのために　トラララ
演説をした　トラララ
お墓のまえで　トラララン　トララ　ランランラン

ちょうどよく湿った空気が山と谷をなだらかにまわる、「せんじょうち」のまんなかにわたしたちの住む町はある。冬の冷えこみはたしかにきびしいけど、四季を通じ、広い空からふりそそぐ陽の光はゆたかな上、この町の水道水くらいおいしい飲みものは、ほかにないって断言するひともいるくらいで、そういうことも影響しているのかわからないけれど、町じゅう「パン好き」がやたら多い。雑誌なんかでは、町はときどき「イースト菌の楽園」って紹介されている。
トラララ、トラララ、くちびるの先でうたいながら、あぜ道を歩く。こんな山あいなのに、それとも、山あいだからなおさら、わたしのなかの海は、ぶわぶわ、ごろごろと、潮のさわぎをいっそう高鳴らせる。

大きなママによれば、パンを食べて死んだのは、いつも椿がひらいてる生け垣の奥に住むおばあさん、話したことはないけど、どういうひとかはわりと知ってる。パン好きのパン好きのパン好き。目ざめているあいだの大半を、パンをかみしめて味わうのについやしてきたひと。

だから、パンにあたってなくなったわけでなく、あのパン屋の新作パンを口に入れ、もぐもぐとかみしめ、そのおいしさにことばもなく、ふう、と息をついて目をとじた。同居している孫娘によれば、まるで散歩にでかけるみたいな気安さで。九十二歳。いまのわたしの八十年後。わたしのなかの海がざわつき、ササササ、と笑う。遠くかすんでみえない水平線の、さらにむこうへ、青い空の上から椿の花が、一輪、また一輪、ひよひよとらせんをえがいて落ちていく。

縁側に落ちる陽の光くらいにあたためた水に、ちょっぴりの砂糖、ドライイーストの粉末をふりまき、ゆったりとかきまわすと、イースト菌がめざめ、ぷくり、ぷくり、と小さな吐息を水面にあげる、この、ぷくり、ぷくりの泡のことを、そもそも「イースト」っていうんだって、大きなママがいつだったか教えてくれた。ドライイーストのなかの菌は、一定の量「死んでる」こと、その死んだ菌の匂いや成分が、焼き上がるパンの風味や香りを決める、ってことも。

ボウルの底の強力粉に、予備発酵させたイーストと牛乳をふりまき、溶けかけたバターをのせる。はじめは木べらでかきまぜ、だんだんつながってきたなら指先で塩をつまみ、ぱらぱらとまき、寝起きのなにかみたいな種を調理台の上にうつしてこねはじめる。左手で「しっぽ」を押さえ、右てのひらの付け根のところで、ぐい、ぐい、台にすり込む要領で向こう側へのばす。のびきったら手前に折りかえし、また同じように、ぐい、ぐい、とのばす。どろんこ遊びや粘土より先に、町の子どもたちは種のこねかたを学ぶ。アニメやぬいぐるみには目もくれず、生きているパンに語りかけ、手のうちでなでさする。

こねているうち寝起きのパンがだんだんと目ざめ、この世にむかって目をあけ、たちあがっていく、そんな感触がたしかにある。ひそやかなイースト菌のささやきが、そのうちに、ソーダ水みたいなおしゃべりに変わり、パン全体にその声が行きわたると、そろそろ一次発酵の過程へうつる。

ボウルに袋をかぶせ、お湯を張った鍋の上に載せてから、全体に「鍋ぼうし」をかぶせる。三十分、四十分、それぐらいで、指先でさわってみて加減をたしかめる。そのときの気温、湿度、人間にはけっして感じとれないこまかな条件も作用して、順調にふくらんだり、足踏みしたり、息せき切ったりと、どのパンもけっして一様には育たない。パン種に話しかけ、勇気づけ、あおぎ、あたため、見守る。わたしたちは発酵の伴走者だ。

「イースト菌って、どれくらい生きるの？」

大きなママにきいてみたことがある。

「そうね、ひとによるわ」

地図でみたバイカル湖みたいに笑って、

「料理本には、生イーストなら、一週間、二週間って載ってるわね。オーブンでみんな焼け死んじゃうって考えるひともいる。でもね、イースト菌がふくらませたパンを食べて、わたしたちはこうして、ふくらんで生きているでしょう」

焼きたての丸パンを、ひょい、ひょい、アシカの曲芸みたいに投げあげながら大きなママはいった。

「だから、わたしたちが生きているかぎり、イースト菌は、そのまんま生きてるんじゃないかな。あなたのなかには、十歳のイースト菌、わたしのなかには、四十五歳のイースト菌」

二次発酵をすませたパン種は、もう種じゃない、赤ちゃんの時期を脱し、人間でいえばことばのやりとりをはじめた三歳児くらいに育ってる。三歳児に筋目をいれ、天板に並べて、いってらっしゃい、と話しかけてからオーブンにいれる。大きなママがいつもやっていたように。そうして、おかえりなさい、とドアを開くまでのあいだ、わたしは流しに向かい、調理台や木べら、ボウルを洗い、乾いたふきんで水気を拭き取る。

時計をみることはない。匂いでもなく、台所の空気がすっと澄みわたる瞬間があって、それでわたしはパンの焼き上がりを知る。イースト菌が、声をかけてくるのよ、と大きなママはいった。わたしもそんな気がする。ぷくり、ぷくり、小さな泡のその声は、オーブンのむこうだけでなく、わたしのなかの海からも、あがってくるように感じられる。

去年の夏だったか、学校に行く途中、小麦の製粉所の前で、ひとのかたちのへんなものにでくわした。ズボンは赤いジャージ、青い鼻緒のサンダルをつっかけて、長袖Tシャツの胸には、わたしの知らない外国の、猫のキャラクターが描かれている。顔はみえなかった。紐か針金で留めてあるのか、頭のぐるりはバゲットやブール、バタールなど、茶色いパンで覆いつくされていた。首からは、鈴なりにパンを連ねたネックレスがかけられていた。

立ちすくんでいるわたしに、「パン男」は妙に小股な歩調でちょこちょこ歩みよると、おでこの左あたりに手を伸ばしまさぐり、ちょうど絵筆くらいの細っこいパンを一本ちぎりとって、わたしの顔の前に差しだした。自分の手がそれをうけとった記憶はないし、拳に押しこまれた、みたいなおぼえもいっさいない。気がつけば「パン男」の姿は消えていて、わたしは細っこい筆パンを右手に握りしめ、まるで怒ってるみたいに身構えて夏のひなたに立っていた。何度もたしかめたことだから、記憶ちがいでも目の錯覚でもないんだけれど、筆パンはわたしの拳のなかで、ゆったりとしたリズムで、ふくらんではちぢみ、ふくらんではちぢみ、かたち自体もただ一直線に長いのではなくて、先端がふくれたり、ところどころ波打ったりし、森の落ち葉にひそんでいる長虫みたいに、おだやかに息づいていた。

学校に着くまでのあいだに筆パンは消えていた。夢のきのこみたいに蒸発したのか、投げすてたのか、あるいはにょろりと身をくねらせ、わたしの口に飛びこんだのか、その記憶も霧のむこうにかすんでしまってよくおぼえていない。たしかなのは、その日から、わたしのなかで海が、遠い水平線につながる冴え冴えとした潮が、すわーっ、とうち寄せ、ぞぞーっ、とわたしの一部を崩し、目にみえないどこかへもっていってしまう、そんな感覚がわきおこるようになったこと、それに、パンのなかでざわめくイースト菌の声が、ききとれるようになったこと。

おや、と目線をあげて、少したしかめるような顔でかみしめる。大きなママは、焼きたてのわたしのパンを頬張り、ん、ん、とうなずいたあと、カーテンを開くような大ぶりな動作でわたしにふりかえり、

「明日から、あなただけで焼いてごらんなさい」

わたしは目をすがめる。目の前に急に光があふれ、顔じゅうにぷつぷつ当たって弾けている。なにかあたたかい余韻が台所にたちこめ、ゆっくりとまわる。あの日以来、週に一度あのパン屋に買いにいく以外、うちのパンは全部わたしが焼いている。

ほんものの「パン葬」は、三十年ぶりくらいじゃないかねえ、とたきぎ屋のじいさんが煙みたいにつぶやいた。みな黒い服を着てあぜ道を伝い、ぞろぞろと列をなして式場へ歩いていく。

椿のおばあさんは、棺のなかでパンに取りまかれて微笑んでいた。大小の食パン、バゲット、プレッツェル、グリッシーニにフォカッチャ、スコーンにベーグルにデニッシュ、チャパティにトルティーヤ、桜色のおへそをつけたあんパン。まんなかで身をのばしているおばあさん自体、くっきりと、パンの風情を身にまとってみえる。

式場内はおびただしい数のパンで飾られていた。町じゅうのパン屋が注文を受け、ゆうべから徹夜で「パン葬」のための供物を焼きつづけた。壁際にならぶ花輪はパン、遺影をぐるりとふちどるのもパン、お焼香には抹香でなく、特別あつらえのパン粉を用い、参列者がつまんでぱらぱらと火種に振りかけるたびに、ふっくらした輪郭の香りが場内にたちこめ、うつむくわたしたちはまるで、みんなそろってパン焼き窯のなかへはいって、それぞれちょうどいい焼き上がりを待ち焦がれるパンみたいな、やわらかな気分にひたされていく。

お焼香がすむと、参列者のまんなかに、特製のパンを載せたテーブルが引きだされる。椿のおばあさんがもっとも愛好し、わたしも一週間に一度かようあのパン屋が、丹精込めて焼いた、おばあさんそっくりの大きさ、かたちのパン。どうやって焼いたのかはわからない。遺族の手がちぎりとったパンを、列をなしたわたしたちは順々に受けとり、鼻の穴をふくらませてパクリと頬張る。わきあがる潮の香。風に乗って山をおりてくる、ちょうどよく暖められた草の香り。九十二の年を経て、熟成されたイースト菌。

参列者のなかに、顔面をパンでぐるぐる巻きにした男の姿がある。ときどきパンの隙間に真っ白なハンカチを差しいれ、塩気のある液体をぬぐっている。大きなママが立ちあがると、周囲が無言でどよめく。ママはおばあさんのパンの右肘から先をひとくちで食べてしまう。式場内を見わたし、あらためておもう。わたしたちは、ほんとうは、同じパン種からちぎり取られた一個一個のパンなのかもしれない。

ふたたび行列を作り、あぜ道を通って斎場にいく。化粧扉が開かれた窯のなかに、おばあさんのからだを納めた棺が、まるで生き物みたいに自分から滑り込んだ瞬間、たぶん参列者の全員が、いってらっしゃい、と胸のうちでつぶやく。白い手袋の手でシャッターが閉められる。

トラララン、トラララ。

もうじきわたしたちの耳に、イースト菌のうたがきこえてくるだろう。潮が遠のいていった先から、香ばしい光をともなって、あたらしい波がまた、みんなの足もとにうち寄せる。煙突から、ぷくり、ぷくり、透明な煙がたちのぼり、そうしてわたしの町は、イースト菌のこの楽園は、青空の皮につつまれた一個の巨大なパンとなって、少しずつ発酵するわたしたちを、使いこまれたオーブンの、ちょうどいいあたたかみと湿り気でくるむ。トララ、ランランラン。

十九歳のパチ

実家の玄関のドアをあけるたび、応接間のテーブルの下の闇の底から、ブチのある黒なめくじのように背中をくねらせ、じゅうたん敷きのあがりかまちにパチがあらわれる。西のほうに用事があれば、必ず立ち戻っていたこともあって、ハアハア舌を垂らし、カーテンの向こうからにゅっと覗(のぞ)くそのまぬけ顔を目の当たりにする機会は、きょうだいのうちでも、僕は、多いほうだったようにおもう。

現在も、生きている。十九歳。犬のはたちはヒトの歳でいうたらまあ百歳やから、なあ、こいつもたいしたもんや、九十二や、実家の父は、孫のよく書けた作文を自慢するみたいな口調で、そういって笑うが、むかしっから僕は、この考えかた、というか、数えかたになじめない。

犬の何歳は、ヒトの歳でいうたら、だいたいなんぼ。

なんでわざわざ、犬の歳だけ、ヒトの歳になおしていうのか、これでまだ青春まっさかり、こんなんでもう中年のおばちゃん、こうみえて腰、がくがくに曲がってもうたおじいちゃんなんよ。それでいうたら僕は七、八歳ということになるが、わざわざ犬の歳でいわれんでも、ヒトとして四十五、とすると、あらためておもいかえせば、パチが実家に来たのは僕が二十六のときなのか。

もうすぐ母は、六十歳だった。節目の年をむかえ、そろそろわたしも、ヨーロッパに旅行に出たりとか、ともだちと湯布院(ゆふいん)に何泊かでかけたりとか、そういう何十年来したかったことを、ようやっとできる頃合いになってきたんかしらん、内心そんな、菊の華やぎめいたときめきを胸に過ごしていたある冬の朝、ピンポーン、ドアのチャイムが鳴って、はあい、と内から押し開けたら、嬉(うれ)しげな企(たくら)みに満ちた笑顔から白い吐息を噴きあげ、当時、六十四にならんとしていた父が、

「ほれ、こいつ、アンタの誕生日プレゼントにもろてきた、ほれ」

そういって、両腕に抱えた段ボール箱を軽く揺さぶった。つま先だって覗きこんでみると黒い背、途中が茶色、腹が白の、三毛猫くらいの見なれない犬が横向きに眠っている。犬を飼う、というとんでもない決定を、自分ひとりで成してしまった夫に、いつものことと、ため息をつく以上の、たちくらみにも似た呆(あき)れを感じ、ぐらーり、と玄関のじゆうたんにすわりこんだ母は、

「パチの鎖は、あたしの鎖やった」

十年後の正月、息子たちの前で、空のワイングラスを前にいった。ルーブルやウフィツィ美術館、湯布院への計画は、犬の散歩と給餌、ごほうびクッキーちゃんのくりかえしのなかで、惑星間旅行並みに非現実の彼方(かなた)へ遠のいていった。

パチはもともと、名犬パトラッシュの名をもらったのである。ところが、毛布は引き裂くわ、近所の犬は襲うわ、夕食の時間じゅう吠え盛るわ、フランダースの忠犬からあまりにもかけ離れたその様と、長すぎ、いうのが面倒、というシンプルな理由から、そのうち誰もパトラッシュなどとは呼ばず、パチ、おいパチ、と、生き物を呼ぶにはけっこうむごい名でそう呼びつけるようになった。母だけは、たまに「パチちゃん」と呼ぶ。それはそれで、なんだかむごい。茶色と白がポピュラーな、ほんとなら聡明な顔のコーギーという犬種だが、頭頂から尾にかけて真っ黒、横腹は黄土色、仰向けになれば腹は白、という独特の三毛と、ハアハアだらしなく開いた口、なにも考えていない、どんよりと曇った目もあいまって、どんな犬種にもあてはまらない、ただパチという単独の生き物として、地元の世間に薄く広く知れ渡っている。

　魯鈍な犬を育む土壌なのか、僕の小さかったころから、近所のそこらじゅう、性格や習慣の知られた「あほ犬」ばかり跳ねまわっていた。犬にはダメなはずのタマネギを好み、丸かじりしてはタラタラ涙を流しつづけていた中島くんちのナナ、壊れた火の見櫓にどのようにしてかのぼり、身動きがとれなくなってレスキュー騒ぎになった鷹合さんちのチャボ、軽トラックとみれば荷台に飛びのり、小旅行をくりかえすうち、結局行方の知れなくなったたばこ屋のプリン。とあほが列伝をなすなかに、唯一光り輝く犬の星が、うちで初代に飼われていた雑種犬のファニー。通りかかる誰にも、一度として吠えたことがなく、一生をあの有名な犬の笑い顔で過ごし、最期には、ふだんの土間から台所の床に上げられて、うちの家族が集まるのを待ち、おだやかな目で全員を見まわしてから、うん、と軽くうなずき、目をとじ、しずかに旅立っていった白犬のファニー。

初代、二代目といわれても、それはパチにとっては与り知らぬ話。犬に歴史はない。目の前のことが、あるかないか。ひたすらにつづく「現在」の明滅を追いかけ、犬は、動物は、しっかと目を見ひらいて、全身をしなる鞭のようにして、ぽっかりと口を開いた、いま、ここ、の光点に、頭からたえまなくダイブしていく。だからほんとうは、二歳も十二歳も、八歳も十八歳も、まっすぐにのびていく大きな時間のうち、人間が恣意的に切りとったある期間、というしかなく、やはりパチにとって、与り知らぬ話でしかないのかもしれない。


ただ、である。十九歳のパチは、当然だが足腰が弱っている。うちにやってきて数年間は、ひとの顔をみれば外に行きたい、外に行きたいと、そこらをよだれまみれにして意思表示しないではおられず、いったん万代池公園に連れ出すや、池をとりまく遊歩道を際限なく、際限なくまわりたがり、夏の午後など背中から全身が溶けて、地面に黒ごまペーストのようにひっつき、ひきはがして持ち帰らねばならなかったくらいだ。

そのパチが、いまや、うちのまわりを一周するのさえやっとの歩調で、むかいの散髪ローズ、金魚の鷹合さん、半シャッターのたばこ屋と、よちよちとめぐり、オスなのにもう電柱や壁際を選ぶこともせず、路上のアスファルトに濃いめの小水を、放つ、というより、とろとろとこぼしてまわる。オスなので、足をあげたまま用を足そうとするのだが、衰えた片足の筋力で全身を支えるのがきびしく、ことの途中で、がくん、とくずおれ、腹をびしゃびしゃに濡らしてしまう。

　そのパチが、先月実家に帰ったとき、見なれないことをした。そろそろおしっこの頃合いと、タイミングをみて外へ連れ出し、よちよち歩きに合わせて歩く僕の前で、深海でする四股踏みのようなゆるさで、右の後ろ脚がゆっくりとあがり、その根もとから、とろとろとろ、濃厚なジュースがアスファルトにこぼれだす。とろとろとろ。と、パチは驚くことをした。小便の途中、ゆったりと重たげな動作で、地面につけている足を、右から左へ替えたのだ。十九歳の小便は長い。今度は左から右へ、ふたたび右から左へ。

　見守るうち、僕ははっとした。これとまさしく同じ動作を、笑い顔のファニーが、この同じ場所、鷹合さんちの真ん前の路上でしてみせた。最後の年だった。やはり足が弱くなり、小便の途中、さっ、さっ、と足を替えては、誇らしげな笑い顔でふりかえった。パチはそんな顔はしない。どんよりと曇った瞳を、どこかわからない一点にむけながら、ほとんど面倒げなしぐさで、右から左へ、左から右へ。

　ただ、僕の目には、二匹の犬の姿が二重露光させたように、同じ時間、同じ空間の上でかぶさってみえた。体長、色、見た目はちがうのに、足を上げ下げするタイミングは、指揮者でもいるかのように、ぴったり一致していた。指揮者は、足もとの土地なのかもしれない。十九年、毎日踏みしめ、小便で濡らし、匂いの会話を交わしてきたアスファルト、その下の土。犬たちは足を替える。ファニーは優美に、パチは淡々と。無表情だからこそ、だんだんとパチの動きのほうが、無駄がなく、普遍的に伝えられたなにか、工芸品のようにみえてくる。右、左、右、左。それはこの土地のダンス。長く生きてきた犬だけに、足もとの土が教えてくれる、黄金色の光を言祝ぐ、魔法のダンスなのだ。

犬はヒトとちがう。だからこそ、わかりたい、とおもいやる。「現実」の明滅をただ追いかけるだけの動物たちのなかでも、犬はたぶん、

「あいつ、ちょっとちがう」

とおもわれている。

「あいつだけ、ちょっと、向こう側だよ」

そして、人間からみても「向こう側」。あいまいに溶けあう汀、中間地帯で、犬は舌を垂らし、嗅ぎまわり吠えつき、飼い主をまもり、安らかに横たわる。人間の目が、犬は動物、とみているのと同じ距離感で、動物たちの目は、犬は人間、とみているのかもしれない。それくらい、犬と人間の時間は、年齢がどうという話をこえて、たがいにくっつきあい、重なり合っている。

うちの小さいヒトが生まれ、もうすぐ二年と十ヶ月になる。生まれてすぐの頃から、小さいヒトはパチに興味をしめし、ハイハイであとを追いかけては、しっぽをつかみ、耳をひねり、うしろからのしかかっていった。若い頃ならどうなったかわからないが、ハイティーンのパチはもう反応すること自体面倒くさく、よちよちと台所を逃げまわる

のだが、小さいヒトにはかえってそれがおもしろくてたまらない。だからか、

「パチ！」

ということばはわりに早く覚えた。力尽きて寝そべる横腹を叩くと、ふゆ、ふゆ、とやわらかく波打つのをみて、

「パチ、おっしろいねえ！」

盆休みで実家に帰っていた三日目、たまたま家に、僕とパチ、小さいヒトしかおらず、夏の午後、家じゅうが凪いだように静かになっていた。小さいヒトは積み木でフェリーの「みなと」を作り、実家にいとこたちと共用で置いてあるミニカーをずらりと並べ、パチは昼寝、というか、一日じゅうくりかえされる短い眠りを、いつものソファで味わっている、そのあいだ僕は、母の裁縫机で、もう長いあいだ自宅の屋根から下りてこない、変わり者の友人に手紙を書いていた。

音がした、というのでもない。鉛筆をもつ手の動きが自然にとまる。立ちあがり、喉が渇いているか渇いていないか、うまく自覚できないひとが、とりあえず水道にむかうように、なんとなくの気配を求め、うちしずんだ午後の空気をわたって、息をつめ、廊下を歩く。居間のガラス戸は開け放たれていた。扇風機の羽根がまわる低い音のむこう、ソファからおりたパチと小さいヒトが、鏡を覗くような距離で向かい合って座っていた。

一見、にらめっこのようでもある。まずパチが、あーあ、あーあ、と口をひらく。すると、小さいヒトが同じことをする。あーあ、あーあ、思いきり口をひらき、とじ、真

剣な目でパチに無言の問いかけを投げた。パチはどろんとした目で見かえすと、今度は首を伸ばし、あーう、おーう、と口を上向きにあけしめした。小さいヒトも同じことをする。あーう、おーう。今度は声がもれる。ほとんど聴きとれないほどの、扇風機の風に吹き飛ばされそうなくらいの、羽毛みたいな、ささやかな声。

「おばー、ちゃん」

そういって小さいヒトは無言でパチをみやる。パチも見返し、つづいて、おーうお、いおー。小さいヒトのささやきが風に乗ってやってくる。

「おじー、ちゃん」

尻が痛くなったのか、パチが座る位置をかえると、小さいヒトも同じように座り直し、正確に相対してパチの顔を覗きこんだ。声が届いているかさぐるように。ことばをおぼえたての小さいヒト、ずっとことばを浴びてきたパチ、それぞれの広く豊かな汀。そこにうち寄せるさざ波を、黄金色の寄せ波、返し波を、僕はいま目の当たりにしている、とおもった。パチは海であり、小さいヒトは岸辺だった。

虚空をむき、はく、はく、と口を動かす。小さいヒトはじっと見つめ、ゆっくりとうなずく。

「おじー、ちゃん」

「おばー、ちゃん」

ふたりのあいだに波はうち寄せ、また、おだやかに引いていく。犬やヒトの年齢をこえて、パチは揺るぎなく十九歳だった。小さいヒトは、瞬間、この天体が静止したかのように、ただしく二歳十ヶ月だった。

長い間パチは、十代後半を迎えてからはとくに、実家の母だけでなく、実家の父の足にも結わえつけられた鎖となった。ふたり同時にどこかへ長く出ていることができない。どちらかが必ず実家に残り、食事を与え、朝、午後、夕方、夜と、近所へ散歩に連れだし、おなかをすっきりとさせてあげなければならない。

が、犬の歳でいえば、父はそろそろ十七に近づき、母は十五をとうに過ぎた。いつ足腰がパチのようになってもふしぎではない。この歳まで、共産主義の農耕馬のように、ひたすら事業に没頭しつづけてきた父が、じょじょに仕事を減らし、「自分の時間」をもつよう意識しだした矢先、僕をふくめた息子たちは父母に、ふたりで是非、ルーブルやウフィッツィの計画を実現させてもらいたい、と切り出した。ふたりがいないあいだ、父の事業、家の管理、そしてパチの食事と散歩は、息子たちが分担する。父はまんざらでもなさそうな顔になった。誰ひとり跡目を継ごうとしなかった息子たちが、わずかのあいだでもみずからの事業の場に交互に立つ、そのことを考えると、少なからず父の、父としての、古木の幹のような感慨はうちふるえずにいられなかった。とはいえ、やはり自分でなくては、というおもいが頭をもたげる。あのな、と身を乗りだして口をひらきかけた、そのときである。

ソファの上で、パチが立っていた。正確には、背もたれに前脚二本を乗せ、やわらかな革ソファの座面でバランスをとり、後ろ脚二本で身をささえていた。呆気(あっけ)にとられた全員が見まもるなか、パチはゆっくりと右の後ろ脚を宙に浮かせた。数秒間その姿勢を保ち、そうして座面に戻したあと、今度は左足、そうしてまた同じように右足と、交互に左右の脚を斜め前にもちあげていった。四歳のように。未来のバレリーナのように。

「元気ですよ！」

踊りはそう告げていた。

「僕はこんなに元気だ！　だから、ルーブルでもウフィツィでも、別府(べっぷ)でも小笠原(おがさわら)でも、好きなだけ、おふたりでいってらっしゃい！」

両親はその場でイタリア行きを決めた。どの都市をどれくらいの期間でまわるかは、長兄がプランを立て、ふたりに提案する、ということで話はまとまった。

犬の歳、なんてものはないと、あの踊りを想起しつつ、僕は強くおもう。ただひとりの「パチの歳」があるだけだ。笑い顔の白いファニーの歳が、タマネギ好きの泣き虫ナナの歳だけが、それぞれのからだに積み重なっていったように。パチの十九年は、ほかにくらべようがない、パチだけの「自分の時間」であり、そこに流れるのは、苛烈なほどの孤独さだ。十九歳のパチは、四十五歳の僕などより、よほど長く、この星の上にたったひとりで生きてきた。あの踊りは、十九年かけて磨いてきた、パチだけの「文字」「ことば」なのだ。

母からの電話によれば、あの日以来パチの散歩の距離がわずかだが延びたという。このあほみたいに暑い夏を乗り切ったら、パチ子もわたしたちも、ちょっとひと息つけるわあと、相変わらず独特のむごい呼び名を使いながら、電話口の母の声も、「自分の時間」の輝き、孤独だから、ひとりだからこその透きとおった音響を、ひとつひとつのことばににじませていた。

十月の半ば、両親は十日間をかけ、イタリア二都市を「自分の時間」でまわる。ちょうどそのあいだにパチは、この世で二十回目の誕生日をむかえる。とりたてて、なにも祝うことはない。きっとパチはいつものように、うちの近所を一周しながら、慣れ親しんだアスファルトの匂いをかぐ。そうして、まわりつづけるこの星の上に、黄金色のジュースを垂らしたあと、この土地のあの踊りを、誰にみせるでもなくただひとりで踊るのだ。

三千三百ページのノート

焦げ茶色の、分厚い革カバー。最後のページまで書き終わったとしても、新たな紙束をつけかえ、えんえん使いつづけることができる。最初のページに書かれたのは漢数字の日付。電車に乗って繁華街にでかけ、ノートを買った、帰りにカレーライスを食べた、などといった、どうでもいい記述。最初は日記として使うつもりだったらしい。

九月十七日

九月三十日

すぐに飽きたらしく、そのうち日記風の日付は登場しなくなる。
といって、書くことをやめたわけでなく、日記をやめてからのほうがかえって、目に触れ、耳にはいってくるさまざまなことを、出歩いた先で、その場に立ったまま鉛筆で書きつけるようになって、ページを渡っていく文字の量は日一日と増えていった。

油臭い港湾で、朝から荷の積み卸しをするのが主な仕事だ。そのあいだわたしは、くたくたによれた革カバンの底で、カバーをとじてじっと待っている。

「待つ」。ノートにとって、書かれるのと同じか、それ以上の時間を費やす、いわば本業がこれだ。

「待つ」。表紙が開かれるのを待つ。開かれたあとも、宙をさまよう筆記具が、ページの表面に着地し、なめらかに走りはじめるのを待つ。速読のような勢いで、ノート一冊分、文字を埋めつづける、そんな書き手は地上にいない。書かれている時間の、何倍、何十倍の時間を、わたしたちノートは「待つ」ことで過ごす。そのありかたは、ページに記された文字よりも、まわりをとりかこむ余白のほうが、ノートの「地」であることに、とても近い。

ガバリ、カバンが揺れる。

少し歩いたあと、発車ベルが鳴り響いて、わたしたちは単線の車輛（しゃりょう）に乗りこむ。しゃっくりのような機械音のなかで、膝の上に置かれ、革カバーが無造作にひらかれる。青空を背景に、2Bの鉛筆がおどる。薄い朝の陽ざしが、この日さいしょのことばを黄金色ににじませている。

つるむらさき

ゆきのした

ボンボンキャンディー

そう、だいたいいつも、2Bの鉛筆をつかう。4B、Bのときもあるが、HBより硬い鉛筆はつかわない。筆圧がかなり強く、硬めだときゅるきゅる滑りがちなのが、不快なのかもしれない。

それはもう、みみっちく、涙ぐましいくらい丁寧に削る。「鉛筆削り」は、罪悪とおもっている。木工用のナイフで、うすく、うすく、江戸時代の落語家がみたら、なにかのネタにしたにちがいない、そんな細心さで軸と芯をまっすぐに尖(とが)らせていく。お金がない、そのこともあるだろうけど、多分にこれは、性格なのだとおもう。

ねこやなぎ

カレーラーメン

ばんえい競馬の馬の背丈は、サラブレッドの一・五倍書きつけるその字は、およそ流麗とはいえず、向きも大きさも、てんでばらばらだったりするのだが、ページを見わたすと、なんというか、独特の秩序がある。下町のでたらめな喧噪(けんそう)が、ほんの上空からみおろせば、人間のいとなみの自然さを、ありありと示しているように。

画廊でみた絵の、その場で書かれた感想の横に、噴水に落下しおぼれかけた猫が、海老(えび)のように身をしならせ、水面を叩いて跳ねあがったさまが、跳びはねる勢いの字で記されている。

職場で同じ班になった青年の、はじめて耳にする豊かな東北弁の語彙が箇条書きされ、その流れに接ぎ木するように、放射線にまつわる用語が縦書きでならんでいく。

猫は海老　ひげがあるじゃないか

稼ぎっ人ぉ呼ばって、後先よぐ、てまでぁ払ってけんなれ

秩序、とわたしはいったけど、別の見方をすると、こうした字の連なりは、男をとりかこむ「壁」にもみえた。男は内側から、ことばの城壁を建てているのだった。ときおりその銃眼から外をのぞき、揺れ動いてみえるものや、ゆうべとはちがってしまったも

のを、ことばでとらえ、文字の煉瓦(れんが)をページの上に組み上げていく。外で男は、よく笑った。たまには港の男たちと駅前の立ち飲み酒屋で杯を合わせることもあった。

ノートのわたしだけは知っていた。男がこの世から自分だけ「くりぬかれている」ように感じていることを。その跡を埋めようと、いくらことばを投じようとも、底の知れない穴の底へ、ただ吸いこまれ、消えていくだけだということを。

書き連ねたことばで、それがわかる、というのでない。ページを埋める、字の書きかただ。男は日々過ごしながら、この星でひとりだと感じていた、もっといえば、たまたま地表に足がついているだけで、ほんとうはたったひとり、命綱も、手がかりもなく、闇の宇宙空間に浮いている、そう感じていた。

男はページを足しつづけた。ことばを書くことは、数日の中断はあっても、けっしてやめる気配はなかった。

ひょっとして、このわたしが、命綱だったのかもしれない。

甲州街道(こうしゅうかいどう)

やさぐれ

ひなびたの「ひな」

突然、筆圧がかわる。暗闇に手を伸ばし、おずおずとなにかをたしかめる、そんな風に字は書かれる。同じようなことばが何度も記され、書き改められ、文章全体が、なかなか前に進んでいかない。茫漠(ぼうばく)と、誰かにあてた手紙の、その下書きなんだということがわかってくるが、文言はもちろん、ふだんにくらべて、書きかたが婉曲(えんきょく)に、曖昧(あいまい)に過ぎ、これでは伝えたい思いの、欠片(かけら)さえ伝わらない手紙になりさがってしまうことが、ノートであるわたしにはありありとわかる。

手紙においても、男は意識せず、伝えたいという衝動を、ことばの城壁で阻んでいるのだった。

男は一日じゅう書いた。書いては改め、書いては改め、そのうちページから、文字が落ち葉のようにこぼれ落ち、机や足もとにたまった。

呆れるほどの根気のなかで、手紙の文言はだんだんと「まし」になってきたようにおもった。もちろん、たえず共に暮らしてきたこの男を、応援したい、壁を破って、外の誰かと手を握り合ってほしい、そんなきもちも高まっていた。

ある日、下書きはやんだ。わたしは机の端で、カバーを閉じられたまま、何日も何日も字を書かれないで横たわっていた。

とある夜、決然とした手つきでカバーが開かれ、長々と記された下書きのページが、すべて、根こそぎ破りとられ、ゴミ箱に投げ捨てられた。次の日からまた、宇宙空間ではきだすあぶくのようなことばが、淡々と、いつもの筆圧で記されるようになった。

ほこりの重さ

張り巡らされた電線に、散らばった音符の響き

雪片が六方に腕を伸ばす、その速さ

書きかたが、ほんの少しかわる。ぎゅうぎゅう押しつけるのでなく、紙のむこうからやってくることばを、か細く尖らせた鉛筆の先で、釣りあげる。紙の底へ沈んでいっては、ゆったりと旋回し、おもむろに浮上する。ページ一枚に、まとまった文字のかたまりを書く。コンビニで複写し、どこかへファックスで送る。

手書きでなく、写植の字がならんだ一冊の本が送られてくる。明朝のありふれた活字だけれど、その表面には、男の筆圧、字の揺れ動き、文字どおりの「文体」が、朝靄（あさもや）のようにたちこめている。

男が、ことばで城壁を作っている、それはかわりなかった。かわったのは、壁のところどころ、自由に出入りできる通路がうまれ、そこを勝手に通るひとが、少しずつあら

われたことだ。

インタビューの日にち、時間が記される。あらかじめ投げかけられた質問に、どうこたえるかという下準備も(当日、喫茶店のテーブルの上できいていると、準備とはまったく関係のないことをまくしたてていた)。

ページの途中に、ときどき投函(とうかん)される手紙のように、名刺がさしはさまれる。男から電話をかけるようなことはけしてしない。

港湾での仕事はつづけている。

「本屋で、あんたの本をみたよ」

寺の次男坊だったというドライバーが、居酒屋で笑いかける。

「へんな題だなあ、っておもったんだ。ぱらぱらめくってみても、なんだかよくわかんねえ。詩っていうのか、ありゃ。コンテナとクレーンの詩は、きれいだな、っておもった。コンテナってあんなにきれいなんだな。あんたの名前には、あとで気がついたんだ。金がなかったから、そんときは買わなかった。図書館に、はいってるんだろ。今度借りて、ぜんぶ読んでみるよ」

ノートに、フォークリフト、トロ箱、もやい綱について、長い長いことばが書かれる。

一ページをこえ、二ページ、三ページ、どこまでつづくのか、ということばが、霧にけむる海岸線のように長々とのびていく。

途方もなく長いその「詩」は、とある雑誌に一挙掲載される。これまでになくおおぜいのひとが、観光客のように見あげながら、城壁の内外を出入りする。

ある朝、クレーンからはずれた鋼鉄のワイヤーが、狙い定めたように男の左肩を打つ。男の肩は粉々に砕け、もはや港湾の仕事をつづけることができなくなる。

労災や、同僚からの見舞金で、当面の暮らしは保障されてはいるが、生活のリズムが乱れ、ことばの焦点はぶれまくる。

リハビリテーションからの帰り、男はわたしを公園のベンチに置き忘れる。


三日後、白壁ばかりの空間に、あいまいな顔つきで男がはいってくる。壁には整然と、絵がかかっている。空間の奥から、わたしを片手に、女が歩み出て笑いかける。

「ご足労おかけしてどうもすみません」

「いえ」

男は口ごもり、女が拾ってくれたノートを賞状のように両手で受けとる。女はここ、ギャラリーで、デッサン画の個展を開催中。おとといノートを拾い、持ち主がわからないかとカバーをひらいたら、ポケットに無造作に保険証がつっこんであった。

男は壁の絵をながめた。一周し、また一周した。女はなにもいわず椅子にすわって眺めていた。

その夜男は夜にはばたく珍しい鳥の詩を書いた。ていねいにちぎり取り、封筒にいれてどこかへ送った。

二日後、朝日を四角く切りとったような、あざやかな白の封筒がとどいた。封を切るとなかから、輪郭線だけの、曙光（しょこう）におどりあがる鳥のデッサン画がでてきた。ちょうどノートのサイズにぴったりだった。男はあたらしいページに鳥のデッサン画を貼った。

日中はほぼ毎日ともに過ごすようになる。身のまわりのものだけバックパックに詰めて男は女の住む一軒家に引っ越す。

わたしにはじめて、鉛筆以外の線が引かれる。カラーインクの硬質な線。面相筆の、やわらかな線。ページの上に鳥が、蔦（つた）が、庭を横切る猫があらわれ、絵が乾いたら、男がとなりのページにことばを書く。

男のことばはひらいている。書きかたは、鉛筆で誰かのからだをなぞる風になめらかになる。城壁を組み上げていることにはかわらない。けれども、その城壁に足をかけ、朗らかにうたいながらのぼっていくのは、絵筆をもったひとりの女だ。ことばの煉瓦を手に、男は、壁の下から笑みを向ける。頂上から女も笑みをかえす。

城壁は堅固になる。雨風を受けようが揺るがない。

そのうち、煉瓦造りの家屋となる。男と女はドアをあけ、肩をならべてはいっていく。わたしの上に、ふたりの線が、絡み合いながら、おだやかに延びていく。

千をこえるページが詩に費やされ、旅先では、女の手が風景を、ふたりの目が同時にみている滝や、紫色に凪いだ港湾を、筆ペンでページに描きいれる。

男の字は、書かれているその時間に、まっすぐくさびを打つようだった。女の線は時間から飛びたっていくようだった。

正反対にみえ、ふたりは似たもの同士だったから、たまに食い違うと本気の口論となった。半日たつと、どちらかの手がわたしを台所に運び、ひらいたページになにか書きいれる。まもなく、野鳥が餌場を探るように、もうひとりが足音をしのばせやってきて、ひらかれたページを真上から覗きこむ。そうして返事が書かれ、ふたりはまた肩を並べて、近所の居酒屋へビールを飲みにいく。

挨拶状の下書き

お祝い返しのリスト

不動産屋の電話番号に、あたらしい住所

三年間で、わたしのページはまるまる五回入れ替わる。取り外されたページは女の手で紙にくるまれ、本棚の上の箱に安置される。

女の手がめずらしく数字を書く。からだの奥に糸をたらし、深度をさぐるような慎重さで。

翌週、女はもうひとりのこと、からだのなかで育ちはじめた、ちいさなからだのことを男に告げる。

真夜中まで男はひとり台所にすわっているが、ひらいたページをただみつめるだけで、そこに鉛筆の字を、一句たりとも書き記すことができない。

慎重に探る数字

産院にもっていく品のリスト

ゆうこ

あかり

うみ
あさひ
うたこ
すみれ
のぞみ

それから長い間、わたしのページはひらかれない。時がとまっているかのよう、あるいは、光速で宇宙を旅するカプセルのよう。もちろんわたしは待っている。「待つ」ことこそ、じっさい、ノートの本業だから。

突然だ。突然それはやってくる。

ページがひらかれる前に、わたしは飛んでいる。重いものを持ちつけない手で、危なっかしく握られ、ポーン、前に投げつけられる。ページがひらき、ばさばさと紙が乱れる。おもしろかったらしく、ふくふく、笑い声がする。ポーン、ばさばさ、ふくふく。

ポーン、ばさばさ、ふくふく。何度も、何度でも。

わたしのページは一ページ目からまっさらになっている。戦車が牧草地を蹂躙(じゅうりん)するように、三つ目の線が、野太く引かれる。

黄色いクレヨンの線。

左ページからはじまって、右ページを横切り、くるりとカーブを描いて上を目ざすと、そのままカバーを這(は)いすすんで、畳の上、廊下と、どこまでも進んでいく。部屋のまんなかでわたしは、黄色い線でつながれ、この家の一部になった、そんな実感をページの芯でかみしめている。

男の手が、ページを一枚、わたしからはずす。ちいさな目にみつめられながら、固い指の先で紙を折る、折る、折る。どことなくこんもりとした紙飛行機ができあがる。ちいさな手の先に、花びらのように握らせる。

フイ、手が動いて飛行機は飛ぶ。部屋を抜け、窓を出ていく。

飛行機が飛ぶ。

城壁をはるかにみおろして、別の国、別の時間へと、黄色い軌跡を残しながら、ちいさな飛行機が飛んでいく。

六十過ぎの風景画家

生後間もない頃から、父は、ひとが目をむけないほうをじっと見つめている赤ん坊だった。大きな目。その、見つめている向こう側の巨大さに、おくせず対抗し、吸いこまれないよう足をふんばっている、強いまなざし。

父の記憶によれば、うまれてはじめて描いた絵、消し炭を握りしめ、外れてうち捨てられていた戸板の上に、ゴリゴリ音を響かせて描きこんだ絵は、花でも動物でも、祖父母の顔でもなく、「空」だったらしい。白い雲が流れ、気まぐれに輝いたり、沈みこんだりする、茫漠とした空。

きいてみたことがある。

「どんな絵だったの？」

「上をむいてごらん」

顔をあおむける。黄金色の朝の雲。視界からあふれ、目の外にこぼれだす青白い光。わたしにはなんて呼んだらいいかわからない情景の真下で、

「ちょうど、そんな絵だよ」

ともなげに、父はいった。

信仰の篤い古い村で育った。あたらしい空を求め、木にのぼり、屋根にのぼり、煙突にのぼった。「上にあがるたび、空はいっそう遠のいていった」と、父は語っている。そうしてある日、意を決して、皆が寝静まった真夜中のうちに、村でいちばん高い鐘楼へあがると、鐘の表面をみつめながら、朝の日がのぼってくるのを待った。

その瞬間、空は消え去った。自分から、淡い光のなかに、泡のように溶けてしまった。そのかわり、鐘楼の周囲には、空より広い丘の連なりが、一本一本ちがう表情で腕を振りあげている樹々が、世界をまっぷたつに分断し、さやさやと流れている銀の川が、あらかじめそこにあったというより、たったいま光によって作られていく、そんな風合いをもって、むこうからたちあらわれた。

父はこの瞬間を忘れなかった。「鳥は毎朝これを見ている」、そうおもった。日がのぼるたび、新たにうまれかわるのだ、その意味で、父の左目は鳥の目だった。そして右は、赤ん坊の目をしていた。

大人の仕事はよく手伝ったけれど、子どもの輪には入れてもらえなかった。村の外の中学に通うようになると、父の絵をひと目見た美術の先生が、自分のもっている絵の具と筆をすべてくれた。さらに、画学生時代の友人とお金を出し合い、軽くて丈夫なイーゼルを買ってくれた。「神様の奇跡より、わたしは人間の親切を信じる」と、父は語っている。見も知らない若者らに、絵の具をメチャメチャに踏みつぶされ、口のなかに流し込まれ、プルシアンブルーのへどが出尽くすまで腹を蹴られつづけても。

卒業後、父が働きながら描きだした絵は、美術の先生やその友人たちを、控えめにいっても、困惑させた。父は海を、空を、山を見すえ、目にはいってくるものを、そのまま画布に写しとれれば、と願っていた（なかなか狙いどおりにはいかなかった）が、まわりには、その願いが伝わらないどころか、なにが描いてあるのかわからない、これは絵なのか、と、空気の抜けたボールみたいな反応しかかえらなかった。ただ青い筋が濃淡をなし連なっているだけ、あるいは、大小の白い斑点が画布を埋めつくしている。

「こどもの落書き」といわれた。

「利き腕をまちがえてる」とも。

赤ん坊の目、鳥の目で描きだす絵を、ひとびとはまだほかに見たことがなかったのだ。父は周囲を気にせず、コンクールなどにも応募しなかった。狭いアパートに画布や水彩紙がたまっていくばかりで、それでぜんぜんかまわないとおもっていた。描くべき空はまだまだ頭上にひろがっていた。

かの大家と知り合いになったのは、父とたまたま同い歳の、不器用な交通警官のおかげだった。はじめて交差点に立った彼の、不慣れな手信号は、町の中心部に大渋滞を巻き起こした。信号待ちの先頭で、イライラとスポーツカーのハンドルを叩いていたのが、国際博覧会の会場へ壁画を描きにむかう画家だった。隣には三十五年下の新妻を乗せていた。

「阿呆面したおまわりのうしろに、ひょこひょこ、青いものが通りすぎるのがみえた。俺はおもわず、エ、って声をだし、真上をみあげちまった。空が四角く切りとられて、横断歩道に降ってきたみたいにみえたんだ」

画家はエンジンをかけたまま、スポーツカーと新妻をほったらかし（渋滞はさらに絶望的なものとなった）、歩道をひょこひょこ進んでいく「青空」を追いかけ、市場のにぎわいの前でつかまえた。画布とイーゼルを抱えた父はそのとき二十二歳だった。

　アパートに山積みになった作品を「発見」した大家は、知り合いの画家、彫刻家、音楽家に舞踏家たちを引きつれ、週末ごとに、父の前にあらわれた。自らのからだを通し、あたらしい世界をまさぐっている表現者たちの多くが、父の絵に息をのみ、全身を揺さぶられた。大家がいうように、そこには、彼ら彼女らがはじめ持っていた目、だんだんと別の光が降り積もり、そのように世界を見ていたことさえ忘れていた、なつかしい目が、鳥のように、赤ん坊のように、むきだしのまま浮きぼりになっていた。なにが描かれてあるかは問題ではなかった。父の絵は、画布ごしに表現者たちをふりかえり、「おまえはどうなんだ」と太い声で訊ねていた。

「あとは、かたち、だけだ」

父とふたりだけのとき、絵に半ば酔った大家は、秘密を打ち明けるようにささやいた。

「描いているものの輪郭、形状、質感、そういったことをいってるんじゃない。わかるだろう、きみの絵は、画布からはみださんばかりに暴れている。事実俺の目にははみだして見える。そこに、目には見えないけれど、たしかに感じられる、かたち、を与える。はじまり、と、おわり、を与える。そうすれば、絵はきみの元を離れようが、きみがこの世から歩み去ろうが、きみの絵、でありつづけることができるんだ」

父は語っている。

「正直、わからんかったが」

「頭でわからなくていいことだ、そのことだけはなんとなくわかったよ」

父は描いた。大家のいいかたを真似(まね)れば「描きまくった」。描けば描いただけ、大家の紹介してくれた画商が、書面と引き替えにアパートから運んでいってくれた。父の絵は繁華街の角々に点在する小さな画廊のウィンドウを、だんだんと、初夏の川辺の蛍のようにかざっていった。

そのなかでももっとも小さい、逍遥(しょうよう)する釣り船みたいなギャラリーがあった。前を通りかかったとき、何気なくウィンドウを覗きこんだ父はしずかに息をのんだ。なにもいわずにドアを押しあけ、そこにかけられた、八枚の奇跡の前で呆然(ぼうぜん)と立ちつくし、若い女性の画廊主が声をかけるまで、「鳥の赤ん坊」みたいに目をみひらいていた。

「風景です」

女性はうしろからいった。

「ほんとだ」

自分がそれらを描いたことも忘れ、絵に飲みこまれながら父はつぶやいた。

「空や海のひろがりに、方向なんてない。上や下なんてあろうはずがない。この展示はあなたが？」

「ええ」

少しとまどいながら女性はいった。あとで知ったことだけれど、八枚の絵はすべて、上下、縦横をとりちがえて展示されていた。なんとなく、こっちのほうがいいかな、とおもってね、女性はのちにそう語っている。五年後にはわたしの母になる。小柄だけれど、はちきれそうな速度と勢いをにじませた、松の苗木みたいな人間だった。わたしがまだおさない頃、くつくつ笑いながら、父の口説き文句を教えてもらったことがある。

「あなたの目はみずうみだ」

唇をにやりと凄(すご)ませて母は真似た。

「もうひとつの目は、まつげに取りまかれた木星だ」

父の描く絵の底から、かたち、が浮かびあがった。それはおそらく、父自身の生のかたちでもあったようにおもう。はじめがあり、おわりがある。けれどもその外側から、はいりこみ、発露するものがある。どんなに忙しく動きまわっていても、契約書を電車に置き忘れたセールスマンであっても、誰もが父の絵の前ではたちどまった。

「自分がそこにいる。うまれてはじめて鏡を覗きこんだきもちがするんです」

風景ってなんだろう。父はひとり、イーゼルをかついでいって、どんな風景画でも描いた。鉄工所、自動車修理工場、蟬（せみ）のとまっているブナの幹、蟻（あり）の巣の出入り口。自在に動き回る目。のびてはちぢみ、けれどもかたちを失わない、線と面と色彩の、四角く切りとられた宇宙の一部。

「見えている外部だけではない」

父はとある詩人への手紙で書いている。

「風景とは、おもいもよらない通路をたどって、外部にはみでた内部なんだ」

遠い都会から、外国から、母の画廊にはひとが詰めかけた。一度来たひとが、親しい誰かを連れて何度もおとずれた。母のまわりはお祭騒ぎだったが、父はいっさい画廊には顔を出さず、イーゼルを抱え、誰の足も踏んだことのない木の根をのりこえ、森の奥を歩いていた。

兄がうまれ、わたしがうまれた。新しく引っ越した四角い民家の、運河に面したアトリエで走りまわりながら、父の描いた上に絵の具をぬりたくって遊んでいた、そういうと信じられないという顔をするひとがいる。世間でおもわれているほど、父は偏屈でないし、目を血走らせて画布にむかっているわけでもなかった。

「何枚でも描きゃいい。ほしけりゃもっていってくれ」

アトリエに来た画学生に、そういって微笑みかけたのをおぼえている。

兄は法律家をめざした。わたしは中学生になっていた。母がある晩、

「別の大陸にいってみるべきよ」

といいだした。ゆっくりと頭を振る父のおもいが、わたしの目には、透けるようによくわかった。波打つ砂漠や、凍りついた山、跳びまわる動物たち、そんなあなたの風景を望んでる顧客もいるの、母は黒い目を光らせてつづけた。画廊の広さは変わっていなかったけれど、訪ねてくるひとたちの服装や物腰が変わり、わたしはもう二年近く、母の仕事場に顔をだしたことはなかった。

事前調査、と笑いながら、空港のエスカレーターをのぼっていった。母は単身、別の大陸にむかい、そうして、いなくなった。砂漠の風に消えてしまった。母のきょうだいや親戚、まだ学生だった兄もふくめ、おおぜいが現地にでむいて捜し回ったけれど、ひと月、半年、一年がむなしく過ぎ、だんだんと母が話題にのぼることは少なくなっていった。砂埃の舞う市場に、かぶっていた帽子が売られていた、って話がある。逆に、白いスーツの男にエスコートされて、踊ってたって話もある。

父はただ、絵を描いた。風景画をひたすら描きつづけた。画布にひろがる風景のなかに父は、父だけのやりかたで、母の内部を垣間見ていたかもしれない。また、いなくなった母にしても、「おもいもよらない通路をたどって」画布のどこかににじみ出、おだやかな微笑みを浮かべながら、眠りこんでいるのかもしれない。この時期の風景画は、わたしの目には、とてもやわらかく映る。どんな言動をとっても、商売の手を広げよう

とも、父は母を信じ、母も父を深く信じていたことが、画布をひと目見れば伝わってくる。

母は、風景になったのだ。

現代美術館での展覧会にあたり、キュレーターが調査したところ、大家の紹介してくれた画商によって、父の作品の多くが横流しされ、跡をたどれなくなったものさえあるらしい、とわかった。父は頓着しなかった。

「何枚でも描きゃいい」

展覧会には、意外なくらい大勢のひとが集まった。みな、それぞれに馴染みの風景の前に立ち、「おもいもよらない通路をたどって」にじみ出た、みずからのなつかしい顔と向きあっていた。

あの、絵をもっていった画学生がきた。老大家は、三十五年下の若妻とともに現れた。画材とイーゼルをくれた先生は、車椅子で押されてやってきた。

喧噪のなか、父はほかの画家がけしてしないことをした。絵を描いたのだ。チケットを握りしめ、歩いてくるひとの波、整然とならんだ額縁、学芸員、退屈そうなこども、眠りこける赤ん坊。こうした展覧会のすべてを、父はその場にイーゼルをたて、風景画に描いていった。誰かが画布を覗きこもうが、わき目もふらず、まるで誰もいない滝の前で緑の光線を浴びているように目を細めて、内と外がくるくるといれかわる美術館の風景を、一枚の画布の上に浮かびあがらせた。

作品は会期半ばに仕上げられ、そのためにとっておかれた、いちばん奥の壁に展示された。いま行われている展覧会でみる、いま行われている展覧会の風景。絵の中に美術館のすべてが注ぎこまれ、またその美術館の奥に、この同じ絵が架けられている。無限につづく合わせ鏡のようなこの絵のなかに、思わず、ふらふらと踏みこんでしまうひとも少なからずいた。


展覧会のあと、父とわたしは、ぶどう畑のまんなかの一軒家に引っ越した。事務所にはいったばかりの兄が土地物件をさがし、信頼に足る画商も紹介してくれた。冬は畑のむこうに銀色の峯(みね)が突きだし、夏は真っ青な帽子をかぶっているような空がひろがる。春はそこらじゅうで花が爆発し、秋は空気そのものがぶどうの色に染まる。

日の出のあと光が落ちついてから、日が翳(かげ)りだすまで絵筆を離さず、四季の山、うつりかわる空の色ばかり描いている。六十を過ぎてから、画布の前で目をつむり、じっと座っていることが多くなった。わたしは戸口に立ち、軽食の皿をもったまま、父がこちらを向いて微笑むまで待っている。とじた目のなかでなにを見つめているのか、きいてみたことはないし、きいてみようともおもわない。絵筆を握った手を膝に置き、目をつむって座る父の姿勢。踏みこむのがもったいない、冬のはじめの雪景色みたいだ。

きのう、洗濯物を風に飛ばされ、いつもの軽食の時間に遅れてしまった。急いでサンドイッチを作り、そっとアトリエのドアを押し開けたら、父がいなかった。日中、散歩にさえでかけることは滅多にないのに。イーゼルには初夏の山を描きかけた画布が置かれてある。作業台の上に皿を載せると、わたしは動悸をおぼえながらアトリエのなかをさがし、引き開けられた大窓のむこうを覗きこんだ。草地にも、亀を飼っている池の端にも、誰もいなかった。夏草の匂いの風がアトリエに吹きこみ、わたしは髪に手をやりながら視線をあげ、息をのんだ。

父が山にいた。いま画布に写し取ろうとしている大きな初夏の景色のなかで、山よりも大きな父が稜線をまたぎこし、大木のような絵筆で、緑の樹冠に色を塗っていた。

「上をむいてごらん」

どこかでなつかしい声がする。父の椅子に腰かけ、わたしは目をとじる。そうして、そこにある風景にむけ、ゆっくり、ゆっくりと顔をあおむけていく。青い光が落ちてくる。頭上いっぱいにひろがり、そのなかへわたしは溶けていく。なつかしい声がいう。

「ちょうど、そんな絵だよ」

さまざまな年のサンタクロース

毎年十一月も末になると、そのアーケード街には、四人のサンタクロースが現れる。誰がいつ、取り決めを交わしたわけでもないのだが、四人はそれぞれ、同じ視界のうちにふたり以上がはいらない、そういう距離、時間をえらんで通りに立つ。

駅前のロータリーに面したアーケードの入り口に、まずひとり目。「ローストチキンのご予約はお早めに」「パーティ用プレート、いろいろ応相談」などの文言が、星や樹木、トナカイの図案に取りまかれたビラを、スーパーマーケットの自動ドアの前で配る。じっさい、スーパー内の精肉店で作られる、自家製のローストチキンはすこぶる評判がよく、峠をふたつこえた県外から、わざわざ買いにくる常連もいるくらいだ。訊ねられれば、サンタクロースは惜しみなく、ローストチキンをまんべんなく上手に焼くコツを披露する。

「塩加減と、焼きながら肉汁を休まずにかける、大切なのはこのふたつだが」

帽子の下の黒目をぐりぐり動かしながら、張りのある、潑剌(はつらつ)とした声で、

「ただ、まずはいい鶏を使うこった！　オーブンのなかから飛びだしちまいそうな、ほんものの鶏を！」

アーケードはわずかずつ左方向へ湾曲している。老舗のおもちゃ屋の前にテーブルを出しているのは、背がひょろりと高い、メガネをかけたふたり目だ。

「さあさ、これから魔法をかけますよ」

カランカラン、鈴を鳴らしながら、若々しい声でサンタクロースが叫ぶ。

「おひまなかたも、おいそがしいかたも、お代はただです、どうぞみてらっしゃい！」

学校帰りの小学生、ビニールバッグをさげた主婦、なにかを漁りにきたホームレス、雑多なひとびとが人垣をなし、そのまんなかで年若なサンタクロースは、なにもなかったはずのてのひらから、小さな金色のトナカイを出し、テーブル上の雪だるまにダンスを踊らせ、それまで触っていなかったランドセルから真っ赤な紙の帽子をとりだすと、唖然と口をあけている小学生の頭にかぶせる。

「子どもたちは、名前と、ほしいおもちゃをひとつだけ紙に書いて、この箱にいれてください」

金色の紙に縁取られた真っ赤な箱を抱えあげ、サンタクロースは笑いかける。

「まちがいなく、僕が届けます。魔法を使ってね。煙突は掃除しといてくださいよ」

湾曲したアーケードをさらにすすみ、信号のある角を右に曲がったところに、こぢんまりした輸入用品店がある。三人目はたいがい店内にいる。四人のうちで、からだにぴったり合った、誂えのサンタ服を着ているのはこの三人目だけだ。手袋、マフラー、カフリンクス、ブローチに、髪飾り。時間をかけて選びぬいた品々を、背筋をしゃんと伸ばし、時計職人のような手つきでビロード敷きの棚に並べていく。赤と緑の包装紙。これもみずから選んだ、金糸を使ったリボン。そうして、金を箔押しした、オリジナルのカード。

「贈り物をされるお客様には、カードを添えられるよう、おすすめしています」

地元紙のインタビューにこたえ、訥々と、ただし正確な発音で、三人目のサンタクロースは語っている。

「うちは『物』しかご用意できません。お客様のカードが、おひとりずつのことばが、それに息を吹きこむんです。『物』は、ことばを乗せる、船みたいなもんです」

三人目のサンタクロースは夏でも首まで締まった長袖のシャツしか身につけない。温泉やプール、銭湯の類には足を踏みいれず、左の手首から先は、一年じゅう白い手袋で隠されている。

十二月にはいると、ドアの前にクリスマスツリーが出される。飾りつけには特徴があって、丑年には牛、未年には羊、午年には馬にちなんだ小さな人形、浮彫、鈴などが、ほんものの樅の木の、ちょっと暗めの緑をきらびやかに飾る。アーケード街のみんな、角を曲がってわざわざ見に来る。戌年には犬でなく天使が飾られる。事情を知っているものはけっして、三人目のサンタクロースにそのわけを訊かない。

そしてアーケードが終わり、住宅地へつづく通学路と交差する角に、ガラス張りの洋菓子店がある。ドアの前の四人目は、みあげるほどの巨体を右へ左へ揺らしながら、まる一日立っている。四人目だけは、真夏、春休みや紅葉の時期であっても、ずっと店の前に立ちつづけている。

四人目は、意味のあることばが喋れない。話しかけられる内容はだいたいわかっているようで、アー、とか、ウイー、とか、肉の笛みたいな音を、喉あたりから発する。

地元の小学生にとって「サンタのぼり」は恒例の遊びだ。白いモールを握り、ボタンに足をかけ、帽子のてっぺん目ざしてのぼっていく。バランスを崩しそうになった瞬間、マットレス大の手が伸び、からだを支える。わざと落っこちようとする小学生もいる。肩と頭にしがみつく、十三人を乗せた、というのがこれまでの公式記録。本人の手を使えばたぶん二十人は軽い、と笑う商店主もいる。

ビラは配らず、呼び込みもできない。赤い毛布をつなぎ合わせた衣装に包まれ、ただひたすら店の前に立ちつづけている。

「ただよ、通りがかりに、あの、おっきいのをみると、なんか得した気がするんだよな」

公園に住む痩せたホームレスが、背の低いホームレスに語ったことがある。

「さあ、あとは腹をふくらますだけだ、ってさ。今日はなににありつけるかなって、足に力がはいる。やる気がでるのさ」

「じゃあ、ひとつそいつをみせてくれよ」

背の低いホームレスはいった。

「この三日、ばあさんのまき散らす、猫用のドライフードしか口にいれてねえんだ」


十二月も中旬にはいったある夜、アーケード半ばにある小さな居酒屋の奥に、四人の男が座っている。ひと目で、ははあ、と合点するものがいれば、齢も身の丈もばらばらなその四人組が、いったいなんの縁で集まったのか、見当のつかないものもいるだろう。

「この、カレイの炙(あぶ)ったのをくれ。それにイカ刺し、ブリ刺し、ふろふき大根、白菜と油揚げの炊き合わせ、叩きごぼうのごま和(あ)え、フグの天ぷら、最後にフグ雑炊」

注文を終えた、浅黒い顔にぎょろ目を乗せた中年男に、背丈のひょろ長い、三十がらみのメガネ男が笑いかけ、

「肉はもう、みたくもねえよ、って感じなんですか」

「まあ、そういうのはなくもねえが」

中年男は苦笑し、

「一応、この店にもうちが肉いれてんだ。この店の料理に合うように、俺が選んで、じ

かにもってくるんだ。やってくるお客さんにこそ、食べてもらいたいじゃねえか」

　巨体のひとりを除いた、ふたりの聞き手は何度かうなずく。奥まった席にいても、居酒屋じゅうにひしめく喧噪はじゅうぶんに感じとれる。忘年会シーズン、というだけではない、この店は年がら年中、いつだってお祭当日のようににぎわっている。

　ごま和え、炊き合わせを皮切りに、テーブル上へつぎつぎと料理が運ばれる。小柄な老紳士は背筋を伸ばし、燕がひらりと舞うような手つきで、盃(さかずき)の燗酒(かんざけ)を干していく。目を落とすといつのまにか、魔法のように、盃はまた満ちあふれていて、メガネ男に視線をむければ、照れた微笑みをたたえながら、素知らぬ顔でジンジャーエールを啜(すす)っている。

「僕が十代のころと比べても、ずいぶん様変わりしてますよ」

　メガネ男は三人に向かい、ごく自然なささやき声で話をむける。

「いまや、ほしいっておもちゃの半分以上がゲームソフトです。箱の用紙をひらけば、セインツロウとか、生まれいずる星へ祈る詩とか、そんな呪文ばっかりで、こっちこそ魔法ゲームにまきこまれたみたいで」

「そんな注文するだけかわいいほうさ」

　フグの身を骨からはずし、中年男は、

「うちなんざ、一昨年(おととし)からゲンナマだぜ、上のも下のも。なんに使うつもりかきいたら、あと一枚上乗せしたら教える、だとよ」

ウオウ、アア、胸の奥を鳴らし、坊主頭の巨人が焼きおにぎりを頬張る。洋菓子店の内情がたいへんなのは、アーケード街のみなが知っている。店主はこの夏、目の弱い老婆が乗ったスクーターに後ろからつっこまれ、先月になってようやく歩行訓練ができるようになった。店主の妻は、接客は慣れているものの、ケーキを焼くのは正直いって、毎朝の味噌汁を作るようにはいかない。そうしてこのシーズン、よそから腕のいい職人を引っぱってくるなど、当然不可能である。

「うちもなあ、昔っからの常連さんはありがたいけどなあ、いまの忙しいお客さんらは、予定たてるのが難しいから、どうしたって当日、ファストフードの照り焼きや、フライドチキンで間に合わすほかなくなるよな」

「去年も僕、袋にゲームソフト満載して、うちのバンで配達にまわったんですが」

その日だけ、おもちゃ屋のミニバンの両側には、原寸大の、張り子のトナカイが貼りつけられ、地元の交通警官は見て見ぬふりをしている。

「僕の恰好、見向きもしないどころか、取りにもでてこない子どもさん多いですよ」

「が、わたしたちもね」

それまでほとんど黙りこくっていた老紳士は、ほんのり赤みがかった額をこすり、微笑みかと見紛うようなおだやかな、ただ、どこか諦めにも似た、この世の果てを見極めてしまったような淡い表情を浮かべて、

「わたしたちのクリスマスはどうだろうね」

といった。巨人が焼きおにぎりを嚙みしめる音が急に大きくなる。

「俺たちの？」

「そう、わたしたち自身の」

老紳士は燗酒三合分の吐息をテーブルの上に、ふう、とつき、

「たとえばだよ、考えてみれば、わたしはここしばらく、誰にもプレゼントを贈ることをしていない。誰からもプレゼントをもらっていない。わかってる、クリスマスはプレゼント交換だけの日じゃあない。だがね、贈り、贈られる、って、そのことの特別さを、わたし自身、忘れかけてきてる、そんなような気がするんだよ」


アーケードの天井に奇声が響く。ひとり目のサンタクロースが目をむけると同時に、幼児の手を握った女性が、疾走する三台の自転車列から、あやうく身をかわし、地面に伏せる。制服の前をはだけた高校生三人が、それぞれイヤフォンの音楽に合わせて唄をがなり、通りゆくひとのあいだを切り裂いて走っていく。幼児は道に膝をついて泣いている。駆けよったサンタクロースが手をさしのべると、コートの下の若い母親の腹は、ぷっくりと丸くふくらんでいる。

夕方のマジックショーを終え、テーブルの上を片づけて店に戻ったふたり目のサンタクロースは、口ひげを少しずらし、すんすん、と鼻を鳴らしてみる。店のなかに、ふだ

んにはない甘い香りが、うっすらと立ちこめている。果物でもない、焼き菓子でもない。サンタクロースは甘いものが苦手ではない。が、たったいま自分の店を染めているこの匂いには、どこかしら不穏な、顔面の裏をけむくじゃらのものでひっかきまわされるような荒々しさを、うすっぺらな、嘲(あざけ)りを感じる。サンタクロースは身を屈(かが)め、匂いのもとを発見する。消防車、ピアノ、電気サーベル、おしゃべりする人気キャラクター。店内で試せるすべてのおもちゃのスイッチに、薄みどり色の、かんだあとのガムが塗りこめられてある。

どれほどいたずらされようが、クリスマスツリーは店内には入れない、ずっとその方針で、三人目のサンタクロースはやってきた。置かれるべき場所にすべてのものが収まった狭い店内に、鉢を据える場所がそもそもなかったし、大ぶりなガラス窓のむこうは、レジカウンターのなかにすわっていても、悠々視線が届く。干支(えと)の飾り物やリースが、こっそり持って行かれようが、それは、ほしがっているひとの手に渡るのだから、喜ぶべきことなのだ、とさえ思っている。ある日、店の電話が鳴る（携帯電話は使っていない）。受話器をとりあげ、いつもの落ちついた声で店の名を告げる。返答はない。なんど呼びかけても返答はない。サンタクロースは受話器を置き、何気なく窓の外をみる。クリスマスツリーは店先から鉢ごとかき消えている。

赤い音でサイレンが鳴り響き、ひとびとはひとり、またひとりと家の外に出、近隣の街路をみまわす。夜の巨大な生き物のように、黒煙がたちのぼり、星空を部分部分、気まぐれにかき消していく。火事は「ベツレヘムの宿」で起きた、と人づてに話が広まる。アーケードを抜け、小学校と反対側に坂をのぼっていったところに建つ高齢者向け介護施設。火元は台所、とある入居者が、真夜中の二時にひとり、かき揚げうどんを作ろうと、油を張った中華鍋をコンロにかけた、とのこと。

早めに化学スプリンクラーが作動し、火はさほど燃え広がらずにすむ。七十人の入居者は、配られた毛布でからだをぐるぐる巻きにしながら坂の上に立ち、半透明な煙をたなびかせ、真っ白な朝日に浮かびあがった自分たちの住処(すみか)を、呆然と見ている。十二月二十四日の早朝。午前中は女性陣がちらし寿司をつくり、午後から、飾りつけのすんだロビーに集まってカラオケ大会をひらく、そういう予定だったのに。

「仕出しでまあ、いいじゃないか」

誰かが力なくいうと、声の嗄(か)れた女性が、

「きょうの今日だよ。どこもうけてくれるもんか。そんなお金もないし。それだったらあたしたちが、ロビーでつくるよ、この焦げくさい、湿ったロビーで」

吐き捨てるようにいう。色とりどりの折り紙で飾られた窓際のボードに、白々と、無情な陽光が当たっている。誰も手を動かそうとしない。足を踏み出そうともしない。みながみな、その年齢のまま、一年の他の日と何ら変わらない、このつまらない日のなか

で凍りつき、前にもうしろにも動けなくなってしまった、そんな風に、時間の上に立ち尽くしている。

ドアベルが鳴る。

施設の責任者が、玄関先でアッと声をあげる。自動ドアの前に銀色の皿を抱え、サンタクロースがひとり、首をわずかに傾(かし)げて立っている。責任者に皿を渡すと、うしろに停(と)めたワゴン車から、次から次とあたらしい銀皿を出し、玄関に集まってきた入居者に手渡していく。どの皿にも、やわらかに焼きあげたローストチキン、ほのかにしょうゆを効かせたポテトサラダ、にんじんとさやいんげんのソテー、ローストビーフの塊が満載されている。「金魚のパン屋」で提供してもらった、ふわふわの食パンも手渡していく。

介護のグループリーダーが、名前を呼びかける。ロビーのテーブルに、取り分け用の絵皿、グラスを並べながら、サンタクロースは苦笑し、頭をさげる。

「おやじんときは、ずいぶん御世話になっちまって。ありがとうございました」

入居者たちの顔を見まわし、

「クリスマスに、うまいたべものがないなんて、そんなまちがったこたあないでしょう。それに、この肉をいま、この町で、いちばんうまそうに食ってくれるのは、ほかならない皆さんだ。肉のほうでね、こっちへ、こっちへ、って来たがったんでさあ」

ドアベルが鳴る。

今度は、ひょろ長い、メガネをかけたサンタクロースが、照れくさそうに頭をかいている。と、顔を出した入居者の上から、一枚、また一枚、だんだんと勢いを増して、ピンク色の花びらが降り落ち、玄関の床を桜色に染めていく。張りぼてのトナカイが二頭、口をあけて「赤鼻のトナカイ」を唄いはじめる。

歩を進めるたび、ぎっちょ、ががっこ、ぶり、ががっこ、と不思議な音を足裏から響かせながら、ロビーに顔を出したふたり目のサンタクロースは、ローストチキンをちょうどよい大きさに切りわけていく、もうひとりのサンタの姿に一瞬たちどまる。が、すぐにロビーの隅へ向かい、

「クリスマスってのは、みんなに魔法がかかる日です。うれしくなる魔法、たのしくなる魔法。祈る魔法。遠い誰かに会える魔法」

「もうすぐ、孫が会いにきてくれるんだ」

入居者のひとりが声をあげる。

「だから、とりわけおもしろい手品をたのむよ」

「こんなのはどうです」

そういって、後ろに置いた白い袋を、カーテンを押し開ける勢いでひらく。と、頭にトナカイの角をつけた五歳の孫娘が飛びだし、入居者に駆けよって、おぼえたてのクリスマスの唄を懸命に口ずさむ。

ドアベルが鳴る。

おだやかな物腰の三人目のサンタクロースが台車を押してくる。

ロビーに集結している入居者たちの風貌にすばやく目を配り、
そうつぶやきながら、段ボール箱から、金糸のリボンをかけた手袋、マフラー、靴下などを、それがもっとも似合う相手に手渡していく。

「メリー、クリスマス」

「メリー、クリスマス。みなさん、メリー、クリスマス」

やわらかなローストチキンに舌鼓を打ちながら、入居者たち、来訪した家族は、マジックショーに見入る。カラオケの時間はクリスマスの唄一色になり、午後は三人目のサンタクロースが、ＤＶＤのプロジェクターを白い壁に向ける。用意したプログラムは、森繁久彌（もりしげひさや）主演の「社長シリーズ」。

「意外だな、あんたのことだから、洒落（しゃれ）た洋画でもかけるかとおもったよ」

ひとり目のサンタクロースがいたずらっぽくいうと、三人目は微笑み、

「クリスマスには笑いがないとね。それに森繁は、世界最高のサンタだ」

「てえことは、三木（みき）のり平（へい）は、最高のトナカイだな」

ふたりは笑顔を見合わせてうなずく。

「みなさん、それぞれのご商売がおありでしょうに」

グループリーダーが廊下の薄暗がりでささやき声をかける。

「それにみなさん、今日はそれこそ、一年に一度のかき入れ時じゃあないですか！」

「なにをおっしゃるんですか。僕たちはサンタクロースですよ」

ひょろ長いメガネのサンタクロースが肩をすくめ、

「いまやっていることが、まさに僕たちの仕事です」

今度は、ドアベルは鳴らない。

映画が終わるタイミングを見計らっていたように、玄関からロビーへと、にぎやかな奔流が突っ走ってくる。真っ赤なサンタ帽をかぶった、ひとクラス分はいそうな小学生。いちばん最後に、見あげるような巨体のサンタクロースが、土俵入りの歩調でゆっくりと歩いてくる。

みなが目を丸くして見守るなか、男の子がひとり、女の子がひとり、サンタクロースの腹から胸へ、つぎつぎとよじのぼっていく。頭にしがみつき、肩にまたがり、サンタクロースが水平に広げた両腕にも、何人もの小学生がとりすがる。ひとによって、覚えている人数がまちまちなので、公式の記録ではないにせよ、「ベツレヘムの宿」の「サンタのぼり」が、過去最大の人数だったことはまちがいない。なにしろ、多く見積もったひとによれば、四人目のサンタクロースはこの日、そのからだに三十二人の子どもを乗せたのだ。

翌二十五日の朝、四人のサンタクロースはそれぞれの玄関先、シャッターの前、郵便受けに、四個の紙包みをみつける。ほか三人の顔を浮かべ、小さく微笑みながら屋内にはいる。

けれどもう一個は？

誰ひとり疑問にはおもわない。四人はまたサンタクロースの服を身につけ、アーケードに出る。おおぜいが手を振って寄こす。記念撮影を求められ、少女と握手し、犬を抱え上げる。

精肉店、おもちゃ屋、輸入用品店、洋菓子店にひとが詰めかける。午後には行列さえできていく。

「いったいどうしたわけだ？」

ひとり目のサンタクロースがレジを叩きながら常連客に声をかける。

「あんたたちと同じさ」

峠をふたつ越えてやってきた中年男が笑みを送って、

「俺たちもみんな、クリスマスイブを一日ずらすことにしたんだ。メリー、クリスマス」

日暮れにはもう人影はまばらになる。四人のサンタクロースは身を寄せあい、通りゆく人に陽気に声をかけながら居酒屋へ向かっていく。後ろ姿を見て、おや、とたちどまるアーケードのひとも少なくない。今夜は、もうひとりいるんだな。ほらみてみろ、うちの商店街の、あの五人のサンタは、なんとも仲がいいじゃないか。

この夜、遅くから雪が降りだす。外に出ているひとは少ない。だから、気づかれることはほとんど、なかったかもしれない。先送りされたクリスマスイブの夜、灯りの消えたアーケードの上に、音もなく舞い落ちていく雪の結晶は、よくみればどれも独特のかたちをしている。

ね、うし、とら、う。

たつ、み。

うま、ひつじ、さる、とり、いのしし。

白い犬もいる。銀色の尾を振りたてて、輸入用品店の、真新しいクリスマスツリーめがけてまっすぐに落ちていく。

おもちゃのような、動物のかたちの雪片が夜空から降りそそぐ。遅くまで起きていた耳のよいひとは、ほの白く輝く夜空の先に、遠のいていくかすかな鈴の音をききとったかもしれない。

「ほら、これ」

「なんだ、え、おい、鶏の足じゃあねえか」

背の低いホームレスは段ボールハウスのなかで起きあがる。痩せたホームレスは紙パックの酒をもってあがりこみ、

「クリスマスってこういう日だそうだ」

水筒のふたに注ぎながらつぶやく。

「ふだん、親切にしようなんて、おもってもみねえ相手に、とりわけ親切にしてやる日なんだそうだ。だから、ほれ」

「ああ」

背の低いホームレスはあぐらをかいて受けとり、

「俺もこれ、あとでもってこうとおもってたんだ」

そういって、ローストビーフの塊を皿ごと手渡す。

「メリー、クリスマス」

「メリー、クリスマス。うん、こりゃあいい鶏だな」

ひと粒ひと粒、ことなったかたちの雪の結晶が、段ボールハウスの屋根に降り落ちていく。


メリー、クリスマス。

小学四年の慎二

小学三年までも、担任教師と日記のやりとりがなかったわけではない。ただ、ページ全体を埋めていたのは、悪意、悪ふざけ、抵抗、そして無視だった。

日記のなかで慎二(しんじ)は、亀の背に乗ってハワイにいった。ハワイでは万博がおこなわれ、にほんの「しんぜんたいし」は、ハワイの「しんぜんたいし」とすもうをとった。張り手でふっとばされた尻の下に、慎二の兄がいた。「おにいちゃんは口からないぞうをはきだして、しんだ」。そのあとに担任は三文判以外なにも書き残していない。最後まで読まなかったにちがいない。

三年の秋、かけ算の授業で、木が五本立っていて、そのあいだがめいめい三メートルあいています、木の端から端まで何メートルでしょう、という問いに、名を呼ばれた女子児童が、十二メートルです、とこたえ、よろしい、と黒板の図を消しかけた担任の背に、ちゃう、ちゃう！　そんなんちゃう！　と慎二は大声で呼びかけた。なんやまたお前か、といいたげにふりかえり、なにがちゃうねん、担任が目をすごませると、慎二は得意そうににやにや笑いながら、木ぃって、太さあるし、といったのだ。担任は歩みよっていき、足もとのスリッパをとってまともに頬を打った。左、右、もう一度左。

その教師が転勤することになり、四年の春から新しい担任がついた。もともと学校にいたのではなく、遠くから赴任してきた、二十代後半のその女教師は、黒板に「山口トモ子」と端正な字を書いた。

昼休みの時間、本を読んでいる三、四人の女子をのぞいて教室には誰も残っておらず、担任用の机に浅く腰かけ、ノート類に目を通していたあたらしい担任のうしろから、慎二は四つんばいで近づいていき、そうして椅子の脚をくぐり、山口トモ子のスカートのなかにもぐりこんだ。

ストッキングの足がわずかに動いたが、それ以外なにも反応はなかった。薄暗いスカートのなかは、タンスの匂いがした。しょうのう、と祖母がいっていたのを、慎二はおもいだした。その匂いに慣れると、今度は別の香りが鼻の奥深くをくすぐった。甘く、香ばしく、あたたかい。焼き餅を、砂糖を溶かした醤油に浸し、さらに焼き網にのせたような。そして焼き餅なのに、さわってみるとすべすべなのだ。慎二は何度も何度も吸いこんだ。吸いこんでは吐き、さらに鼻をひらいて吸いこんだ。

五時間目の予鈴が響くや、手品師が幕を切り落とすような勢いで、山口トモ子はさっと席を立ち、教員室かトイレかをめざし、廊下へ出ていってしまった。

慎二はその夜、四年生はじめての日記に、つぎのように書いた。

「せんせい、今日ぼく、せんせいのスカートのなかにはいってたんやで。はずかしくなかったのですか」

　翌朝、一時間目の前に提出し、六時間目の終わりには、児童それぞれの手元に日記が返ってきた。材木屋の裏で、角材にすわってページをひらいたら、真っ赤な字の列、赤いかたまりが、両の目にとびこんできた。

「ああ、あれは慎二くんだったのか」

　山口先生は書いていた。

「ずっと鼻がくんくんいってるから、クラスでかってる犬かとおもったよ」

　それからえんえん、犬という生き物が、どれほど鼻が利くか、実例をまじえながらの説明がつづいた。気がつけば、ふだん読みふける読み物以上に、慎二はその文面に没入していた。活字でなく、赤い肉筆。しかも、自分ひとりにだけあてた、犬の物語。秋田犬は猛り狂う熊を前にしてもけしてひるまない。戦争のとき爆弾を腹に巻いて突撃させられた犬がいた。世界ではじめて宇宙旅行に出たのは犬だった。そしていまもこの空の上を、たったひとり、地上を見つめ、周回している。

「おはよう」

　教室で、朝日を背景にみなに笑いかける山口先生は、ズボンやジャージでなく、スカートを身につけていた。慎二の胸のなかが、そのスカートのように広がる。春風を受けてはためき、犬がまわりつづける空の高みまで飛んでいく。

「ぼくは宇宙ひこうしになんかなりたくないです」

慎二はその夜の日記に書いた。

「ずっとまわりつづけて、みえるのは地面だけやなんて、つまらへんとおもう」

翌日、山口先生はこう書いてきた。

「地球がみえるのは、つまらないかな。アメリカ、ソ連、メキシコ、ケニア、ほっきょくになんきょく。そこでは、ほんもののひとたちが、ほんとうに住んでいる。テレビなんかじゃなく、にんぎょうげきでもなく。ほんものがみえる、っていうのは、よくよく観察すれば、なんだっておもしろいことだとおもうよ」

「ようちえんのとき、ふちょうのおばさんとばんぱくにいったことありますか?」

慎二は書いた。

「ガーナかんにいったら、ひとがほんとうにまっくろいので、びっくりした。ほんものはまっくろくて、きれいだった。黄色い服のおねえさんが、おにいちゃんとぼくに、一枚ずつチョコレートをくれた」

「先生もいきましたよ」

山口先生は書いた。

「アメリカ館や三菱未来館みたいに、人気があってたてこんでいるところより、慎二くんのいったアフリカ村や、マレーシア館なんかのほうが、ひとがいきいきしていたね。ほんものの笑い顔がいっぱいでした」

ビルマとベトナム、オーストラリアに、行ったことがあります、と山口先生は書いていた。飛行機に乗りこむ姿として思い浮かぶのは、野球選手、商社勤めの伯父ばかりで、若い女性が、しかも外国へ、という発想のなかった慎二は、虚をつかれ、心底おどろいた。気がついたら父親の本棚から、外国のことがいろいろ載っている図鑑をもってきて、祖母の部屋の隅に座りこみ、ビルマ、ベトナム、オーストラリアのページをめくっていた。

ビルマとベトナムは、日本に似ていたが、空の広さがちがった。濃緑色の山の深みが少しおそろしかった。オーストラリアのページにはカンガルーと港、砂漠の写真が載っていた。それぞれの土地に山口先生がおりたち、スカートをひるがえして歩きまわる様を思いえがこうとしたが、全然うまくいかなかった。ジャングルでも砂漠でも、自動車の行き交うまちなかであっても、山口先生の姿だけが、光る輪郭をもって前面にすっぽり飛びだし、まわりの風景は新聞の粗い写真のように、遠く遠く、後ろのほうへかすんでしまって、そこがどこなのか、地名なんていうことは、ほんとうにもう、どうでもよくなってしまう。

自分だけが特別でない、そのことは慎二もわかっていた。休み時間の教室で、女子児童たちが、山口先生の長い、ときに長すぎるほどの日記の返事を話題にするのを、何度も耳にした。一行しか書かなかった日記の隣が、赤ペンの文字で一ページ埋めつくされていたり。

小学四年生の日記を読み、少し考え、返信を書く。どうしたって、ひとりあたり五分はかかるだろう。ひとクラスに三十五人、ということは、三時間近く、山口先生は机に向かって、書きつづけている計算になる。そして慎二が目で追っているかぎり、昼休みの少しの時間を除いて、先生はずっと教室にいた。赤ペンの字はまちがいなく先生の筆跡で、誰かに代筆を頼むようなひとでないことは、ひと月も経てば慎二にもよくわかっていた。

日記でじかに訊ねてみる気は、ふしぎと起きなかった。山口先生は、たしかに謎めいてみえたが、慎二にとって、小学四年生にとって、謎めいてみえないことなど、およそこの世になにもないのだった。三年までは考えもしなかった疑問、ふしぎなイメージが、本を読んでいてもテレビにむかっていても、両親やきょうだいと食卓を囲んでいるときでさえ、むくりむくりと首の芯から湧いてきて頭蓋骨を満たし、目鼻から噴きだして周囲の光景を別の色に変えてしまう。

そうして、日記のなかの山口先生には、その噴きだしているイメージが、遠く離れていてさえ、ありありと見えているようだった。なにを投げかけようが、先生のことばは先まわりし、水平線から流れてくる銀の雲のように慎二をつつみ、慎二の抱いていた謎、イメージは、いつのまにかその雲のなかへ溶けてしまって、解消されるのでなく、もっとひらけた未知の場所へと、年齢をこえて、慎二の身を運んでいくのである。

「犬や鳥とかいわができる、医者の話をよみました。ぼくはしんじません」

慎二は書いた。

「犬がしっぽをふって、お手をしているときに、かいぬしのことを考えているか、もうすぐでてくる汁かけごはんのことを考えているか、外からじゃ、ぜったいにわかりません」

「わたしが慎二くんと、教室で話しているとき」

山口先生は書いた。

「わたしが慎二くんのことを考えているか、コロッケのことを考えているか、外からじゃわかりません。わたしにも、慎二くんが、わたしのことを考えているか、ドッジボールのことを考えているか、わかりません。人間と動物だけじゃない。人間同士も、外からじゃぜったいにわからないの。わからないから、相手とちがっているから、相手に伝えたい、わかりたい、っておもうんじゃないかな。この返事を書いているとき、ほぼずっと、わたしは慎二くんのことを考えています。そのことは信じてくれるかな」

「ロンドンやペキンは、ほんとうにいま、この世にあるのんか。ばくだんがばくはつしてみんなこなごなに吹き飛ばされたところじゃないやろか」

慎二は書いた。

「いるとおもってるだけで、もしかしてたったいま、中島（なかじま）くんや谷口（たにぐち）さんも、チンチン電車にはねられて、この世にもういないかもしれへん」

山口先生は星の光の話を書いた。今日の夜空に輝いている、三十万光年かなたの星の光は、三十万年前、その恒星から発せられ、慎二の目に、山口先生の目に、星空をみあげている誰もの目に、その瞬間にとどく。

でもそれは、人間と人間でも同じこと。あなたがそこに見えていた次の瞬間、あなたはもうそこにいないのに、相手はそこにいるあなたの姿しか、そのときにはみえない。

「わたしは、いま、というのは、点じゃなくて、もっと太い、じゅれい何百年の木みたいなものじゃないかとおもいます」

山口先生は書いていた。

「三十万光年かなたの光が発せられたのはいまだ、って、星をみあげるとき、わたしはしぜんにそう信じてしまう。その瞬間、いま、ってつまり、三十万年の太さがあるよね。ばくだんがはれつしてもしていなくても、ロンドンもペキンも、いま、そこにあるし、中島くんや谷口さんも、いま、ちゃんと元気でいる。もし、この世にいなくなっていても、いまは、この世にいるときもふくめて、そのひとをわたしたちとつなげてくれる。いま、ってね、時計の針のことじゃない。わたしたちを太くふくんで、時間の海をはこんでいってくれる、沈まない船のことだよ」

正直、よくわからないところも慎二にはあった。けれども、そのわからなさは、ことばのわからない、けれど惹きつけられる音楽演奏の現場に立ち会っているかのように、あきらかに心地よく、何度もくりかえし読んでいるうち、ふだん親しんでいる場所の外へ、外へと自分が連れ出されていくのを、意識せず感じていた。そのうちに慎二は、はっと視線をとめて立ち止まった。「いま」、読んでいるあいだじゅう、先生のいうとおり、ほんとうにずうっと、いまだった。

学校で会う先生は、日記のなかの先生のうしろへ、外国の町並のように、徐々に後退していった。放課後、ひとりでひらく日記帳のなかにこそ、慎二にとって、ほんとうの山口先生の姿があった。一見、人間のかたちをしてはいるが、それはただの窓枠にすぎず、読んでいる「いま」のあいだ、慎二はその窓をすり抜け、真っ赤なサインペンの文字を踏み台に、ほんとうの山口先生、乳白色の霧のようにひろがった、ことばのむこうの風景を旅していった。そこに書かれているのもたしかにことばだったが、それは学校や家で、同級生やきょうだいの使っていることば、日本語とは、響き、感触、匂い、すべてがちがっていた。窓の外の風景は、伯母に連れていってもらった万博の空気にどこか似ていた。パビリオンは、ただの建物でなく、それぞれ想像もつかない外国の土地への、開け放たれた窓なのだ。

夏休みが終わり、ひと月以上たまった日記をランドセルに入れて登校した慎二を待ち受けていたのは、教壇に立つ、眼鏡をかけた小柄な男性だった。山口先生は、ご病気で、九月から僕が担任になります。今日の一時間目は、自己紹介をしてもらいましょう。名前と誕生日、それに、おとうさんとおかあさんの仕事がなにか、先生に教えてください。

慎二は二時間目がはじまる前に学校を抜けだした。週に一度、国立病院へアレルギーの注射をうちに通っていたため、授業をさぼることにあまり抵抗感はなかった。商店街半ばの書店で、わりと親しいアルバイトの大学生に頼んで、小学校に電話をかけ、父兄をよそおい、病院の名前と入院してからの日数をききだしてもらった。慎二は渦に巻きこまれる感じをうけたが、そこは、毎週注射をうちにいっているのと同じ国立病院だった。

地下鉄を乗り継ぎ、三十分後には、慣れ親しんだ外来受付の前を通っている。顔見知りの看護婦が、おや、という顔で視線を送ってくるが、目にはいらないふりをし、まっすぐに病棟をめざしていく。長く引き延ばされた「いま」のなかを小四の慎二は歩いていく。掲示板のポスター、アナウンス、明滅するエレベーターの数字、すべてがいつもとはちがう、外国の気配を帯びている。

３０３号室のドアの横。「山口トモ子」と書かれた札。慎二はドアノブを握り、音が出ないようゆっくりとまわし、そっと手前に引きあける。引きあけようとする。ほんの少しひらいたところで、慎二のからだは止まる。風に吹かれた梢が徐々に凍りつくみたいに、ゆっくりと止まってしまう。廊下を通り過ぎていくひとは誰もいない。長い「いま」が、いくつもの夜を連ねたむこうから、真鍮(しんちゅう)のドアノブに映りこんでいる。慎二はドアノブを離す。ランドセルをおろし、羽根をはさんだように膨れた日記帳をとりだすと、わずかにひらいたドアの隙間にはさみこむ。

「きてくれてありがとう」

翌日、ひらいてみたページには、薄い鉛筆の、しかし端正な文字でそう書かれている。

放課後にでかけていった３０３号室のドアノブに、日記帳は、外国語の模様がついた紙袋に入ってぶらさがっている。慎二は病棟の談話室で読む。

「でも、病院にきた時間には、慎二くんは社会のじゅぎょうをうけているはずじゃないのかな」

「いま、は、とっても大きいもの」

と次の日記には書かれる。

「病院の時間、家の時間、学校の時間。それぞれ、べつべつにはなくて、ひとつの大きないまのなかに、人間の生きているいまのなかに、ひとしなみに、たばねられていくものでしょう」

とある夜、慎二は談話室で声をかけられる。顔見知りの内科医。もう七時だぞ。きみがここにいること、おとうさんおかあさんは、知っているのかな。おとうさんおかあさんは知らない。おばあちゃんは知っている。おばあちゃんにだけはこの、羽ばたく最中の鳥みたいな日記帳をひらいてみせ、病院にかよっていることを告げた。

「いっておいで」

おばあちゃんはいった。

「おまえのしてることは、おまえが考えてる以上に、うちが思う以上に、おまえにとって大切なことのような気がするわ」

「三十万光年かなたの星から、いまみえるちきゅうでは、ネアンデルタール人がておのをもって、あるきまわっています。たったいま。小学四年生の慎二を、二十八歳の山口トモ子がみる。二十八歳の山口トモ子が、小学四年の慎二をみる」

あぶなっかしいことやけれど、この先生やったら、あんた、だいじょうぶやろ、とおばあちゃんはいった。

「小学四年生の山口トモ子」

と日記には書かれる。

「二十八歳の慎二」

「わたしたちのいまは、未来にも、過去にものびていく。ふくらんでいく。日記のことばに乗って」

「ネアンデルタール人が歩いていくいま」

「かなたの星が、爆発するいま」

「わたしたちは、いまここにいる」

先生と慎二は書く。

「たとえ、いなくなったようにみえたとしても、わずか半光年かなたのどこかから望遠鏡でのぞけば、わたしたちはまだ、小学校の教室にいる」

「スカートのなかに、小学四年生がもぐりこんで、ふかふか、においをかいでいる」

「二十八歳の女教師が、ひざがかゆいのを、口をへんな風にまげてがまんしている」

「五光年はなれても」

「五億光年のかなたからみても」

「いま」

「えいえんに」

山口先生は生まれ故郷、高知の病院に移されることが決まる。それがいったいなにを意味するか、慎二にはわからないし、知りたいともおもわない。はじめて303号室を訪ねていったあの日、ドアノブを引きあけて部屋のなかへ足を踏みいれていれば、先生はまだ国立病院にとどまり、回復し、次の春には小学校に戻っていたかもしれない。けれども、そうだったとすれば、冬の鳥のようにページをふくらませたこの日記帳は、ここになかったと、空の303号室を満たす残光を見つめながら、慎二はおもう。

山口先生は手紙をくれた。慎二もすぐに返事を書いた。ふたりのやりとりは、徐々にあいだを置き、村と村、町と町、島と島、国と国、やがて、星と星のあいだの通信のようにか細くなり、そうして最後には、目や耳にとどかなくなってしまう。

だけどだいじょうぶや、おばあちゃんのいったとおり。慎二は空気中に、山口先生の声を感じる。皮膚にぷちぷちはじけ、泡のように消える。半光年前、一光年前の視線を、慎二は感じる。山口先生は今日もスカートをはためかせて歩いていく。外国へ、外の国へ。山口先生とのやりとりこそ、外国旅行そのものだ、と慎二は気づく。山口先生のあの端正な字は、誰も使ったことのない外国語、それどころか、きっと、宇宙のことばだったのだ。

澄んだ冬の空気のなか、慎二はベランダに首を突きだし、白い息をまきあげながら夜空を眺める。大三角形が、別の角度からみればなんの秩序もない三つの光点にすぎないことをおもって、少しおかしくなる。無限にみえて、ほんとうは限られた数の、これらの星のどこかからか、誰かが、スカートのなかにもぐりこんで息をつめた小学生の姿を見つめているだろうか。

慎二は白い息をあげ、そのかたまりが少し大きすぎることに気づき、雪のなかの鳥のように胸をふくらませる。一見なにもない空間をみあげる。たったひとり、宇宙に投げ上げられた犬が、なおもたったひとりで何十億のいとなみを見つめながら、「いま」「えいえんに」周回をつづけ、空をよぎっていく様を、たったひとり、頬杖(ほおづえ)をついておもう。

八十過ぎのメルセデス

正月の集まりで男は、長男の嫁に、いい考えがあるんだが、と打ち明けた。早くも勝ち誇った顔つきで、どうだい、うちのメルセデス、東京まで乗って帰らないかね。

「いりません」

嫁の返事はにべもなかった。

「ミッション、運転できないし、あっちじゃ駐車場代もばかにならないし」

次男が呆れた声で、

「ゆうべ、売るっていってたよね」

「買い手がつけばだよ」

と長男があとをひきうけ、

「走行距離二百万キロ近い、三十年前の小ベンツにな」

「小ベンツというな」

男は出鼻をくじかれたまんまのくしゃくしゃな声で、

「エンジンは二回オーバーホールしたし、毎日メンテは欠かさない。ギア、ブレーキ、なんの問題もない。お前らは知らんだけで、190E2・3－16といえば、いまのモデルなんぞ追いつきようのない足をもっている。三十年前からもうずっと先を走ってる。ただのクルマじゃない、タイムマシンなんだ」

「クルマの問題じゃないよ。ゆうべもその話になったろ」

噛んで含めるように三男が、

「あのね、八十歳過ぎてからの事故が、いちばん多いんだ。自覚でてきてからじゃあ、とっくに遅いんだって。ほんとにもう、おねがいだから運転やめてくれないかな」

妻はだまっておせち料理の皿を流しに運んでいる。無言でなにか伝えるというより、久しぶりのワインで浮きたった気分を、外に漏らしたくないのだろう、と男は考えた。次男の嫁も黙々と洗い物をつづけているが、その背中が膨れたり縮んだりする。最近はたぶん万事そんなようなことになっているのかもしれない。お湯が黄金色にきらめき、皿の泡を洗い流す。男の頭のなかでサーサーとものの流れていく音が響きつづける。

男はおもむろに立って玄関にむかった。そのつもりもなかったのだが、紐付きの革靴を取りだして紐をかたく締める。誰も玄関まではでてこないが、見送っている気配は背中に感じられる。満足げに息をつき、勢いをつけてバネ仕掛けのように立ちあがると、肩に力をこめて、鉄扉を押し開ける。右手にはいつのまにか、長い杖の白い柄が握りしめられている。水牛の角を加工して馬の顔に仕上げたもの。

地面を軽く叩きながら駅のほうへ歩く。足はじょうぶで杖なんて必要ないのに、外出時に杖がないと落ち着かないようになってしまった。傘寿のお祝いにと、文字どおり「傘」をくれたかとおもって包み紙を破ってみたら中身はステッキだった。まわりが自分をにじりにじり、年寄りへ、年寄りへと、土俵の隅に追い詰めていくような感覚がよみがえり、男はおもわず杖を振りあげ、アスファルトの地面をぴしゃりと叩く。

ぴしゃり！

ぴしゃり！

柴犬が驚いて舌を垂らしたままこちらを向いている。

どこにむかって歩いているつもりだったのか、気がついたら、通いなれた青空駐車場のまんなかに立っている。

目の前には空の青を映しこんだシルバーの車体。五十を過ぎたころ、ドイツ語を教えているゴルフ仲間に勧められ、別荘を一軒買い足すつもりで購入した。いまではどの別荘も一軒さえ残っていない。洗い物の泡のように黒い排水溝へ洗い流されて消失した。が、この銀色の自動車だけは、か細い線を綱渡りし今日まで男の手に留まりつづけた。

とはいえ、いまどうして男の手が、革手袋をはめた右手が、誰もいやしない助手席のドアを大きくあけているのか。八十を過ぎた男は、こんなこともあるか、と舌打ちし、勢いをつけてドアを押すと、この世でこれほど閉め心地のよい音はない、そんな感触で見事にメルセデスのドアはボディに収まる。

エンジンをかける。走行距離はたしかに二百万キロに達しようとしている。どこをそんなに走ったというのか。それほどの長距離をまとめてドライブしたおぼえはない。一日に一度はステアリングを握るが、五十代、六十代のころは、高速道路を何周か、それとも海岸線をつたって橋を渡りにいくか、近年は妻の買い物や、息子夫婦を送っていくくらいしか用途はないというのに。

けれどもシートにおさまると、背骨と腰骨が理想的なかたちに屈曲し、接合され、この姿勢のまま生まれてきたにちがいない、そう信じたくなるほどだ。あるいはこの姿勢のまま死ぬか。男は鼻で笑ってステアリングを切る。どこへ行こうか決めていなくとも、この2・3－16がきっと、すべてあらかじめ知っている。

三十年馴染んだシャーシと同化し、高速道路へとのぼっていく男は知らないことだが、ちょうど生まれた誕生日、男を運命づける出来事があった。昭和九年、一九三四年の六月二日、ドイツのサーキットで、とあるレーシングカーがレース直前、大きな壁に直面していた。シャーシ、エンジン、シート、あらゆるパーツで軽量化を極め、ぎりぎりまでそぎ落としたというのに、計量で車重が一キログラムオーバーと判定されたのだ。メカニックたちはしょうろ豚の目つきで車体をねめ回したが、取り外せる部品、削れるボディは、もはや一片さえも見つからなかった。

チーム監督が、

「塗装を剝がしてみるのはどうだろう」

純白のボディを撫でながらいった。

「見ばえは悪かろうが、走るのは、問題なく走るぜ」

当時は、現在のモータースポーツのように、車体がまるで広告チラシのようにスポンサーのペイントだらけ、という状態ではなかった。イギリスは緑、フランスは青、イタリアは赤といったように、遠くから判別しやすいよう、レーシングカーのカラーリングは国ごとに決まっていた。ドイツ車は白だった。

メカニックたちは夜を徹して、壁のいたずらを消すよう命じられた悪童のように、ドライバーの先で白い塗料をごりごりと削りつづけた。翌三日、陽光のなか、素っ裸のアルミボディでコースに現れたマシンに、観客達は失笑し、嘲りの声を浴びせた。

「見ろよ、まるで皮をはがされた馬だぜ」

同伴の婦人は顔を赤らめハンカチーフに顔を埋めた。

「それとも、タイヤのついた園芸用のじょうろじゃねえのか」

午後一時半、メルセデス・ベンツW25は轟音をあげてスタートし、デビュー戦で見事優勝を飾った。チェッカーフラッグが振られたその瞬間、ニュルブルクリンクから東へ一万五千キロ進んだところで、赤ん坊がひとり産声をあげた。日本では午後十時半を過ぎたころだった。赤ん坊はおよそ五十年後、運命づけられたように、銀色に塗装されたメルセデスのシートに乗りこむことになる。一九三四年六月三日、その瞬間に生まれた世界じゅうの赤ん坊全員が、のちに銀色のメルセデスに乗りこむことになったかどうか、それはわからない。

高速道路を西へ西へ。走りがスムーズすぎるあまりに、まわりのクルマが自然と道をあけてくれるような感覚にとらわれる。正しくは、スピードの緩急ふくめて、自動車の流れそのものに、男は190Eをうまく溶けこませることができている。

五十代、六十代のころにはまだ、

「より先に自分が」

という気持ちがあった。なかなか進まない車列に苛立ちがつのる、ということもわりと多かった。

七十を過ぎると、先だろうが後だろうが、しょせん同じではないかと、そんな感覚が先立つようになった。その日の交通に対する、半ば「あきらめ」というのに近い。進まないなら進まないなりに、進んだならば車列全体のその速さで、流れ自体に押しだされるような体感でもって、男はアクセルを踏み、ブレーキをかけ、ギアをつなぐ。

生まれた雪国で、おさない頃親しんだ橇すべりに、感触は似ているかもしれない。雪に覆われた斜面の具合によって、スピードが出るときは出る、出ないときは出ない。もっといえば雪がなければすべること自体できやしない。すべり具合を雪にまかせつつ、尻の下の橇、さらに雪面と、少年のからだは絶え間なく、ことば以前の対話をつづけている。それがおもしろくて、ことばをおぼえたての子どもらはみな橇に乗るのだ。

高速道路が寝起きのように立ちあがる。クラッチペダルを踏んで三速に落とし、アスファルトにタイヤをかけてのぼっていく。道がなければどんなクルマも走ること自体できはしない。八十のドライブは絶え間のない、自動車、道路との対話だ。ことば以前、あるいはことば以降の。会話がはずむ日は、道のほうから、おいで、おいでと、路面をきらめかせて差しまねく。逃げ水のようなもやのなかに、そこへ走り込む自分たちの姿を、先取りして見せてくれるときもある。

年を重ねると、いろいろゆるむ。三男にいわれなくとも男は自覚している。ただ、ゆるんだそのすきまから、それまで見えなかった光が漏れ、きこえなかったささやきがこぼれてくる、そんな経験が幾たびもあった。とくに運転中は、シートにいながらにして、気づかないままどこか別の場所へ、瞬時に移動してはまた戻ってくる。一度も外へ出ていないはずなのに、革靴が藁まみれだったり、潮の香のあふれる車内に砂粒や貝殻がこぼれていたり。

このまま乳飲み子のようになっていくのかな、そうおもうときもある。それとも、半ばもうそうなっているのか。

出稼ぎ先で行方の知れなくなった母にまつわる記憶は、ことばや映像としてはほとんど残っていない、そのはずだったのに、この歳になって、例のゆるんだすきまから、ちらちらと好もしい感じの光が垣間見え、かさかさの皮膚の底に覆い隠された、桃色のかすかな脈動とともに、自分をはぐくんだ乳の味、そのあたたかみが、感覚の表面まで、じわじわとにじみでてくる瞬間がある。

サービスエリアに入り、清冽な空気を胸にはらみながら、両手を組みあわせ、ハンマー投げの要領でぐるぐる頭上でまわす。背中の筋がぎごちなく左右にずれつつ、こりかたまっていた状態から、やわらかにほぐされる。固まってしまった箇所はもう戻せない。が、固まりきるまでの時間を引き延ばすことは、日々のメンテナンスでじゅうぶんにできる。

だからこそ三十年乗ってきた190Eはこれまでエンストの一度すら起こしたことがない。男自身、これまで唯一の怪我らしい怪我といえば、スズメバチに刺され、肩がまるまる膨れたくらいだろうか。洗濯したてのシャツにもぐりこんでいたのに気づかず、何気なく袖を通した直後、民族舞踊のように跳びはねた。

駐車スペースに戻る。目の前のすきまがゆるみすぎて、見えてはいけないものが見えている、そんな感触が全身を襲う。運転席のドアをあけ、のぞきこみ、

「きみはいったいなんだ」

助手席の女は薄茶色の子犬を抱いて、ゆっくりとこちらを振りむく。灰色の瞳。男は目眩に襲われる。革手袋の右手が、助手席のドアを大きくひらいた、その瞬間の感触が肩から指先にかけてさっと走る。あのとき、招き入れていたというのか、いや、さっきまでたしかに誰も、もちろん犬なんて乗りこんではいなかった。

女は自然に前を向き、犬はおとなしくスカートの膝上におさまっている。どうしてそ

のようにしたのか、理屈ではなにもいうことができないけれど、自動車の流れていく列に加わる、無駄のない動作で、男は、ドライバーズシートに身を滑らせ、メルセデス独特の音とともにドアを閉めると、イグニッションキーをひねり、黒々と光る高速道路の波へ、また泳ぎだしていく。

女、というよりは小娘、十代半ば、あるいは後半か。昭和九年生まれの男には、昨今の若い女性の年齢は皆目見当がつかない。無口にみえた女はさっきからしゃべりつづけている。嫌みのある口調ではない。快活で、滑舌もよく、青い風を車内に招きいれるような、そんな声だ。けれども男はだんだんと、追いつめられた気分になってくる。

「タバコ、すってもいいですか」

と女がいう。

「ああ」

男は曖昧にこたえる。

「僕はかまわんよ。ご遠慮なく」

こたえて男は、このクルマに乗りだしたころ、赤いパッケージのウィンストンを一日ふた箱消費するタバコのみだったことをおもいだす。当時は家族の誰も、文句のひとことさえいわなかった。

ダッシュボードの下の灰皿を引きだす。切手やレシート類がいっぱいに詰まっていて、女はていねいにそれらを取りのけると、ポケットから、黄色いピースのパッケージを出した。

ライターでなく、あの忌まわしい安価な使い捨てライターではなくて、女は細長いマッチ箱から軸をつまみ、ツバメがくるりと宙を舞うような手つきで発火させ、いつのまにかくわえていたピースに鮮やかに火をつける。何十年もつづけてきたような手さばきだ。女は髪を顎の高さで切り揃え、耳当てのとがった黒いヘルメットという髪型だが、ちらちらと横目でたしかめるうち、男がまだ若い頃、破壊された町に三階建て、四階建てのビルが林立をはじめ、年上の男性はみな帽子をかぶっている、そんな街路を、スカートをひろげてほがらかに歩いていく、この国にうまれたての新しい女性そのものに見えてくる。

「僕にも一本、もらえんかな」

女の手が伸び、男の唇に、なつかしい感触の紙の棒が挿入される。一瞬目を落とすと、マッチの箱は、緑の地に黄色いカナリアが描かれた鮮やかなパッケージだ。発火した軸の先にタバコを近づけ、そろりそろりと吸いこむと、頭蓋のなかに星雲状の大きな渦が生じ、ゆっくりとまわりだす。ひと息、もうひと息。１９０Ｅの車内に霞がかかり、山間のワインディングロードからあたりをみているような光景だが、実際には、高速道路は紫色にきらめく海岸線に沿って走っている。

犬はタバコの煙に慣れているのか、平然と前を向き、犬らしい笑みをずっと口もとに浮かべている。秋田犬か？　不意にそんなつぶやきが、男の胸にもれる。

濃厚にたちこめる煙のなかに、女の内側から、ちらほらと肉声がこぼれだす。上っ面でないその声は、追い詰めるのと逆に、男をどこかしら安堵させる。同じ煙に包まれ、同じ森をあてどなく歩いていく、年寄りの牡鹿と若い牝鹿。今度は牡鹿のほうが、ふかふかと煙をふきあげながら口を動かし、やはりあてどなく話している。話題はいつのまにか、海沿いのこの道路で命を落とした草レーサーたちの、走りっぷりに及んでいる。

「いまでも、ボディが半分すきとおったセリカが、カーブを逆走してくるのが、たまに目撃されている」

ステアリングを切りながら男はつぶやく。また逆に切りながら、

「中央分離帯を飛び越して、そいつが、かっとんでいっちまった直後だが、あの世じゃ、右側通行なんだって噂が、飛びかったもんだった」

１９０Ｅはトンネルに入る。天井では、小さなオレンジ色のＵＦＯが、ヒュンヒュンと風を切ってつぎつぎに後ろへ遠ざかる。ステアリングを握っていて、死ぬかもしれない、そう思わない瞬間は、若い頃からたぶん一秒たりともない。コーナーのたび、

「いま、強引にハンドルを戻せば、いま、おれは死んでしまう」

狭いトンネルを通過中、

「対向車線からやってくるあのダンプに、正面からつっこんだら、おれは死ぬな」

頭ではなく、腹から涌きあがってくる認識として、男は運転中たえず、そんなふうに

感じずにいられない。妻にも、息子たちにも話したことはないが、長男の嫁にだけは、東京で、寿司屋からホテルへの帰り道、桜並木の疏水沿いの、遊歩道を歩いている最中、息が抜けるように、自然と漏らしていた。

嫁は長い髪をかきあげ、

「おとうさん、それは」

一瞬考えて向きなおり、

「そんなだから、おとうさんは、こうして生きのびてきたんじゃあありませんか」

八十を過ぎたいま、運転中であろうとなかろうと、死ぬかもしれない、という可能性ではなく、まちがいなく死ぬ、そんな実感にかわった。別に不吉なことでなく、道路を走っていれば最後には終点にたどりつくという、ごく当たり前の結末だ。もうもうと噴きあがる煙のなかで、ステアリングを握る自分が、ここにすわった自分たちこそが、ちかちかと半透明に明滅している。隣の娘よりもおれのほうが、ずいぶんと透明度はあがっているけれど。

「八十過ぎってどういう感じか、わたし、ぜんぜんよくわからないけれど」

煙を揺らし、女のおさなげな、張りのある声がひびく。

「それで、百八十キロで飛ばせるって、素敵なこととおもうわ」

男はスピードメーターを見やる。一瞬、ブレーキに足が伸びるが、踏みこむのはやめ、しばらくの間、クルマと道路がむつまじく語り合うに任せておく。

一九八三年八月二十一日。イタリア南部にある小都市ナルドに、灰色の目を輝かせ、メカニックたちが集結している。市の郊外にあるサーキット「ナルド・リンク」では、男たちの噴きあげる白い息と、十六バルブエンジンが発する半透明の炎のせいで、風景がところどころぐんにゃりと歪(ゆが)んでみえる。

十二キロの外周をもつナルド・リンクは、上空からみると完璧な円形をしている。魔法の指輪の上を、すべてを研ぎ澄まされた銀色の190E2・3-16が、鏡の上の水滴のように尾を引いて滑っていく。

目標とする五万キロを走り抜くには、周回コースを四千二百周まわりつづけなければならない。挑戦は八月十三日からはじまった。ドライバーは二時間ずつで交代しながら、八日間ノンストップで、銀色の矢を飛ばしつづけている。

なめらかなバンクを保ってのびていくコース上では、ハンドルを切る必要はまったくなく、ドライバーの感覚としては、ただひたすら、灰色の壁にかこまれた直線路を、アクセルをベタ踏みにして突き進んでいく。

運転席の車窓を流れる風景は、もはやただのまっ白いスクリーンとなり、そこにはドライバーたちの瞳から、恋人の笑み、生まれ故郷の朝の光、はじめて見る海の風景、駆けてくる三歳児のシルエット、焼きたてのパン、ストーブの前でまるまった三匹の子猫、澄みわたった空、白い息を噴きあげながら望遠鏡越しに見る冬の星座、優勝トロフィー、食卓に一輪かざられた紫のバラが、一瞬毎に像を変えて投射されている。

好ましい映像の、その先へ、そのはるか先へ。「おれは、このまま死ぬのか」ドライバーたちは常にそう感じている。そのつもりでないと、こんなアクセルの踏みかたはできない。生きている時間を突き破り、三十年、五十年、八十年の実感を超えて、１９０Ｅは暗闇と、まばゆい光の溶けあった「永遠」へと走り込む。

やがてゴールに到達し、平均時速の世界記録を樹立するが、かかった時間、最高速度、ガソリンの消費量など、目に見える数字ではとらえられないものが、ドライバー、メカニック、その場に立ちあったすべてのひとのからだに残る。その光の粉のようなものは、海を越え、時間を超えて、遠い外国にまで飛び火する。

ゴールから正確に半年が経ったある日、男はショールームで銀色を目にし、ゆったりとした歩調で、伏せった犬のような車体へ近づいていく。鱗粉（りんぷん）のような光の粉に、全身の輪郭をほのかに縁取られながら。


「次のカーブを、出たところで停めてください」

料金所でもサービスエリアでもない、高速道路の半ばで女がささやく。タバコの煙は消え、車内は透明に晴れている。男はブレーキペダルを軽く足裏で叩き、左向きのコーナーを曲がりきった側道に１９０Ｅを寄せる。

「ほんの少しだけ」

女はいって、後部席の床から手提げカバンと花束をとると、路肩へ小走りに駆けよっていく。しゃがみこみ、小さな花瓶に花を入れる。なにかやわらかいものの上に細い棒を立て、黄色いカナリアの描かれたマッチ箱を出す。頭をさげ、手を合わせる。

たなびく煙は、運転席から見えはしないけれど、コーナーをとりまくあたりの空気がやわらかく歪み、女をいたわるように回りだすのが、八十を過ぎた男にはありありとわかる。戻ってきた女には、なにもきかない。しばらく走ってから、

「最後のドライブなんだ」

と前をむいたまま告げる。

「さっき決めたんだけれどね。帰ったら売りにだそうとおもう」

子犬がゆっくりと顔を向ける。

「こいつはいいクルマだ。これまでつくられた乗用車のなかでいちばん、といってもいい」

女は黙っている。

「けれども僕は、君もそうだが、ひとりひとりちがう、大切な、乗り物に乗っている。うまれてからこのかた、ずっとだ」

男はステアリングを切り、アクセルを踏みこむ。

「最後のドライブだから、少々遠くまでいってみようとおもう。君、時間はあいているかな」

「もちろんです」

女は微笑み、犬の頭を撫でながら、

「おつきあいできて、光栄です」

道路がシャーシに語りかけ、タイヤが路面に笑いを返す。銀色の光をこぼしながら、190Eは「永遠」にむけて、直線路を滑っていく。

橇を引っぱって、少年が歩いてくる。きゅっ、きゅっ、わら靴の下で雪が鳴く。凍りついた梢が、風もなく揺れている。まるでシラカシの木が、笑っているみたいだ。

母屋にはいる前、軽く蓑(みの)を振って雪をはらう。雪かきされた玄関のほうから、秋田犬のコロが笑いながら駆けてくる。犬の口はたいてい笑っているが、秋田犬、とりわけこのコロは、この世で最高の冗談をうちあけてやろうかといいたげに、いつも口の端を上向きにニッと吊(つ)り上げている。

木戸を滑らせる。兄たちはまだ帰っていない。いそいそと板間にあがり、火鉢をいろりのそばへ押していく。炭火に当たりながら火鉢にもたれかかるというのは、最初に遊びから帰ってきたものの特権だ。

「なんだ、早(は)えな。がこ、食(く)か」

奥から声がする。

「いらね」

少年はこたえ、ポケットから、さっき駅舎の待合室で拾った「小鳥」を取りだす。

「なんだあ、まだ降できたなあ」

くぐもった声につづき、板間を踏んでくる軋み。そうして真っ白な、秋田犬にも似たおだやかな顔が、薄闇からたましいのようにあらわれ、少年の手元に気づくと、

「あん、何だ?」

「かなりや」

少年は得意げにこたえる。緑の地に黄色い小鳥の描かれたマッチの小箱。そうしてうしろから覗きこむ母親にむかって、少年はからだをねじり、照れくさそうに笑いかける。格子窓からはいりこむ雪灯りのなか、

「おみやげだべ」

雪の原のように盛りあがったてのひらに、みどり色の箱をそっと載せる。

千二百年生きる馬

停車場のそばのペットショップが休みで、わざわざ国道を渡って、ホームセンターまで行かなきゃなんなかった。うちの犬ころは、俺なんかよりよっぽどいいもん食わせてもらってる。じいちゃんばあちゃんにとっちゃ、俺よりよっぽど素直な、できのいい孫で、なんて種類か知らないけれども、犬ころったって、立ちあがったら鼻先が、たぶん俺の頭より上にくる。たった三歳のくせしやがって、目が合うたんび、一匹だけしっぽなしで生まれた仔犬を見るみたいな目つきで、俺んこと見てやがる。

じっさいそうかもしれない。しっぽじゃなく、頭かこころか、どこかしらぽっかり欠けたまんま、この歳まで育っちまった自覚が、ぼんやりとある。十何人いる兄貴たちは、みんな山にはいって、いっぱしに肩の肉をぶるぶる盛りあがらせながら、今日ものこぎりやハンドルにぎってるし、姉貴たちは、夜明け前から茶摘みかブドウ畑だ。年端もいって、学校も工場もいかずぶらぶらしてるごくつぶしは、近所でもまあ俺くらいしかみあたらない。

とおもったら、国道のむこうから、ちびっこいバイクの音をポポポポと響かせ、ごくつぶしがもうひとりやってきた。

「よう、あにしてんだ」

吹きっさらしの風のなかってのに、ルーはやたら臭う。口臭ばかりでない、こいつの着てる革ジャンは、兄貴が裏庭でつぶした肉牛の皮を、服のかたちっぽく、適当に切っただけのもんなんだ。

「買い出しよ。犬ころの餌だよ」

パンパンに詰まった背中のリュックを揺すって俺はいった。ルーはポカンと口をあけ、しばらくのあいだ、銀色と灰色の中間の空をみあげていたが、急に視線をむけ、

「ピンもいっしょにこねえか」

「どこへだよ。女の尻つっつく金なんてなぁ俺はねえぜ」

ドッグフードの釣り銭が三百二十円ばかしあるくらい。文字どおりガキの使いさ。ルーはちっちっと舌を打って、

「ちあうって。稼ぎにいくのよ」

トカゲみたいな歯をみせて笑った。

ルーの兄貴が神主の息子から吐かせた話だが、神社の拝殿の裏に、千二百年生きてる馬がいるらしい。闇に目鼻つけたくらいばかでっかいか、それとも、駆けまわるミノムシくらいのサイズなのか、見たことはねえから息子もわかんねえ。神社のうちうちでは、代替わりのとき、先代の神主は新しい神主と、ふたり、二

畳くらいある籠を頭からすっぽりかぶって、神社の秘史や、奥義なんかをささやき声で伝授するんだそうだが、そのなかには、千二百年馬の扱いも当然ふくまれてる。

「おめえ、バカか?」

「まあまあ、もうちょっときけったら」

見世物小屋をとりしきる眠り男に、ルーは話をもちかけた。河童騒動のとき、少なくない額の損害を小屋にかけていたし、前借り金もふくらんでいたから、ここらでなんとかチャラに戻さなきゃならなかった。眠り男はいっそう目を細め、やってみな、とルーにいった。千二百年馬の、尻尾の毛一本に付き、十五万。たてがみひと摑みなら二十万。

「ほんとに千二百年生きてるかなんか、眠り男も俺も、でんでん関係ねえのよ」

ルーの小便はアーチ型に宙をとんでセイタカアワダチソウの繁みにおさまってった。

「そういう話が漏れてきてる、ってことが大事でさ。そのへん、見世物小屋のネタにどんぴしゃなんだよ。なんだっていいんだよ、毛が取れりゃ稼げるのよ」

自分が馬をなだめてるあいだ、尻尾の毛とたてがみをちょん切ってくれ、とルーはいった。もうけはすっぱり、半々で。小屋じゃ明日から新しいクールがはじまるから、どう遅くったたって、馬の毛は、今夜じゅうには必要だ。

「ホイ乗れ」

荷台をみると、ずだ袋がくくりつけてあんのかとおもったら、弟のシジミが必死に手を伸ばしてルーの革ジャンにしがみついてる。いっつも茶色のネル布にぐるぐるにくるまれているから、シジミの顔を俺は知らない。知ってるやつなんてひとりもいないんじゃないか。シジミが橋から落っこちたら、ルーの野郎は迷いなく、バイクごと川面に突っこんでいくだろう。野郎にまともにやりこなせる唯一の仕事、ってみんないうけど、俺にはなんだか、ルーがシジミに、いっつも助けてもらってるようにみえるんだ。

またがった俺のズボンの前あたりが、背中にぴったりくっついたって、別に嫌がる素振りもなく、シジミはルーの背に抱きついたままだった。ポポポポとまぬけなエンジン音がひびいてバイクは灰色の国道を走りはじめた。対向車線にも歩道にも動くものは一切みあたらなかった。薄暗い空から、チラチラ、チラチラと、ゴミみたいな雪が降り落ちていた。なんだか俺の頭んなかみたいだな、と見あげておもった。

神社に着く頃、雪は本降りになってきた。境内のどこにいるのか、鳩が胸をふくらして出す耳やかましい音が、雪に反射してそこここから転がってくる。片腕で軽々とシジミを抱えたルーは、泥も雪もおかまいなしに、拝殿の木床にずかずかあがりこんだ。俺は、昔っからそういうとこあんだけども、ポケットから十円玉一枚出すと賽銭箱に投げ、てのひらの先を二度軽く合わせ、ひょいと頭をさげた。

神主の息子の話では、拝殿の奥にさがった帳のむこうに、長い渡り廊下がつづき、その先が、千二百年生きた馬がおさまっている厩だ。

「オイ、この神社って、そんな古いっていってたかよ」

俺がうしろからささやくと、

「神社だもん。どこもだいたい、おんなしようなもんだろよ」

帳をひらき、板戸を指の背で叩く。くわらんくわらん、がらんどうの音がする。はめ殺しになってる戸を、俺たちは両側から支え、タイミングを合わせて斜めに引き抜いた。話のとおり、大人が立ってぎりぎり通れるくらいの廊下が、深い闇のむこうへ、えんえんつづいてる。シジミが、んああ、と妙な声をあげ、兄の頬をぺしゃぺしゃと打った。

「心配すんなシジミ、にいちゃんは、強(つえ)えんだ」

弟のからだを左肩にかつぎ、ルーは懐中電灯をつけると、ぎしぎしと床を軋ませて廊下を歩きだした。ただ、じっさいの話、懐中電灯なんかいらなかった。板壁の、ちょうど目の高さあたりに小窓がくりぬかれてて、そこから、庭をだんだんと白く染め抜きつつある雪が、あたりの光を合わせ、ぼわりぼわりと廊下の内側へとこぼしてくれていたから。息子によれば、この日は、近隣に住む神主たちの、月に一度の寄り合いにあたってる。婆(ばあ)さんや孫息子もふくめ、母屋にいる誰かがこんな薄ら寒い拝殿にのぼってくる心配はない。シジミがまた、おおふ、と妙な声をあげる。どこかしら、さっきよりは愉快げに、俺の耳にはひびく。

廊下は直角に右へ折れまがり、しばらくいくと今度は左へ折れた。そのうち俺の胸のなかがざわざわと騒ぎだした。この神社の境内は、まだなんもわかんねえ、三輪車のガキだったころから、しょっちゅう遊びに来て慣れてる場所のはずだが、こんなだらだら折れまがってつづく渡り廊下なんて、そういえば俺はみた覚えがないし、そもそも敷地にそんな広さはぜんぜんない。窓をちらちらのぞいてみると、目にはいるのは、いつのまにそんなに降りやがったのか、全部を白い、ひとつらなりのふくらみのなかにおさめ、ものの区別を溶かしちまった雪景色ばかりで、電灯の光をやたらぐるぐるさせるルーの心中も、どうやら俺とおんなじらしいと、いつも以上に落ち着きのない背中からみてわかった。

へんなことはそれで終わらない。小窓の外が急に光の洪水みたいになってる。廊下の両側から照らされて、なんだか俺たちは、四角い光の、こんにゃくみてえなかたまりのなかを、そろそろ、そろそろ、歩いていってる。

「ピン、ここ、どこだろ」

光に溶けたルーの声に、

「神社だろよ、その、馬なんてのがいやがる」

荒っぽく俺がこたえると、ルーはフウンと鼻から息を出して、

「神社って、すっげえなあ」

じょじょに落ちついてきた光のむこうに、うっすらみえてきたのは玉石のころころ転がる河原だ。流れの感じから、俺たちがしょっちゅう飛びこみ、小エビや魚をすくったりしてきた川だとわかったけど、まわりはぎっしり緑の葉におおわれ、製粉工場も小麦の倉庫も、ガードレールもなんもみあたらない。切り立った崖のあいだにだらだら長い

蔓がぶらさがってんな、蔓の上でなんかアリみてえなもんがうごめいてんな、そうおもってよくよくみたら、ぶらんぶらんの吊り橋を行き来する人間だ。といって、人間か猿か、どっちかってえとまあ、人間かな、くらいの野郎どもで、髪はうんこみてえに丸めあげ、胴に巻いたむしろを縄かなんかで留めてる、こいつらに比べたら、ルーやシジミが米屋のぼんぼんみてえにみえる、なんだか、生きてんのが罰みてえな連中だ。

廊下はまた角を曲がり、森を抜け、窓の外にはしばらく、新緑の粉をふりかけた、なだらかな丘がつづいてった。銀色の外壁におおわれた、みおぼえのない建物が、ぽつり、ぽつり、遠くに並んでる。空はやけに青く、世界一のサーチライトで地上から真っ青な光を照らしつけたくらい不気味に澄んでる。

「ロボットだ、シジミ、ロボットだぜ」

ルーは弟を小窓の高さにかかげる。最初は俺もそうおもったけど、よくみるとちがってて、建物とおんなじ銀色の、筒みたいな服に身をつつんだやつらが、えっちらおっちら、丘の上を歩きまわりながら、やっぱり銀色の細長い器具を、足もとの地面に突きたててまわってる。シジミは不満げな声をだし、ルーの首にとりすがる。さっき国道でみた雪にも似た、灰色のかけらが、青すぎる空からはらはらと降ってくる。

角をまがる。痩せ牛が、たんぼのまんなかで重そうに犂(すき)を引く横で、外国製のばかでかいトラクターが、土地をひっくりかえしてまわってる。菅笠(すげがさ)をかぶった村娘がふたり、陽の光を浴び、ぽっくりぽっくり進んでいくあぜ道を、宅配便のトラックがスピードをゆるめてすれ違う。ねんねこをつけた子守の手に大ぶりなベビーカー。風呂敷包みの荷を丸めた背にしょって、汗をふきふき歩を進める旅の商人が、立ち止まり、自動販売機でミネラルウォーターを買ってる。

俺がもやもやしていえなかったことを、ルーの呟(つぶや)いたひとことが、どんぴしゃに言い当てる。

「なんか、いろいろまじってんな」

野山ににょっきり立つビルの横で、ネオンがちかちか光ってるけど、やたら達筆なひらがなで、俺なんかにはまるで読めやしねえ。何度か角をまがるうち、まわりにはだんだんと木造の、平らな建物がめだちだす。やたらめったらでかい、立派な門がそれぞれに付いてる。ときどきどっと風が吹き、細長い紙吹雪みてえに、何十何百って白い短冊が、ひらひら踊りながら勝手に流れてくる。

空には、真っ昼間だってのに星が、きらめく銀色の粒々が、そこらで小さな爆発をくりかえし、なんだか地球がはじまる日か、あるいはそのまさに反対って感じだった。

空気がだんだんと落ちついてくる。とりわけばかでっかい門をくぐりぬけ、木立のあいだを抜けて、渡り廊下は屋敷の奥へ、奥へとのびていった。歩いていく先が、ほんのりと明るみ、ふわり、ふわり、やわらかく揺れてる白い帳を抜けると、俺たちの前に、ままごとみてえに小ちゃなろうそく立てが一本置いてあった。淡い光のなかに、上等そうな赤黒いすだれが三方にかかった、三畳くらいの板間が黄色く浮かびあがった。

やにわに、正面のすだれがするするとあがって、薄緑色の着物をつけた、やけに小柄な男が、なんにもいわずにすり足ではいってきた。ごく自然に、俺たちがぎょっとする、その隙間にはいりこんで。男がまわれ右し、またするすると板を踏んで進みだすと、ルーと俺はなんも考えてねえ小ガモよろしくそのあとについていった。くずかごじゃねえか、とおもうような帽子をのせた男の頭は、これまで俺が会った、どんな人間のよりも大きかった。首の上に南国のそらまめをのっけてるみたいだ。ままごとのろうそくが、ぽわり、ぽわり、途中途中に浮かんで俺たちをみてる。

遠くから自然光が漏れる、黒塗りの板間だった。そらまめ男のしぐさに従い、ルーと俺は並んで、あぐらをかいて座った。シジミは俺たちのあいだにバランスをとって据えられた。無言で正面に座った男の顔は、目鼻のそれぞれはまあまともな造作だけど、なまっちろい肌がぶよりと下へ垂れ落ちてて、全体ができそこないの粘土細工みたいで、拝んでるとちょっと可哀想(かわいそう)なくらいのご面相だ。

衣擦(きぬず)れの音が近づいてきたかとおもうと女がふたり、板間に膝をついて、ばばくせえ線香みたいなにおいをまきちらしながら、俺たち三人の前に木地のうつわをとんと置いた。なんだ、お茶かなんかか、そうおもってのぞきこむと、黒豆の煮汁みたいななかで、やっぱり黒い、細長い紐がうじゃうじゃとからまって、飲みもん、食いもんってより、月の裏側でとってきた生きもんじゃねえのか、よおくみてると、ひくひく動きもするようだし。横目でルーをみたら、ルーのほうでもおんなじ、ちり紙でできたみたいな目で俺をみてやがる。

ひく、ひく、黒い汁のなかで紐が動く。ファミレスだったらば、トイレいくふりしてレジ横のドアからばっくれるところだけど、まわりはえんえん、すだれがかかっただだっ広い板間ばかり。そらまめ男とばばくせえ女どもはみゅっと口を結んで俺たちをみつめてる。喚(わめ)きだそうかという瞬間、シジミがネル布のすきまから手を伸ばし、木地のうつわをとるやいなや、ぐびり、口にいれた。ぐびり、ぐびり、喉を鳴らし口にいれた。その勢いに、見ていた三人もオオッと目をみはるのがわかった。シジミはちょこちょこルーに近寄り、顔のそばでなにか短くささやいた。

「うめえってよ」

ルーは左右の目をぐりぐり上げ下げし、

「うすいお汁粉みてえだって」

うまいわけねえし、粉っぽくて喉にひっかかんのが閉口だったけど、まあ、食えもしねえって味じゃなかった。ひくひく動くのがなんなのか最後までわからなかったが、空になったうつわ三つに、女どももそらまめ男もあきらかにほっとした様子で、へこへこ笑って立ちあがり、さらに奥へ、奥へ、陽ざしが床を照りつけるほうへと、手をさしのべて俺たちを誘(いざな)う。そのへんは剝き出しの板間でなく、やっぱりばばくせえにおいのむしろが敷いてあって、外廊下にかけられたすだれのむこうは、とんでもなく広い庭、モトクロスバイクでジャンプできそうな岩場、橋のかかった池なんかが広がってる。神主のガキめ、適当なことぬかしやがって。

板間の奥の暗がりに、縁が飾られた豪華な畳が置いてあり、やっぱり豪華な飾りつけのすだれがさがり、俺の鼻も慣れてきたのか、ばばくせえはずのにおいがだんだん晴れがましくおもえてきて、気がついたら目の前に、どぶろくのはいった土器が置いてある。すすってみたら甘えのなんの。けどふしぎと癖になる妙な飲みもんだ。飲みほしたら女がとっくりを傾けて注ぎ足し、注ぎ足し。

するする、すだれが半分あがり、なかから小さな声がし、俺は一瞬、いなくなっちまった妹、ネムコをおもいだした。枕の上で顔を横にむけて、青白く燃えあがる吐息のあいだから、にいちゃん、ピンにいちゃん、なんもこわいことないみたい、小声で俺にささやきかけた。お風呂にとけてくみたいなんだよ、だからだいじょうぶ、ネムコ、ひとりじゃない感じだし。

すだれのなかの声も、ひとりじゃない感じにひびいた。そんな風にふるえる、古い古い大陸の笛の、合奏みてえな声だった。

女の声が語ってる、こまかな意味は、俺にはわからなかった。ことばのつなぎ目や切れ目、ところどころの補強剤、図柄なんかが、俺たちのつかってることばとちがう。まあ、俺たちのことばなんて嚙み尽くしたガムみたいにへたってるけど。なのに、なんてえか、すだれのむこうからきこえてくる話、「ものがたり」に、俺は最初っからききいっちまった。

意味や単語なんてどうでもよくって、はじまりや終わりさえどっちでもよくて、それは山や海に、意味やはじまりがないのとちょうど同じ感じだった。女の話は、波が寄せ、波が引く、そのリズムでつづいてき、これからもつづいていく、ことばの音楽だった。耳新しい心地がしていたのが、だんだんと、俺の耳やくちびる、胃のあたりがむずむずと、なつかしさのなかで波打った。同じこのリズムが、うまれたときからずっと、あるいは、うまれるよりもっと前から、俺のなかの暗がりでずっと響きつづけてきたんじゃないか。

女の声のなかに俺は、冬の朝の雪景色をみた。火鉢のそばに集まってくすくす笑う、腰まで届く髪の少女たちをみた。碁盤の上に白黒の石が散らばる。よくよくみるとそれは格子状に組まれた雪の街路を歩く、男や女たちだ。石橋の上に立ち、俺は冴えた冬の月をみあげる。坊主がさいころを振り、温めたどぶろくをあおり、荒々しい声で朝の勤行をはじめる。

草のなびく丘の上を、妙な帽子をつけた男たちが馬に乗って一列でいく。その上に陽はのぼり、きつねや野うさぎ、るりびたきらをひとしなみに照らしつけ、やがてするすると黒い薄物をかけるみたいに、おだやかな春の夜がやってくる。桜の花びらは、俺が知ってるのよりよっぽどささやかで、ちょうど、すだれのむこうから漂ってくる香りみたいな色をしてる。

青い夏。しぶきをあげて川辺を走りまわる手足の細いこども。魚たちが水面（みなも）で大声で笑っている。手で触れそうな雲と、金棒を転がすみたいな雷鳴と、かすかに傾斜しながらまっすぐに落ちてくる、銀色の、何兆何億の平行線。そうして、ふだん目にみえないくらい遠ざかったみんなが、高い陽のめぐりのうちに帰ってくる。「なつかしさ」と「あたらしさ」がないまぜになる。朝が来るたび、俺たちは生き直す。やがてみんながまた遠のいてしまうと炎熱はさめる。

茶色、暖色の季節。木地の大きな皿に、クリや芋、海みたいに寄せてくる米の波。半年あたためられた土地から、ぽくん、ぽくんと小爆発みたいに、光の玉がうまれ、俺たちの口に飛びこんでくる。山が涼しげに唄い、澄みわたった空気の柱が、みわたすかぎりの土地に何本も立つ。せめてもの返礼に、俺たちは笛を太鼓を鳴らす。風を土を、光を、闇をたたえる。空気の柱がだんだんとすぼまり、気がついたら昼間なのに、夜の気配が強くなる。とりどりに染め抜かれた木の葉が、突然の雨風に流れ、土地に溶けてしまうころ、朝夕の空気はもうきんと張りつめてる。

夜にむかって俺たちは歩く。いつまでもつづくのかとおもうような、だらだら折れまがる渡り廊下をとおって。そして、この世でいちばんでっかい門をくぐりぬけると、一面の雪景色がひろがっている。

女の語りはひとりの声じゃなかった。そこにはあらかじめ、女につらなる一族の声、女から発し、この世をつつんでいく子孫の声がふくまれていた。女は、時間の長い帯を、途中できゅっとしぼった一点みたいなもんだった。俺たちはいま、その一点がちょっぴり緩んで、あふれだす音の、光の洪水を浴びてるんだとおもった。ルーが前のめりに正座し、いいほうの右耳をかたむけて、じっと目をつむっていた。シジミは、よくはわからないがネル布のなかで、いつもより数倍、パン種みたいにふくらんでみえた。俺はというと、女からあふれる「ものがたり」のなかを、本気で、歩いて、旅していったんだ。

と、庭のどこからか怒声がひびいた。我にかえってふりかえると、池の手前のお白州みたいな広場に、あばら骨の浮いた犬ころが四匹、洞穴みたいな目をして立っていた。一匹はてのひら、一匹はすね、残りの二匹はどこだかわかんねえ、黒ずんだ肉のかたまりを口にくわえてた。どれも人間の一部だった。

女の声は、ふるえたり、途切れたりなんかしなかった。当たり前の光景なのだと俺はわかった。「ものがたり」は屋敷を抜け、砂混じりの風が吹きまく街路へと流れでた。月を見あげ、夜中に笛の音を長くのばす、そんな場所のすぐそばで、病人はみな家の外に捨てられ、寝っ転がったまんま道端で腐っていった。カラスが、犬が、動かなくなった肉をかたづけた。それでも腹が満ち足りることは一日としてなかった。

そらまめ男を先頭に、男たちが棒をもって犬をおどす。この庭まではいりこんでくることは、女の声によれば、そんなあることじゃないらしい。犬のからだにさわったら、自分たちこそ、一週間のうちに屋敷から街路へほっぽりだされる運命だから、そらまめをはじめ全員が、おぼれた小エビみたいなへっぴり腰だ。

おもしろがっていられたのもそのうちで、犬が四匹から五匹、六、七、八匹と、ゲーム画面みてえに増えはじめ、男たちはあきらかに、おどすより先におびえだした。あっちゃならないことがいま、この庭で起きてる。この場所にいちゃ、ほんとはいけないかもしれないのはむろん俺やルーで、つまり、はいりこんだ犬どもがへんな増えかたをするのは、もしかすると、俺たちがのこのこ、こんな奥までやってきたからかもわかんねえ。さっきの黒汁は、そういうことをなくすための、予防薬みてえなもんだったかもしれないが、その効きめがだんだんと薄れてきた。それとも、頭のからっぽな俺たちが、あんまり「ものがたり」にのめりこんじまって、気がついたらば、はいっちゃいけないところ、街路をうろつき、死骸をむさぼる犬どもが、ふだん慣れ親しんでる特別な場所に、触っちまったのかもしれなかった。

十匹をこえると女の声がかわった。おおぜいの声から、すだれの奥にすわった、十幾つの女の子の声にかわった。俺はこんなとこにすわってる場合じゃない。俺が先か、ルーが立つほうが早かったか、そいつはおぼえちゃいない。俺は板を蹴り、ルーはシジミを抱え上げて、庭へ駆けおり、群れる犬たちのなかに躍りこんだ。それを機に男たちは逃げた。わあ、わあ、と声をあげ、棒をふりあげて逃げはじめた。地獄のはじまりみたいに犬たちから吠えたてられながら、俺とルーは、モトクロスができそうな岩場に駆けあがった。屋敷の反対側は、女の「ものがたり」どおり、妙な風にねじまがったかたまりが、辻々にごろんと転がった、脂汗さえでてこねえ干からびた街路だ。わんさわんさと、犬っていやあ犬か、くらいに動くもんたちが、はるか先からこちらめざして、とっとっと、と走ってくる。屋敷の板塀に、こっちへ通じる穴が開いてるらしい。あっちこっちから犬が吠えさかる。シジミが、あえ、あえ、そういって小刻みに手足を動かす。わかってるよ、シジミ。ルーもわかってるみたいだぜ。俺はリュックをおろして口をひらき、慣れた手つきでビニール袋を裂くと、ちょうどおとぎ話の、犬好きのじいさんみたいに、

「ほうれ、ほれ」

街路の上へ高々と、ドッグフードをまきちらした。

「ほうれ、ほれ」

はじめなんだかわからない様子だった犬たちも、まん丸い粒からかすかに漂う肉の香りに反応し、すぐさま、できのいい猟犬みたいに鼻面を地面におしつけ、がりがりと音をたてむさぼりはじめた。途端、目を蕩かせ、がくん、がくん、いっせいに肩を落としてはいつくばるのは、カロリーや材料がどう、といった理屈より、そもそも味のついた食い物なんて、こいつらが口にするのはまちがいなくはじめてだ。足をふらつかせながらふんばると、あらたな粒を口にいれ、がり、とかみ割ってまた陶然。庭で騒いでた犬どもも、塀の外でなんか起きてると感づいたらしく、岩場をすりぬけて駆けだしていくが、表へ出ていったあのあたりがつまり板塀にあいた通り穴だ。

「ほうれ、ほれ」

俺は腕をのばし、ドッグフードをざんざかまく。犬どもは茶色い雨の下で踊り、とろんとした目つきで口を動かし、板塀のこちら側ではそらまめ男ら一同が木槌と板きれをつかんで塀の下へ集まっていく。

ルーが岩のてっぺんに立つと、犬たちも気配を察知し、よだれまみれの顎をとめ、す、す、と真上に視線をむけた。俺もそばでみあげた。こんなときのルーはまさしくのら犬の王だ。ごくつぶしの大将だ。左右の手で弟の身を受けながら、優雅っていっていいくらいの動作でするする腕を袖から抜くと、泥と血のにじんだTシャツ一枚のルーは、手製の革ジャンを高々と、ごくつぶしの国の国旗みたいに左腕で空にかかげた。そうしてくるくるとまわし、勢いをつけ、生きた牛の臭いの残る分厚い革を、犬どもの群れた街路へ、白骨の大地へ、誰も勝つもののいない戦の最前線へ、ひとりの王様として、力任せに放りこんだ。


リュックのなかはほとんど空になったが、残りひと袋の半分だけは残っていた。だいたいどういうもんか、そらまめ男たちにも、みていて理解できただろうが、すだれの奥の女には、じつは最初から読めていたんじゃないか。女の語りのなかに、あらかじめ、まわりで起こるすべてが飲みこまれてあるように。

板間にドッグフードの袋を置いて、すだれの奥にむかって、俺のふだん使ってることばで、神社から買いにいくなら停車場の店が近いこと、いろんな種類があるけれども、今日のこれはほとんど生に近い、チキンとウサギのミックスだってことを話した。

「こういう金で買うんだ。わかんだろ」

といって俺は、ポケットから、お賽銭の十円を引いた小銭を出し、畳の上に十円玉を一個、百円玉を三つならべた。この屋敷そっくり、赤みがかった建物のまわりに、銀色の桜が三本、きらびやかに花を飾った。

すだれのむこうから白い腕がのびてきて、控えていた女に、なんだか小さなものを渡すのがみえた。するするとすだれはさがり、小柄な女が小箱を三つもってきて、ルーにふたつ、俺にひとつ渡した。

途中まで、そらまめ男たちは律儀に見送ってくれた。へんな表情で、口をもったりもったり動かしていたが、あれはまちがいなく、チキンとウサギの風味に酔ってる顔だった。連中だって、味のついた食い物なんてふだん口にいれたためしがないんだ。帰り道、渡り廊下はあっけないくらい短かった。神社の拝殿で、ネル布のシジミはいつもくらいのサイズに戻り、Tシャツ一枚のルーは、蟬みたいにやかましく鼻水を鳴らしてた。

拝殿から出る前、それぞれの小箱をあけてみることにした。桐ってのか、上等そうな白木の箱で、組紐をほどいた途端、ふわっとふくらんだみてえにみえる。一個目をあけてみると、冷えた空気に、むわっ、と馬の臭いがたちのぼった。二個目をあけてみると、春の陽に照らされた、馬の瞳の黒が、木床にポロポロこぼれた。三個目は音だった。ふたをあけた瞬間、土を蹴る蹄の音が、遠くからみるみる近づいてき、またどんどん遠ざかり、その果てについに聞こえなくなっちまう。

見世物小屋を訪ね、がん首をならべて眠り男に差しだすと、男は一瞥し、こいつは馬の毛じゃねえなあ、とわかりきったことをいった。次から次へ、無造作にあけていき、遠のいていく蹄の音を最後まできいたあと、

「悪かあねえが、見世物にはなんねえな」

尻尾を最後までのんだ蛇みたいにふくらんだ財布をポケットから取りだし、

「箱はあずかっとく。こいつは駄賃だ。ご苦労だったな」

五千円札一枚、ルーの前に放った。ルーは額に押しつけひれ伏すみたいなかっこうをとった。見世物小屋を出たところのお好み焼き屋へはいって、俺は豚玉と焼きそば、ルーはいかモダン焼きを食べた。いちばん食べたのは今日もシジミだ。ミックスお好み二枚と豚モダン一枚、豚肉の卵巻き、まんまるい月みたいな明石焼きまで、ひとりで食いつくしちまい、それで五千円札は霧と消えた。

三千年生きる

まわりは地平線に取りまかれた黄色い砂の海だ。砂地と石くれを踏み、だらんだらんに緩んだ足を引きずって、俺たちはようやく次の設営地にたどりつく。簡易テントを建て、火をおこして煮炊きし、ほぼ三日ぶりのほんものの眠りをむさぼったあと、否応(いやおう)なしに、厚いキャンバス布をやすやすと貫いて、まぶたを突きさす青ざめた陽光に起こされる。

砂の上に整然と積まれた木材、ブロック、ガラスに鉄板。自分のするべきことを心得ているものたちは、建材に近づき、素手や手押し車で黙々と運んでいくが、いろんなことがまだおぼつかない俺なんかは、いったん列をなし、監督から渡される標識札を胸に付け、班ごとに分かれて手を動かしはじめる。

測量。地ならし。足場組み。

補給。運搬。基礎工事。

働いているなかには医師や裁判官、外交官だったって男がいる。アナウンサーもいる。沖仲仕もいる。屠畜業者もいる。フットボール選手も、タクシー運転手も、もちろん新聞記者も、絵描きもいる。俺たちに指示をだす監督は、砂漠に来る前はじっさい、国旗がひるがえるような建物の、建設現場で指揮をとっていた。俺は煙草の煙と唾で壁がべったべたになった地下レストランのホール係をしていた。

みんながみんな、もとの仕事を作業に活かせてるってわけじゃない。全員が囚人だ。俺たちは自分らの刑務所を作ってる。というより、建設中のこの時間そのものが、越えがたい塀として、俺たちのまわりに高々と立ちはだかっている。

脱走はできない。やろうと試みたものはいたらしいけれど物理的に不可能だ。俺たちがめぐってるのは、国土の半分を占める砂漠地帯のほぼまんなかあたりで、４ＷＤの高速バギーでぶっとばしても、町の灯を見るまでにはまる五日かかる。自家用ジェットで迎えにきてもらえるなら話は別だが、そんなもの、周辺に巡らせた迎撃システムによって、たちまち撃ち落とされてしまうだろう。

めしの時間だ。俺はテーブルをだし、もとコックが湯に溶いてつくったどす黒い粥を、プラスティックの容器に移し、差しのべられる傷まみれのてのひらへ、作業機械みたいな正確さで載せていく、載せていく、載せていく。陽ざしが強くなる午後の早いうちは、みなそれぞれのテントにこもり、手紙を書いたり、古雑誌や本を開いたり、少しだけ眠ったりする。本っていっても、ページのそこらじゅう黒く塗られてあって、そこになんて書いてあったか、とぎれとぎれの語句を当てる、退屈なパズルぐらいにしか使えやしない。

音楽は禁止されてる。合奏はもちろんのこと、鼻歌さえ、うたっている現場を押さえられたら、刑期が年単位で延ばされる。ほかに娯楽がないので、はいりたてのやつらのなかでは、話上手のやつが重宝される。ここ最近流行（はや）ってる芝居、映画、テレビプログラムにくだらないコント。くだらなくて結構。俺たちはくだらないもの、無駄なものに飢えている。こんなにすべてをそぎ落とした、砂粒になったみたいな生活のなかで。ただ、話がうますぎるやつ、調子に乗ってしゃべりすぎたやつは、だいたい、ある夜を境に、口のきき方を忘れてしまったみたいに無口になる。いったいなにが身にふりかかったか、見当はつくけれど、俺は想像したくもない。ただ、刑務所のなかなんてだいたいどこも、こんなような感じだろう。

俺たちの刑務所が、よそのに引きくらべとりわけ非道（ひど）いのは、何十年か前、どこかのひとでなしが考えついたその「しくみ」だ。

設営地に積みあげられた建材を用い、太陽の低い朝と夕、働きに働き、数ヶ月をかけて俺たちは、簡易テントで寝起きしながら、だだっ広い木造の平屋を一棟組み立てる。完成してすぐ、どこからか、衛星か、カラスの目で見ていやがるのか、監督に渡された通信モニターに連絡がはいる。俺たちはテントをたたみ、なにもいわず、なにもいえず、建てたばかりの刑務所をあとに歩きだす。建物はうち捨てられたまま、数年もたてば崩れ、砂漠の砂に押し流されて消える。あたらしい設営地につくと、また簡易テントを広げ、翌朝からまた俺たちは、なにもいわず、なにもいえないまま、工具を手に工事にかかる。建設中の時間そのものが刑務所の塀、ってのは比喩でなく、こういう意味だ。

工期中に一度は砂煙をあげ、オフロード車が現場へやってくる。俺たちは広場に集められる。

番号を読みあげられ、即座に自分のことだと理解し、手をあげられるものは少ない。いつまでもつづくかにおもえた果てしのない建設工事のなかで、自分の番号、自分の名、そんな固有のものがあるだなんて、とうに忘れてしまった、からっぽの表情をしている。くっつきの悪いシールみたいに自分の氏名をもてあましながら、いつの間にか、それぞれの刑期を終えた男たちは、オフロード車の後部席に乗りこむ。

おりてくるものもいる。来るときはみな目隠しを施され（帰りはどうか知らない）、はずされた瞬間、あふれかえる陽光のなかであとずさり、不安がにじむあまり、かげろうみたいに輪郭を波打たせてる。いきなりのいじめ、見せしめみたいなことはやらない。そんな余興に体力を使おうなんて人間は、ここには誰もいない。砂漠が俺たちをそぎ落とす。無駄のない、許されない、ぎりぎりの人間、ぎりぎりの生。砂漠は俺たちにささやきかける。おまえらは砂だ。多少色がばらばらで、とがってる場所がちがっていたにせよ、しょせんはみんな同じ、ただの砂っ粒だ。

砂をいくら積みあげても、風のひと吹きですべて崩れおちる。俺は服役してから、いったい何棟の刑務所作りにかかわったか、もうそんなことすら憶(おぼ)えてはいない。
新参の男たちを前に、しゃべり上手なやつが、進行してる工事の手順を、素人にもわかりよいよう説明する。それをきいて、あ、そうだった、自分らが作ってたのは、そういうもんだったって、あらためて思いだし、目をぱちぱち瞬かせてる、長期刑の男が何人もいる。とはいえ、新参のやつらだって、二、三日もすれば同じような顔つきになる。刑務所なら、どこだってそうなのかもしれないが、猫のしゃぶりつくした魚の骨みたいに、自分の生きている時間をこそぎとられ、砂の刑務所作りにすべてを捧(ささ)げるこの生活のなかで、俺たちは急速に、人間じゃないものになっていった。死ぬことさえ忘れ、ただひたすら奪われ、すり切れていくに任せていた。

砂煙をあげて、刑期満了の囚人を迎えに来るオフロード車が、俺はじつのところ、恐ろしくて恐ろしくてたまらなくなっていた。受けている刑罰の奴隷、そんなようなものに成りはててしまったのは、俺ひとりじゃあもちろんなかったし、それがもちろん「しくみ」を作った側の、最初からのもくろみでもあったろう。

水槽に落とした一滴の絵の具が、たちまち透明に溶けてしまうように、俺たち囚人は、長い工期のなか砂の波に同化しきっていく。過ごしている時間そのものが砂漠に似て、どこを切りとっても同じ、単調な起伏をなしながら、目にみえない遠くまでつづいていく。果てしのないこの砂の時間に、俺はいまへそ辺りまで埋まっていて、なすすべもないまんま、そのうち頭のてっぺんまで埋もれてしまい、俺がいた痕跡など、きっとあとにはなんにも残っていないのだ。

めしの時間、器が足りなくなったので、備蓄小屋に取りにいこうとしたら、足をひっかけた。カーキ色をした囚人ズボンの脚がテントの下からはみ出ている。俺は頭では、このまま起こさず、二度とさめない眠りに陥るまで、寝かせといてやったほうが、この誰かさんのためなんじゃないかと、一瞬は考えついた。けれども、もともとの職業柄、咄嗟にからだが動いた。目で探さなくても、吊されたAEDへ自然と手が伸び、しゃがみこんで、脚をつかんで引きずり出し、表情になんとなく見覚えのある年上の男の胸にあて、スイッチを押しこんだ。救護係がなにか叫びながら駆けよってくる。あとの処置を任せ、器を取りに行き、無表情を顔に貼りつけたまま、文句ひとつ言わず列をなしている男たちの前に戻った。のっぺらぼうのてのひらへ、めしをよそった皿を、載せていく、載せていく、載せていく。

それからしばらく、俺の目に、しょっちゅう男の顔がちらつくようになった。目をとじ意識を失っていても、やつの顔面は、砂の中にひと粒ビーズを落っことしたみたいな、鈍い光を放っていた。救護係によれば、ただの貧血だったらしいが、なにより驚いたのは男のくらった刑期だった。

懲役三千二百年。

現在、そのうち十年ばかりを勤め上げている。

「政治犯だってな。いろいろ足し合わせて、そういう年数になったたって話だ」

救護係は注射針を煮沸しながらいった。

この砂漠が三千二百年前に、いまのかたちのまんまあったかどうか知らない。男の顔を思い返してみると、このだだっ広い砂漠に埋もれたままになる男には、俺には、どうしてもおもえなかった。十年どころか、今年でもう三千百九十九年服役し、何ヶ月かあとには堂々と手を振って砂漠を離れていく、そんなさばさばした表情にさえみえた。

下着と囚人服を取り替えるシャワーの日、向けられた視線に気づいて見つめ返すと、そこにあの男が、刑期三千二百年の男が、素っ裸で立っていた。これだけ傷だらけのからだってものを、俺はそれまでに見たおぼえがなかった。首筋から胸、脇腹に背中、腰まわりなんかはとくに、迷彩模様の服かミミズの寝床みたいに、生々しい筋がぎっしりついている。このうちの何本かでも、その代償に、政府側の求める情報を自白でもしていたら、いまごろ砂漠どころか、風の吹き抜ける居心地のよい場所で、ソフトクリームでも舐めていられたかもしれない。が、男はここにいる。砂漠の年齢くらいの長期刑をくらって。

俺に近づいてくると、男は隙間だらけの歯を見せ（拷問中へし折られたんだろう）、

「世話になったらしいな。ありがとう」

俺は一瞬耳がどうかなったかとおもったが、それは男が、ふつうの声量で話したからだ。この刑務所で俺たちは、唇の端を縫い合わされたみたいな、辛うじてききとれるさ

さやき声で会話するのが常になっていた。

　五十代半ば、髪にはところどころ銀色の線が交じってる。痩せてはいるが、皮膚の奥にしまいこまれた筋は、幾本も束ねられた真新しい鞭を思わせる。走らなきゃだめだ、男はそういって両の太腿を叩いた。労務仕事ばっかりじゃ重ったるい筋肉しかつかない。朝日が出てすぐのころ、現場のまわりを、軽く流して十キロは走るんだという。

「なんのために？」

　呆れて俺が訊くと、男は少し間を置き、

「夕暮れの、うまいビールのためさ」

　手ひどい傷みたいに唇を曲げて笑った。

　その日を境に毎日顔を合わせるようになった。磁石のそばのぼろ釘みたいに自然と引きよせられてしまう。街に住んでいたころ、男の表向きの職業は、タクシー運転手だった。俺のいた地下レストランにも、送り迎えにきたことが何度もあった。口笛を吹きながらハンドルをまわし、深夜の官庁街や夜明けの波止場を、怪しまれぬまま駆けめぐっては仲間を拾った。タクシーは人知れぬ、動く会議室となり、武器や資金の受け渡しも車内で行われた。議事堂爆破事件のとき行方知れずとなった将軍は、まる三日のあいだ、うしろの席に座らされていたんだそうだ。

「この国の運転手の七割が活動家だ」

　砂地に立ち小便しながら男はいった。

「いっぽうで、九割がたのタクシーに盗聴器がしかけられてる。イタチごっこさ」

「料理屋もおんなじだよ」

俺がこたえる。

「だからじゃぶじゃぶ、ヒビのはいったぼろテーブルに水をこぼして、盗聴器をだめにしてやるんだ」


受刑者と受刑者が、こんな風に会話を交わすのは、考えてみれば稀なことだった。職業柄、ふたりとも、話すのに慣れてたってことはあるかもしれないけれど、俺はやっぱり男の声、にこやかな表情を崩さずに話しつづけるあの態度に、からだの内側から引きつけられていたんだとおもう。男と話しているとき俺は砂漠を忘れた。男はまるで、運河沿いのカフェでカウンターに肘をつき、ほんもののビールを口にしながら、軽口を叩いているかのように唇を動かしていた。どうしてそういうことができるのかわからないが、男は、流れ続ける砂漠の時間から身を離し、この世に生まれて以来つれそっている固有の、黄金色の時間に、全身を浸しきって生きている、そんな様子にみえた。つまり受刑しながら、こころからくつろぎ、安楽に過ごしてみえたのだ。

「三千二百年、って、どういう感じだい」

訊ねてみたことがある。

「いくつかの文明が生まれ、滅び、生まれ、滅びする、年表並みの時間を、他人に奪われて生きるってのは、どんな気がするんだ」

　すると男はほくそ笑んで、

「クジラが二百年、ゾウガメが三百年、でかいシャコガイだと、四、五百年は生きるそうだ」

「ふうん」

「俺は三千年生きる」

　男はいった。

「時間を奪われてるんじゃない。逆さ。寿命ってやっかいな檻から、俺は解き放たれてるんだ」

　俺は黙った。

「わかるか、三千年前、この星の上にひとが生きていた。字を書き、ものを食べ、たまにうたい、たまに踊った。だからこそ、いま、こうして俺たちがいる。たとえ話なんかじゃない。三千年前のひとの声が、俺を通って、三千年後のひとの耳にとどく。こんなくだらない刑務所や政府、その頃にはまちがいなく消滅してる。でもいいか、俺は、俺たちは、こんなちっぽけな虫だったころまでさかのぼれば、十億年は軽く生きてるんだぜ」

　正直、男のいいたいことが、俺にはよくわからなかった。俺の耳にはピラミッドを作った人足たちのかけ声なんてきこえないし、糸くずみたいな虫けらを同朋とうけとめたことだってない。頭のねじがおおかたゆるんでいたり、クスリで半ば以上あっちへいっちまってたりする人間が、どんな風に話しふるまうか、俺は、しばらくぶりに思いだしていた。地下レストランでそういう輩は、ひと晩に片手に余るくらい見かけたものだ。やつらは、ぎりぎり切れそうなくらいゼンマイを巻かれたおもちゃのサルそっくりに唾を飛ばしてしゃべるか、口もとに浮かべた意味のわからない笑みに、からだごと乗っかってる風にくつろいでるか、だいたいそのどっちかだ。

男のいない昼休憩の席で、古参の服役囚に話をむけてみた。もったりした口調で教えてくれたところによれば、現在地球上でもっとも長い刑期は、十四万年だそうだ。政治犯でも連続殺人犯でもなく、一万六千人をだまして二億四百万ドルをだましとった詐欺の罪。死刑のない国、あるいは州で、ほかにも、列車とともに二百人近くを吹き飛ばしたテロリストに四万年。妻、妻の母、学生を撃ち殺した男に、二度の終身刑と、一万年の懲役。

なんだか、こたえのないなぞなぞをきかされた気分だった。

「二度目の終身刑ってのは、ずいぶん楽だろうな。一回目で慣れてるし」

卓球台をはさんで、しゃがんで球をつまみあげながら、男は息もあげずにいった。

「一度目で失敗しても、もう一回チャンスがあるわけだし、いいご身分だよ」

「冗談じゃなくてさ」

俺はサーブにラケットを合わせ、軽く打球をかえす。男の腕がのびる。卓球台のいちばん隅に、ふんわりと放物線を描いて球が落ちる。

「むろん冗談だ」

　男は断言する。

「法律家の考えじゃ、ひとの生きている期間を、他人が定めるなんてのは、人間に許されたことじゃない、だからこそ、ひとの生を奪った人間は、人間としての生を、他人に制限され、ときには、命を奪われても文句をいえない。このどうどう巡りは、人類の考えついた史上最低の冗談だよ。そうして俺たちは、どういうわけか、生まれてから死ぬまで、この冗談にえんえんつきあってなきゃならないと信じこまされている」

「つきあわないとどうなるね」

「俺をみてみな」

　男は低い声で笑った。床のどこかで音をたてて球が跳ねている。

「真夜中の洗面台で、暗がりから浮かびあがる、自分の顔をよくみてみな」


　前触れは匂いだった。古家の床板をめくりあげたときの土の香り、裏路地の奥にしみついたわずかな腐臭、ぼやで水をかぶった古アパートの台所、そんなような湿った匂いが、冷えた風に混じり俺たちの鼻先をかすめた。医者、新聞記者、ホール係に運転手。あらゆる職種がそろってはいたが、「砂漠の民」はいなかった。どれだけ長く、設営地から設営地へたずね歩いていようが、この砂の世界で生まれ育ったものでないかぎり、感知できない声、空気のふるえといったものが、たぶんまちがいなくあるんだとおもう。

ひとつ、またひとつ。頰に小さな粒が当たる。ついさっきまで、髪を撫でるくらいだった風が、空のでっかい手がいきなりスイッチを切り替えたみたいに、横殴りの暴風にかわる。監督の、風に歪んだ声がひびく。なにをいったかききとれた囚人だけ、身をかがめ、顔の正面にてのひらをかざして、一定の方向へ歩いていく。半ば完成した刑務所のなかへおそらく避難するつもりだ。

俺も動こうとするが、肩に触れられてとまる。引くでも押すでもない、その絶妙なバランス加減に、ふりかえらなくっても手の主が誰か即座にわかる。

「手をつなげ！」

男の声がささやく。

「もういっぽうの手も誰かとつなげ、そうして大勢でかたまって伏せるんだ！」

低い声だったのに、ひとりまたひとりと、磁石に引きよせられる砂鉄みたいに、囚人たちがまわりに集まってきた。十人、二十人、それ以上は人数が増えすぎてよくはわからない。吹き巻く砂嵐のなかで俺たちは一個の生き物になって地表に這いつくばった。俺の上に誰かが乗りその上にも誰かが乗った。だんだんと、俺の腹の下にも誰かいるような気がしてきた。たぶんほんとうにいたんだ。木が引き裂かれ、ガラスが砕け散る音が、風のなかに聞こえ、そのなかに大勢の悲鳴が、ばらばらにちぎれとんで輪郭を失う人間たちの声が響きわたった。刑務所の残骸が土台ごと砂の丘を運ばれていく様が、肉の壁のなかでありありと目に浮かんだ。

　俺の左手に、男の右手がぎゅっと力をこめる。俺は右手でつかんだ誰かの手を、同じような加減で握りしめる。砂漠をひっくり返したみたいな砂嵐のなかで、手から手へ、からだからからだへ、何周も何周も、俺たちは互いに信号を送りあう。それはシナプス間で閃(ひらめ)くパルスより速く俺たちのなかを、生きている肉の奥底を走る。砂に埋もれ、光は届かなくても、俺たちの目にはさまざまな光景がみえた。ほんとうにみえたんだ。入院患者のほっとした笑顔が、昼の陽ざしを浴びて座るモデルの胸が、競馬場が、街路で風に踊る号外が。涙を浮かべる牛の目が、ハッピー・バースデイをうたう家族が、滑走路が、新婦に渡す花束をかかえた少女の桃色の額が。生きているぎりぎりの縁で、俺たちはそれぞれの刑期を、寿命を、年齢を忘れた。とてつもなく太い「いま」に包まれている感じだった。信号がまた左手から右手へ、今度は右手から左手へ。そのたびにあらたな光景が流れ込み、湧きあがり、真新しい記憶となって、俺のなかにひろがる。

　砂嵐が過ぎ去ったかどうか、俺たちにはわからなかった。手を繋(つな)ぎ合い、ひとかたまりになった囚人たちは、積もり重なった砂のなかでいつの間にか眠りこけていた。囚人になる前からずっとそうしていたみたいだった。俺たちは、俺たち自身から脱走し、まっさらな生を、時間をとびこえた生をくりかえし生きていた。つまるところ俺たちは、十億年前から砂の底で息づく一匹の虫だったんだ。

どこから見ているのかわからない。翌朝にはローターを鳴らしながら黄色いヘリコプターがやって来て、誰もしゃべらないうちに、水と食糧、簡易テント、それにくたびれ顔の医師をひとり、おだやかに風が吹き渡る砂漠の上に落としていった。囚人の数は半分以下に減っていた。輸送トラックが建材と、補充の人員を運んでくるまでのおよそ一週間、俺たちは、砂漠のまんまんなかでなんにもすることがなかった。

「おい、つきあえよ」

「そんな趣味ないって」

「いいから、来いよ」

珍しく強引にいいたてる声に、なんだか含むものを感じながら、俺は男の背中にくっついて、へっぴり腰で、なだらかな斜面をおりていった。歩みのたび崩れ、さらさらと流れていく砂は、夕暮れ近い日を浴びてピンク色に輝いていた。まるでルビーの滝だ。丘のふもとまでおりてくる。立ち小便につきあうのはこれがはじめてだ。男は妙なことをした。片膝をついてしゃがみこむと、ズボンのすその足首あたりを触り、ふしぎな表情で俺をふりかえった。

「次はおまえのぶんだ」

男は小声でいうと、右手にもった工具のドライバーを左肘の、太くうねる傷跡のまんなか辺りに突きたてた。出血の量はおもったほどではなかった。黒っぽい肉のあいだから男は丸い小さな球をつまみだし、俺の目の前につきだしてみせた。なにか木の実みたいだ。

「そのとおり」

男はうなずき、てのひらに収めた二個の球にドライバーの先をあてると、器用に表皮の先端に割れ目を入れた。血を拭われ、手渡されたそのひと粒は、目で見たよりよほど重みがあった。もちろん、それがなにか職業柄わかったけれど、俺はもったいないような気がしてだまりこんだ。なんだか、この世に生まれたてのなにかを手にしてるみたいだった。

「オリーブの種だ」

男はピンク色の日を受けていった。

「活動中、手ひどい傷をうけるたび、その奥に、シリコンで包んだ小粒の種を、一個ずついれて縫合した。皮のままじゃなかなか発芽しないが、先っちょを割って水にひたせば、わりとたしかな頻度で芽をだす」

足もとの砂地にオリーブの種を落とすと男はズボンをさげ、俺もならった。いちもつをつかみだし、ピンクの砂の上に、力をこめて黄金色のシャワーを浴びせた。生まれたての種がまるで産湯を浴びて、身をよじりながら笑っているようだった。

「オリーブは三千年生きる」

夕まぐれの砂漠に男の声が沈んでいく。

「原産地の農夫たちは、永遠の木、って呼んでるくらいだ」

「いったいいくつはいってるんだ、その、あんたのからだに」

男は黙り、ゆっくりとふりかえった。砂漠みたいに静かで、巨大な笑みだった。

「自分では、五、六個のつもりだった。なのに、ここへ来て以来、傷をこじあけるたび、必ず一個、オリーブの種がみつかる。目をこすってたしかめたが、いくらでも、いくらでもでてくる。これまでいくつ植えたか、正確にはおぼえちゃいないが、あちこち転々としながら、まあ、三百はこえたかな」


輸送トラックが新参の囚人をおろしていく横で、表情のない男が、番号と名前を読みあげていくいつもの儀式。何度も呼ばれているその名が俺のものだって、警棒をつきつけられてようやく気づいた。身のまわりのものをまとめるのに三十分与えられたが、そもそも俺たちに、身のまわりのもんなんてただのひとつもない。

そのあいだ、男の顔を捜してみたが、まわりで動きまわる運搬班、早速地ならしにかかる一隊、説明をきく新参者の人垣やなんかに阻まれ、どこにも見つけることができなかった。警護官にうながされ、刑期を終えたもうふたりとともに、幌付きトラックの最後尾に乗りこむ。幌の下は夜明けの空気をそのままにはらんでひんやりと涼しかった。帰りには目隠しをされないらしい。エンジンがかかった瞬間、俺はなぜか、身が引きちぎれそうな疼痛を胸におぼえた。ゆっくりと吸気をはらみ、そうして吐きだすうち、痛みは薄れていった。かわりに、胸のどこかに眠っていた俺の時間が、電気をけした浴室にたちこめる湯気みたいに湧きあがり、乾ききった俺の内側を湿らせていくのがわかった。

店はまだつづいているはず。義兄の会計士がそのへんはうまくやってくれている。すぐさまホール係に復帰では、またぞろ目をつけられかねないから、ひとまず厨房に入って皮むきか、入りたての頃のように、深夜番のバーテンに戻るか。いちばん上の姉貴は郊外の山裾にこぢんまりした農場をもっている。日のあるあいだは交代で牛や鶏の世話をし、新鮮な卵や乳を出荷する。夜の農場は別の秘められた顔に変わる。小屋の地下からつぎつぎと若い兵士が現れては、黒々と立ちはだかる山林に駆けこんでいく。短い口笛と合図が夜闇を飛びかい、実戦そのままの訓練が夜明け前までつづく。

警護官のひとりが肩を突っつき、同僚をうながす。それより先に俺は、どうして自分から、幌の外の風景に目をむけたのか。ふだんきこえるはずのない空気のふるえを、砂漠の民でもないこの俺が、あのときだけは、感じとることができたのだろうか。

建物はもちろん、残骸すらなにも残っていない、真っ平らにつづく砂地のところどころで、火が燃えていた。砂漠ではこんなことが起こるのか、そうおもって息をのんだが、よくよくみるとそれは、緑の炎だった。

「オリーブだよ」

俺のつぶやきに、青白い顔の警護官たちすら、わずかに頷いてみせた。

芽を出して何年だろう、子どもの背丈くらいまで幹を伸ばしたオリーブの木が、まだ幼い葉を青々と茂らせ、平らかな砂の上に点々と立っていた。ゆるやかな風が渡り、目の届く風景のなかで、動いているものは黄緑の葉先しかなかった。幼木のいっぽん一本に、男の立ち姿が重なってみえた。揺れるトラックの荷台で、俺は腰を浮かせた。見送りに出てきてくれたオリーブたちの、高々と振りあげられた緑のてのひら、その一枚ずつを、すべてが砂の畝に隠されてしまうまで、ひざの上で手を丸く握りながら見つめつづけた。

○歳の旅人

ひさしぶりに旅行をしてみよう。オウムのパッツィは向かいのモロカイに預け、ショッピングモールそっくりの空港から、水色のロゴの最新型ジェット機に乗って。

高度二万メートルの空気は、わたし、あなた、乗り合わせた全員のからだを、無国籍の風で洗い、消しはしないまでもうっすらと半透明にする。深く息をつくと空の紺色が肺胞のひだにうつる。乱気流のなかで翼はよじれ、ハワイの波乗り板みたいに、機体はロールし、ダイブする。隣のひとが吐く。わたしたちの足の下では、可視光線を乱反射させ、諸島のような雲のつらなり、銀色の水蒸気、満天の塵(ちり)がかがやき、あふれかえる光のなかに、翼をひろげて鳥がたちどまる。重力と浮力。わたしたちは右のつま先から、陽光にほどよく暖められた、滑走路の土に舞いおりる。

歩みだす足の動きさえ、ぎごちなく、まあたらしく、そして楽しい。わたしはこの街では生まれたての新生児だ。サインの文字は虫みたいな記号だし、まわりで飛びかっているささやきも、録音テープを逆回しにしたかのような耳慣れない響きだけれども、わたしのからだは、ちゃぷちゃぷと波打つ「はじめて」のほうへ、内側からゆっくりとひらかれていく。まったいらに滑っていく銀の歩道。巨大な屋根の下でくぐもったまま響いていくアナウンス。

まずは鉄道に乗るのでなければ。

地下鉄でも特急でも路面電車でも、その街に敷かれた鉄道は、文字どおり動脈、静脈として、血液、ひとびと、荷物、にぎわいとロマンス、とりかわした約束、いつもの安心、経済、時間をはこぶ。そしてその末端は、えんえんと別の街へつづく線路となって、より大きな血液の循環のなかに、街のすべてのいとなみを位置づける。

ことばのわからないわたしは、まあたらしいにぎわいの一部となって、とりどりのひとびとといっせいに、紙でできたみたいな客車に乗りこむ。たなびく髪の毛、まわりつづける扇風機のファン。座らずに、ずっと窓のそばに立ちつづけているのがいい。はじめは緑の丘ばかりだったのが、溶けたエメラルドをおもわせる山間の河、黄金色に燃えさかる麦畑へと、グラデーションをつけ、風景はじょじょに変わってくる。

「犬が鳥なんです、ここでは、犬がカラスです」

隣に立ったひと、男性がたどたどしく、わたしの国のことばで教えてくれる。

「犬が鳥に似ているの？　カラスみたいに啼く犬がいるの？」

むこうは理解できなかった様子で、

「鳥は犬とはちがいますからね、じっさい」

そうつぶやくと、おだやかな笑みをたたえて口を結んだ。こうした短いとりかわしのなかにも、旅先とわたしを惹きつけ合う、独自の磁力がひそんでいる。黒い表紙、無地のノートをひらくと、わたしは男性のことば、まわりにみえているもの、「におい」について書きとめる。

ことばは翻訳できる。色は塗り替えることができる。けれども「におい」は、旅先で一瞬でも鼻をつくあるものの香りは、新参者にだけ供された、かけがえのない贈り物だ。そこで住み暮らしているひとの鼻は、慣れすぎてもはや、それを嗅ぎとることができない。からだのにおい。からだをなす食べものの、水の、長年積み重なり、熟成された埃（ほこり）のにおい。その土地でしか生きていかれないカビの、姿はみえなくなったけれども空気中に残る花の、動物の吐息の、すべてがブレンドされた、いのちのにおい。旅に出るとすべてのものに鼻をちかづけ、わたしはにおいをたしかめる。土を舐めている、そんな感覚に駆られる。においによって、見なれないその土地の印象は、ことばではとどかない深い記憶としてわたしの底に黒々と刻みこまれる。ふしぎなことだけれど、においはいつも「なつかしさ」を呼び起こす。どんな荒涼とした、この世の果てみたいな風景にとりかこまれていたとしても。

終着の駅。まる二日みたい、二時間たらずの距離というのに。駅舎のアナウンス、とびかう呼び声、この街のことばの響きに、わたしの耳はじょじょに慣れてきている。板戸に耳をつけてきいているみたいに、なにをいってるか、内容はわからないけれども、その表情や、あたたかみの度合い、距離感みたいなものはたしかに伝わる。飛行機のなかで頭に焼きつけた地図に従い、わたしは南へ、駅からまっすぐに延びていく目抜き通りに出る。行き交う自動車、駅前はビル街。つま先でとんとん、アスファルトを蹴り、わたしは歩道を歩きだす。行き交うスーツ姿にも、この街ならではの特徴がにじんでいる。おんなのひとはどの土地でも、舗石のすきまに顔をのぞかせた草花か、あるいは、石をどかせて根を張った木の幹みたいに目の前にいる。

目抜き通りをまっすぐ、ひたすらにまっすぐ。列車に揺られているよりもいっそう長く。そのうち、ビルとビルの合間に、ほのかに輝く路地がみつかれば、それこそが旅行者をさしまねく、市街地に残された「けものみち」だ。吸いこまれるように角を曲がる。近隣のどのビルが建てられるより前、まだ平屋が並び、豚や仔牛が走りめぐっていた頃、ひとや荷車が行き交っていた古来の道。わたしは排気管にまぎれこんだ羽虫と同じく、なまあたたかい路地の空気に引きよせられ、前へ前へ、いっそうの暗がりへと、胸を高鳴らせてはいりこんでいく。どこかで、じ、じー、と電光が走る。曲がっては曲がり、また曲がっては曲がり。旅行地図には載せられない、載せようのない、地下茎の辿り道。トロンボーンやホルンの空洞を伝わっていく音波みたいに、わたしは半ば以上空気となって、ふるえながらこの、からみあった管のなかを進みに進む。においと音、光が、ぐん、と目の前にひろがったかとおもうと、わたしはこの地域の、秘められた中心の、その入り口に立っている。

ささやかな噴水のある広場。帆布をテント状にひろげたとりどりの露店。さかな、あおもの、古着に古本。あらゆることばを飛びこえて駆け引きがなされ、損をするものは誰もなく、誰もが胸もとにわずかな利得をにぎりしめて、やわらかに気持ちをほどいて家路につく。ここは市場だ。旅の人間も地元民も、ないまぜに顔を並べられる、街の内臓。

広場に面した宿屋の三階に部屋をとる。肩掛けかばん二個を寝台に投げだし、わたしは階段を駆けおりる。陽が暮れるまで、露店をのぞきながら、円形の広場を歩いてまわる。何周も何周も、飽きることなく。

朝にむかって窓を開け放つ。ケーキ状に積みあがった市場の「におい」が、旋回しながら、広場上空にたちのぼっていく。尖塔(せんとう)をかすめ飛んでいく、トビの目にヒョイと乗り移って、箱庭みたいなこの市場上空から、街全体を俯瞰(ふかん)してみる。地図とちがうのは濃厚な「におい」のあること。

市街を分断し、縦に引き延ばしたSの字を描いて、漆黒の河が南北に流れている。白い服の老人が長い柄の網を優雅に振って、小エビに貝、ハヤやウグイをすなどる。ガンやサギが舞いおり、オオナマズが底に眠る。堆積した地層から涌きあがる鉱水が、河全体に、独特の風味と輝きを与えている。石段を踏んで河岸までおり、川水をすくいとって舐めてみると、おなかの底でぴしゃぴしゃ、波が沸きかえる気配がある。

商業ビル群、窪地には公園、疏水に沿ったアーケード、並木道と遊歩道。地図上では碁盤の目にみえつつ、計画されてできた市街でなく、「けものみち」の痕跡をそここに残しながら、土地の傾斜や水はけ、集落同士のつながりなど、そのときどきの要素がからみあって、自然発生的にたちあがってきた街路の集積。だから四つ角や、なんでもない舗道の上にたちどまるや、からだの芯に、磁力や重力、さまざまにからみあったモーメントを感じ、わたしは、声なき呼び声の招くそちらへと、歩きださずにいられない。

旅先でかならず訪れるのが動物園。世界じゅう、どんな国でも主要な都市は、かならず動物園をもっている。まるで文明の、人間の繁栄の影、無意識からの、罪悪感の表出のように。檻に閉じこめられ、毛玉や糞尿(ふんにょう)にまみれているようなことは、わたしがおとなになってからは、ほとんどもうみられない。それこそ罪悪感のあらわれのように、ひとびとは動物たちを、考え得るあらゆる方策でもって快適さのなかに包もうとする。そしてどのようであれ、あらゆる都市の動物園が、ちゃんとその街のにおいを宿している。

ほぼ目がみえなくなったシロサイの前に、長く長く座っている。別の動物園でうまれ、四歳でこの場所に、競馬用の運搬車で運ばれてきた。サイはもともと「目が悪い」といわれるけれど、そのぼんやりした視界にしか、あいまいに揺れる焦点のなかでしか、浮かんでこない像があると、長く戦ってきた砦(とりで)のようなこのシロサイを前に、わたしの胸は信じたい気持ちであふれている。

この街についてまだ、日付でいえば二日、まだ○歳児に過ぎないわたしとしては、弱いことは即ちマイナスでなく、そのありようでこそ触れられるなにかのため、弱いままである。そう感じて街を歩きたい。ことばがわからないからこそ、水や土、「におい」と、動物たちと語らいたい。〇歳児だからわかることがある。ことばをはぎ取ってしまえば、人間は水だ、土だ、においのしみついた、一体の動物だ。シロサイの弱い目は宇宙の波打ち際を見ている。

シロサイの四十五歳と、わたしの〇歳が、この汀のうちで、ひとつに均される。そばにやってきたおさなごのおよそ三歳、ふらり、ふらりと背をまるめ、腰高く歩いていく男性の、およそ七十になりなんとする歳。電線にとまったムクドリ。隣の柵で身じろぎもしないゾウガメ。半径十メートルにすぎないこの空間で、わたしたちは互いに、まあたらしい「いま」を交換しあっている。旅行先で、動物園を訪ねずにいられないのは、動物たちくらい立派な旅人は、ほかにいないからかもしれない。彼ら彼女らは、えんえんと引き延ばされた巨大な旅の時間を未だ生きている。

朱塗りの門が出迎える壮麗な神殿へ。巨大な門を通してみやる東の山や街並は、まるで凹レンズを覗きこんだように、ふだんとは縮尺がちがってみえる。距離感や方向感覚の、心地よい混乱に身を任せるのも、〇歳児としての旅人の特権だ。ただこの街は、どの四つ角に立って見まわしても、北の山、東の山、西の丘と稜線が異なり、その上、山肌に、わたしには読めないけれども、巨大な文字でサインが記されてあるので、そのかたちさえつかめれば、方角ばかりか、自分がいま市街のどの辺りに立っているか、土地がせりあがる感覚とともに、新参者にもつかめるしくみになっている。いちばん見えやすく、わかりやすいのは、人間が手足をひろげ、山の斜面にどさりと寝転んだようなかたちの、大きなひと文字。

飛行機で、通路をはさんで隣り合ったひとと、拝殿で再会。旅のさなかにいるひとは誰でもふだんより磁力が強まる。日頃にないくらいの距離に顔を寄せあい、この街の印象、泊まっている場所、これからの予定など、手短にことばを交わしたあと、軽く手をあげて背をむけるや、話されたことの大半は頭から蒸発しているけれど、余韻のなか、空気にちょうどよい湿りけが加わり、とりまく風物の輪郭は、さきほどまでより冴え冴えと浮きあがる。

コインを投げ、まわりをみやる。二度三度と手を打つのがしきたりらしく、そうやってみた瞬間、拝殿の幕から、驚くくらいの反響がかえっておもわず身をすくめる。異郷の神のどら声が波打ち、半透明の三角、ひし形、方形の板が、かしゃかしゃとぶつかり合いながら、空気中で揺れている。フィルムみたいに薄い、真っ白な帳が、風もないのにそこここで翻っている。この街、ひいてはこの訪れた国の中心にちがいないのに、いざその中心を訪れると、そこに、目に見えるものはなにもない。その真空に、旅するもののからだは惹きつけられる。食をつかさどる市場や、生きている齢を溶けあわせる動物園と同じく、ここのようなほんものの神殿では、地元の人間も旅行者も、その垣根を消し去られ、ひとつのうろのなかに光で溶けあわされる。いまここに、このようにして生きていることの奇跡。呼吸と脈動。ここにいるわたしたちはみな○歳児だ。

宿の主人に情報をもらって、年に一度の踊りの祭に出かけてみる。河のほとりに、川面にむかって伸び上がるように、桜が列をなして咲いている。一年のこの時期、この街は旅行者でごった返す。桜を目当てに、というばかりでなく、長い底冷えの冬を経て、土のなかにためこまれ、一気に涌きあがってきた暖かな息吹が、国内、また外国からも、ひとを自然と呼び寄せるのだろう。

わたしは出かける前、桜のことは知らなかった。夢の背景がずっとピンク色に染まっていた。いまにしておもえばあれは花の色か、あるいは、若い女性の体内をめぐる、春のエネルギーだったのかもしれない。ちょうどこの日の祭で、わたしが目の当たりにすることになる、肉体の乱舞と同じく。

舞台には巨大な、白い鳥の描かれた緞帳（どんちょう）がかかっている。たぶん鶴だろう。私の席は、宿の主人が顔をきかせてくれて、一階ほぼ中央の四列目。まわりより頭ひとつ背が高いので、お尻を座面の前のほうに落とし気味にしてみあげる。

緞帳が上がると、蜂蜜の壺（つぼ）をひっくり返したみたいに光があふれるなか、真っ黒い民族衣装をつけた四人の女性が、見事なアンサンブルをなし、もうすでに踊っている。彼女たちはふだんは食事の席によばれ、楽器をひいたり動物のまねをしたり賭け事遊びをしたりしてお客を楽しませている。年に一度のこの舞台をめざし、日々踊りに歌に明け暮れているのだ。黒い衣装と漆黒の髷髪（まげがみ）は、まるでこの街のもっとも深みにたまった夜の底で、彼女らはそこに沈みながら、真っ白な顔を花開かせ、いまこうしてまわっている。花は開いた瞬間、散り落ちることをそのうちにはらんでいるけれども、この黒い踊り手たちは、はらんでいるどころか、たったいまはらはらと落ちかかっているところを、踊りにしてみせてくれているのだ、そういう気がした。女性でなければこのようには踊れないし、だからこそ光の裂け目から、黒い性の繁みが、ありありと覗いていた。命を振りしぼっての輝きなのだ。

舞台はつづき、短い芝居にうつった。赤い傘をもった四人の女性に先導され、まっ白い服の、髪のやたら長い女性が、橋の上を渡ってくる。舞台袖で重苦しい太鼓と、意識を現実から引きはがす笛の音がたえず響き、○歳のわたしの目にも、この女性がただうつくしいだけの女人ではないのだと判別できる。四人の女性は傘を朱色の炎のように揺らめかせながら踊る。そこへ、警帽をかぶった武人があらわれる。女性が男装して演じている。武人が剣をふりまわしはじめると、朱の傘の下に女性達はひそみ、ふたたび姿をあらわしたときには、その面相が一変している。頭には二本角、牙をむきだして、瞳は銀色のまるでゾンビだ。武人の攻撃にゾンビたちはしっぽを巻いて逃げだす。長髪に白装束の女性はそうはいかない。正体をあらわしたその相貌は、灰色に輝き、角や牙などなくても、視線をはずせないくらいおそろしい。武人が剣を打ちこむと、常人でないその女は顔じゅう口にして笑い、薄い羽衣をふわりと武人の顔にかけ、手前にぐいと引きよせる。武人は重力を捨てて宙を飛ぶ、そんな風にみえる。剣で羽衣を細切れにし、武人がなおも打ちかかると、女は少し焦ってか、橋の上に駆けあがる。そうしてここからがふしぎなことになる。挑みかかる武人も、待ち受ける女も、だんだんとその動作が緩慢になり、水面下で組み合い、身をかわしあっているようにさえみえ、そうしてついには、橋の真ん中でふたりとも、その動きを止めてしまう。ぴたりと静止し、動かなくなってしまうのだ。まるで時間の上に、貼りつけられてしまったかのように。と同時に橋が、動かないふたりを乗せた木の道が、舞台からぐんぐんせり上がり、天空でやはり静止する。なにかが絶頂に達したのだ。さきほどのアンサンブルと表面はちがってみえてもまったく同じことだ。女と武人はいま、肉体を超えて交歓しあっている。

最後にでてきたのは、年若そうな、きらびやかな衣装をつけた娘たち。顔面はまっ白に塗りこめられ、わたしは別の国で舞台を見たとき、白塗りは生と死の中間、と教えられたことがあるが、彼女らもそうなのだろうか。そうだとしたら、なんと可憐(かれん)でたおやかな半死なんだろう。ひらいたりとじたりする扇を手に、水平に、前後に動き、極彩色の光を惜しげもなく客席じゅうにこぼしている。まるでこの春の季節、河岸の土を割って、青い芽をのぞかせたばかり。ふくよかなつぼみにさんさんと日光を浴びて、いまにもはらはらと花弁をひらかんとしている。客席にいるみながみな、一瞬ごとに、新しい生を生きなおしている娘たちの、色の香りに酔っていた。やがて娘たちは、手にしたなにかを、ぽん、ぽーんと客席に投げこみはじめた。八人いるそれぞれが、二個、三個くらい。みどり色の衣装の、若芽の化身といった風情の女の子が、踊りはじめからのやわらかな笑みをくちびるにたたえたまま、むきだしの腕を軽く前に振ると、まっ白いそれはうつくしい放物線を描き、はじめから着地点を決めていたかのような自然さでわたしの膝に落ちた。木綿の布を亀甲形に結び合わせたものだった。なかになにを包んであるのか、誰に問うものでもないようにおもったし、はなから訊ねる気にもならなかった。ハンカチで上からくるみ、肩掛けかばんの奥へさっとさしいれた。

旅でいちばん楽しみなのは最後の日、というとまわりに呆れられる。それじゃあ、出かけなけりゃいいじゃない、というわけだ。いうまでもなくそれは誤解。最後の夜、長くつづいていたわたしの旅は、大切なものをおさめた小箱にふたをするように、そっと閉じられる。ふだんの家で、ふだんのよしなしごとに取りまかれながら、えんえんと過ぎていく日常とちがい、旅という時間には終わりがある。終わりがあるからこそ、気に入った本のように、好きな場所へともに携えていき、いつでも、心ゆくまでひらいていることができる。また、閉じられた旅は、わたしのなかで育ちもする。まるで生きているみたいなんだ。

最後の日が楽しみ、というのはつまり、ごちそうさま、と口に出して、からだを満たしてくれている、味、匂い、光、すべての絡まり合いに感謝を捧げるのと同じ。わたしはパッケージされた特別な時間を携え、その土地の歌を口ずさみながら、それまでにない贅沢（ぜいたく）な気分で、ふだんの日常へと戻っていく。それが楽しみ。

最後の日、競馬にでかける。オーバルのコースを十数頭で走り、スタンド上空で馬券が舞う、そんな近年の競馬でなく、手渡されたリーフレットによれば、一千年をこえてつづいてきた、この街の春の行事だ。木造の神殿の前の広場に、細長い、四百メートルほどの土の馬場をつくり、片端からスタートしてゴールまで、騎手を乗せた馬が二頭ずつ競いあい、走りぬけてゆく。スピードだけでなく、騎乗中の騎手の恰好や、勇ましさなども考慮して、勝敗が決まる。審査に当たるのは一千年前から同じ服装をした古老たちだ。三週間近く滞在していると、耳にはもうこの街のことばがなじんでいる。蹄の音が春の太鼓みたいに響くこの行事は、古来から「くらべうま」あるいは「こまくらべ」と呼ばれている。

まずは拝殿で手を合わせる。何度となくこなした手順なのでもう迷わない。二礼二拍、さいごに一礼。三本足の烏（からす）が、神殿のシンボルらしい。たなびく旗をじっと見つめていると、肩をたたかれ、ふりかえってみたら白馬が立っている。鞍（くら）も手綱もつけていない裸馬で、歳の頃はよくわからない。案外若いのかもしれない。

「そいつはヤタガラスっていってね」

びっくりするくらい流暢（りゅうちょう）な発音で、馬はわたしの耳に語りかけた。わたしにしかきこえていない声なのかも。

「神様を南国からここまで連れてきた案内人なんだ」

「ふうん、だから祀られてるのね」

「足のことだけれど、とりたてて珍しいわけじゃなくてね」

白馬は秘密の小箱をあけるような口調で、「ここいらのカラスはみんな、もともと三本足だった、って話がある」

「へえ、そうなの」

「カラスだけじゃない、犬もそうだった。三本足同士、カラスと犬は大の仲良しだった。ところが猫や牛、鹿どもが、犬の足をからかってばかりいる。見かねたカラスは、自分の足を一本、犬にやることにした。それで犬は四本足、カラスは二本足の動物となった。犬が小便のとき片足を高くあげるのは、カラスにもらった大切な足を、濡らさないようにするためだってね」

それだけいうと白馬は離れていった。わたしはカラスと犬のふしぎな繋がりにしばらくぼおっとしていた。ひとり歩んでいく白馬をふりむいてみるひとは誰もいない。

埒と呼ばれる柵の前に立つ。遠くでスタートを切った豆粒大の馬体が、みるみるうちに大きくなってきて、騎手の大声をドップラー効果でたなびかせ、はるかゴールへと駆けぬけていく。ゴールの先はうっそうと、まあたらしい緑の垂れこめる森だ。わたしはふと思いたって、ひとのごった返すゴール地点を抜け、馬のつぎつぎ駆けこんでいく森の入り口にむかう。すぐ後ろにある馬場の喧噪がまるで、明け方にみた夢のように雲散し、わたしは緑の陰陽に全身で溶けていく。

さっきから気づいていたのだ、馬はつぎつぎと走りこんでいくけれど、森から出てくるものたちは一騎としてないと。きっとこの森の奥では、一千年前の馬たちがまだ、土と苔(こけ)と水たまりを蹴たて、競いあっているのにちがいない。幹のあいだにちらほらと騎手の着けた「かりぎぬ」の柄がみえる。胸の黄色い鳥が、ひらりと、騎手の肩にとまった。その瞬間騎手のからだは樫の林に溶けこんでみえなくなってしまった。あるいははじめからひとつものとしてつながっていたのかもしれない。この森では、一千年前もきのうも、目の前で枝の揺れているこの瞬間もふくめ「いま」だ。馬に暦がなく、犬が時計をみないように、この街はわたしたちを土地に乗せたまま、ただひたすら、壮大な「いま」を旅していく。そうしてこの森の奥に住まう犬たちは、まちがいなくまだ三本足のままで、同じく三本の足をぶらさげたまま、枝間を飛びかう親友のカラスに、口を曲げてほほえみかける。色濃く「におい」が湧き立つ。時間に「におい」のあることを、わたしはこの森の縁、陰陽の汀で、はじめて実感する。

帰りがけ、ぎゅうぎゅうに混み合ったバスのなかで、取り落としかけた荷物を拾ってあげたら、すっと澄み切った額の老女が目のさめるような笑みを浮かべ、

「さっき、おうまと、しゃべったはったかたどっしゃろ」

といった。

「ここの白いおうまは、わりとものの、ようしったはるさかい、つきおうといてそんはしまへんえ」

「ありがとうございます」

わたしの耳に風が吹きとおる。この街の声が火照(ほて)った頭の芯をじかになぶる。旅は外に出ることだけじゃない、なかにはいり、おもてへ出、陰陽のように、まわりつづける運動のことだ。わたしはこの街に生きている。あるいは、この街であらたに生まれた。あたらしい故郷をバスで進みながら、わたしは、いましずかに終わりつつある旅の時間を、みえないたなごころのなかに、やわらかにつつみこむ。それは音もなく沁(し)みていき、やがてからだの奥底で、永遠の円環をなして閉じる。亀甲のかたちに縛られた、あの木綿の包みと同じように。

空港から乗り合いバスで、だだっぴろいだけのターミナルへ。夜はまだあけきっていない。見なれた鐘楼、ぱっとしないダイナー。それでも、わたしのなかにはまだ、土を蹴るあの蹄の音が響いている。

郵便局に、留守中にとどいたものを引き取りにいく。窓口でアンが、先週街におこった事件について詳しく、詳しすぎるくらいに教えてくれる。自称詩人の家に、隣のアパートに住む男が自動車で突っこんだ。水道管が破裂し、詩人の書きためた「詩」はすべて水びたしとなった。「この夕方、友人から借りた車で、アクセルとブレーキを踏みまちがえた」と、運転していた男は見物人に語った。それはほんとうではなかった。男はこの日の午後、別のところで衝突事故を起こし、アパートに乗って帰ってきたのは、衝突した当の相手の車だった。親切心で、知り合いの自動車修理工場で、格安で直してもらうつもりだったのだ、と男は語った。噂では、男の職業はタクシーの運転手である。

「壊し屋よね」

アンはいった。

「一日に二台つぶして、その上、ひとんちの壁をぶっつぶして、詩人とやらのキャリアもめちゃめちゃにしたんだから」

「ほんとにねえ」

手紙の束をたぐりながらつぶやき、最後の最後に、目当ての一通にたどりつく。この分厚さからしてたぶんだいじょうぶ。長い旅の時間はようやく終わりを告げ、水びたしの自称詩人には悪いけれど、日当たりのいい別の街、別の大学で、わたしのあたらしい暮らしが始まろうとしている。

「あんた、なんかいいことがあったね」

アンは鼻にしわを寄せていった。手を伸ばし、ごしごしとわたしの肩をこすって、

「油断しちゃだめだよ。そういうときにこそ壊し屋みたいのがつっこんでくるんだから」

「ありがとう」

こころからいって、アンの手を握り返す。肩掛けかばんに手紙の束を差し入れると、いちばん奥で、まっ白いあの包みが、ささやかな日だまりみたいに揺れている。

三週間ぶりに通る並木道。五月というのに息が白い。ドアベルを鳴らすと、モロカイの奥さんが潑剌とした顔で現れる。

「おかえりなさい！」

この奥さんがいるからわたしはパッツィを預けた。モロカイひとりだったら、なにを思いつくかわからない。悪い人間じゃないんだけど、考えることが常識を三段以上飛び抜けている。旅に出る前、ステーキやパンをひと晩じゅう外に出しておいて、凍りついたそれをライブハウスに持ち込み、スティックで叩いてパーカッションのソロ演奏をやった。からだじゅうマタタビの汁を塗って、文字どおり猫にまみれて暮らしていたこともある。

「ほら、パッツィはこのとおり元気」

踊り子たちが使っていた、広がったり閉じたりする扇を一本、木彫りの「テング」をひとつ、お土産に手渡す。

「元気なんだけど、ちょっとね、へんなことを口走るようになって」

「へんなこと？」

わたしは何心なく訊ねる。

「ふしぎな響きなのよ。でもって、意味はわからないの。モロカイにきいても、猫に誓って俺じゃないって。そういうときのあのひとは、嘘はつかないしね」

「なんだろう」

「朝おきたらすぐ、そういって啼くんだけどな」

　モロカイの奥さんと顔を並べて、ケージのなかに見入る。三週ぶりに会ったパッツィは羽根の色つやがよく、目もくりくりとよく動いて、ありありと上機嫌だ。わたしは祖父から譲り受けた。祖父も上の誰かから譲り受けたっていってたけど、誰だったかは忘れた。

「ほら、いうよ、いうよ！」

　くちばしを、カツ、カツ、と合わせ、首をこちらに曲げてから、嘘じゃない、わたしの目にはパッツィがにやっとほほえんだようにみえたんだ。そうして口をひらき、噴水のようにかすかに上にむかって、パッツィは甲高い声を放った。

「イヌガトリナンデス！　ココデハ、イヌガカラスデス！」

「ほらね！」

　モロカイの奥さんはどこか自慢げにいった。

「狂ってるでしょ」

　わたしのなかに、目にみえない光があふれかえった。かばんのなかで、亀甲形の縛りがいま解けたのかもしれなかった。パッツィは一度口を閉じ、目をくるっとまわしてからわたしを見すえ、そしてまたほほえみながら喉を鳴らした。

「トリハイヌトハ、チガイマスカラネ、ジッサイ！」

三歳七ヶ月のピッピ

ジジューク、ジジューク。鳥が庭で啼いている。ジジューク。いち、にい、さん、鳥がいる。啼くたびに増えていく。ジジューク、し。ジジューク、ご。増えていくのがたのしくてしかたない。庭にむかって、大声を張りあげる。虫が飛んでくる。庭が返事をくれたみたいに。

おかあさんが台所で呼んでいます。ピッピー、ごはんはなにごはん？　おにぎり、ごっはーん、からだを弓みたいにしならせ、ピッピが声の矢をはなつ。

「いくつー？」

「いち、にい、さん、しい、ご！」

鳥はいったい何色だったのかな。廊下にしゃがみこんだおとうさんの背中に駆けより、

「おとーさん、とり、なにいろ？」

「白だよ」

おとうさんの指先からメダカの鉢に、餌粒がサラサラ降り落ちます。黄色い雪。透きとおった水草。メダカは、いち、にい。おとうさんはいち。おかあさんはいち。ピッピ

もいち？

「わかあない」

台所の椅子は黄色い、よじのぼる椅子。お皿は四角。おにぎりのちいさい玉が、いち、にい、さん、しい、ご。銀色に光る袋が、テーブルの空を飛んでくる。

「おとーさん、なんてかいてあるの？」

「ごーま、しーお」

ピッピの指が銀色の袋をつかむ。袋の縁から黒い粒がサラサラ降り落ちる。白い雪玉の表面が、真っ黒い粒々でおおわれていく。降るたびに増えていく。増えていくのがたのしくてしかたない。黒い雪玉をつまんで、くちびるを開き、半ばあたりに狙いを定めて歯をたてると、口のなかに、黒い粒と白い粒の吹雪が巻きおこり、嚙みしめるたびにそれはどんどん大きくなって、しまいには、ピッピのからだじゅう、白黒の粒々だらけになってしまいました。

「くしゃい、くしゃいのは、ごまの、においだったのかあ」

嚙みしめながら、口が動くまま、勝手に声があふれでる。

「それだったら、もおっとはやく、おにぎりたべといたら、よかったんやんなあ」

「そうねえ」

おかあさんの声はやわらかい。ほっぺたから頭から、ダチョウの羽みたいなのにほうぼう撫でられて、からだがお餅みたいに、ふっくらとまるまってくる。おかあさんの声をききながらごはんを食べていると、ごはんを食べているのか自分を食べているのか、それともおかあさんを食べているのか、「わかあない」ときがたまにある。ジジューク、ジジューク、庭で鳥が啼いてる。

「おとーさん、おはなし」

「なんのおはなしがいい？」

「シュイミングと、ひったくりと、けーさつけんの、おはなし」

おとうさんがおはなしを始める。ごはんのとき、おはなし、というと、おとうさんはいつもおはなしを作って、はなしてくれます。

「リリーン、リリーン、はい、こちら、けいさつしょ。なにー、スイミングで、ひったくりい？　しかも、ぬれてるう？」

ピッピは笑う。「スイミング」じゅう、どこもかしこもべちゃべちゃに濡れ、働いているみんなもコーチも、頭から靴までべちゃべちゃだ。おまわりさんと警察犬が、「げんば」に「きゅうこう」。

「なにをとられましたか」

「それが、ひったくりは、こどももおとなもおねえさんも、ぜんぶのパンツを、ロッカーからとっていってしまったんです。だからいま、みんなフルチンです」

「なんてことだ！」

このままでは誰もおうちに帰れません。警察犬の「でばん」です。警察犬はくんくん、

くんくん、鼻を鳴らし、ひったくりの匂いをかぎました。

「おかしいなあ」

「どうした、けーさつけん？」

「なんか、おさかなのにおいが、するんですよ。こっちです、こっちです」

みんな警察犬のあとについてぞろぞろ歩いていきます。警察犬は廊下を通り、つるっる滑る階段をおりるとき、つるっ、つるっ、すべりそうになりましたが、おっとっと、とこらえ、そうしてスイミングの、プールにでました。おやおや、プールの水のなかの、はしっこのへんに、なんか赤い、ユラユラしたものがもぐっています。

「タコだ！」

コーチが叫びました。

さらに、もういっぽうのはしっこに、おやおや、なんか白い、ユラユラしたものがもぐっています。

「イカだ！」

コーチが叫びました。

警察犬がプールにむかって、つよく吠えます。ワンワン、ワンワン！　ワンワン、ワンワン！　こりゃかなわん、こりゃかなわん、タコとイカは、からだをぐにゃぐにゃ動かしてプールからあがってきます。そして、コーチやこどもたち、おまわりさんと警察犬にむかって、ごめんなさい、といいました。

「なんでパンツをとったの」

おまわりさんがききますと、

「ぼくたち、足がいっぱいあるでしょ」

タコがいいました。

「だから、パンツを、いち、にい、さん、しい、ごお、ろく、いっぱい、はいてみたかったんですよう」

イカがいいました。

そうか、それだったら。コーチやこどもたちは、おへやのカーテンをとってきて、ミシンで縫い合わせ、ものすごい大きなパンツを二枚つくりました。タコとイカの、よろこんだこと、よろこんだこと。にこにこと笑ってうけとると、それぞれ、「じぶんで」、じょうずにパンツをはきました。タコのパンツ、いったい足が、なんぼん出るでしょう。

ピッピは手をだし、

「いち、にい、さん、しい、ごお、ろく、しち、はーち！」

イカのパンツ、いったい足が、なんぼん出るでしょう。

「いち、にい、さん、しい、ごお、ろく、しち、はち、じゅう、ちゃうわ、きゅう、じゅう！」

いつのまにか白黒の雪玉はお皿の上から消えています。ごちそうさまでした。ピッピはタコかイカのように身をくねらせて椅子を降りると、ピッピの部屋に走り、そこで待ちかまえていた靴下を「じぶんで」はきます。ピッピのまわりでは、いろんなものが、そこに先まわりして待ちかまえている。先を越されまいと急ぐのですけれど、いつのまにかスリッパが、ミニカーの箱が、おこじょが、くもが、「ひみつ」のトンネルを通ってくるのか、ピッピより早く、そこに「とうちゃく」しています。トンネルは、ピッピのみえないところに、もぐら穴みたいに張り巡らされていて、いくら走ってもピッピはそこにはいっていくことができません。

そんなとき、小さな白いかけらが、ピッピのなかに積もる。自分でも気づいていないうち、薄闇のなかに、冷え冷えとした小山ができていく。冷たい唾をのみこんで、靴下をはき終えたピッピは、やはり待ちかまえていたリュックを、頭越しにヒョイとかつぎます。今日は「せいかつだん」の日だから。

「せいかつだん」は、「むかし」おとうさんもいっていたところです。先生と男の子と女の子。こどもはみんな「おしるし」をもっています。ピッピのおしるしは「ラッパ」。ゆうたろうさんは「ひこうき」、めぐみさんは「チューリップ」、たかしさんは「こま」。行進のときに見るラッパはかっこいいし好きですが、「ひこうき」や「しょうぼうしゃ」のおしるしだったら、もっとよかったのに。

ジジューク、ジジューク、ジジューク。

せいかつだんのおうちにはいると、ふしぎなにおいが鼻をうちます。警察犬のようにクンクンかぐ。目にみえないもののにおい。そこにいない誰か、なにかのにおい。鼻の奥で「むかし」がふくれ、からだのあちこちに声が散らばります。こどもたちが板の上を走っていく。ピッピはリュックをラッパの棚に置き、帽子を置き、手を洗いにいきます。

　せいかつだんがはじまると、部屋いっぱいに「むかし」がひろがり、みなをお餅みたいに包みこんできます。先生の声は、天井のもっともっと高く、「ひこうき」の飛んでくるあたりから、まっすぐに降ってきて、床にコンコン跳ね返っています。長い長いあいだつづいている森の、薄日のさす窪地で、みんな木の根っこにすわって、先生の話をきいている。

　のどの渇いたカラスのげんたろうに、すいどうにいったら、と誰かが教えてあげる。先生は、ここに水道はないのよ、という。声が雨みたいに降ってくる。すいとうもってないの、誰かがいう。もってないの、先生がかえす。目の前の「かめ」の底にはおみずがはいっているけれど、くちばしを入れても先が当たるだけ。みんな、カラスのげんたろうに、おみずをのんでもらいたいのに。

　ゆうさんがぽつり、こおりいれたら？　先生がうなずき、そうね、かたいものをいれたらどうなるでしょう。いし！　こおり！　もっと、もっといし！　みんなの声がピッピの声になる。声が一個ずつ石ころになって「かめ」の水をあふれさせる。

　せいかつだんでは、なにもピッピを待ちかまえていない。ピッピと先生、こどもたちはそろって、まっさらな音、まっさらな光のなかに踏みこんでいく。先生は光をこねてカラスやラッパやさつまいものかたちにし、みんなの前にヒョイとさしだす。みんなも同じようにこねてみる。

げんたろうがゴクゴクと喉を鳴らして飲み干す、その水みたいに、ピッピとこどもたちも、せいかつだんにあふれる、「むかし」から絶えずまっさらな時間を、喉を鳴らし、ゴクリゴクリと飲み干す。

先生がピアノの前にすわったとたん、光が音になって飛んでくる。丸かったり三角だったりの粒々が、茶色い木床の上をバウンドしながら、いっせいに押しよせる。音のひとつひとつが、こどもたちをむいて笑いかけてくる。レコードできくのとはちがう、「おと」自体のたてる「こえ」がきこえる。

押しよせる音の束から立ちあがる、ひとつひとつ、それぞれの「おとのこえ」は、互いに手をたずさえ、つながり、波を打って部屋じゅうを泳いでいく。せいかつだんの家をつくる木が、石が、紙が呼応し、唱和しています。三歳を過ぎたばかりの、こどもたちもまた。

音とともにまわりつづける列のなかに、いち、にい、さん、しい、ご、何人のこどもがいるか、光が溶けあって、おとなの目でみても、正確にみわけることができません。みんながゆうさん、のぞみちゃんに、みいに、ピッピになり、さらにまた、光に溶けていく時間のなかに、ピッピのおとうさんの顔まで、見え隠れしているかもしれない。

木魚、大太鼓、グロッケンシュピール、ギロ、カウベル。風の音が吹きあがり、水車小屋の横で、すきとおった馬がいななく。ピッピは頬に力をこめてホイッスルを吹く。湿りけを帯びた鳥の声が、せいかつだんのホールに響きわたる。

ジジューク、ジュー！

そこにいるだけでない、かつてこの同じ曲を演奏したことのあるすべてのこどもが、いま、この大合奏に参加し、音の背中に乗って空高く舞いあがる。一気に駆けあがるピアノと追いつ追われつ、楽器の音は木立の間に遊び、山の端をかすめ、霧のかかった田園をつぎつぎと渡っていく。「おんがく」は旅することだと、ピッピたちは音符や拍子のとりかたをおぼえるより先に理解する。音の雲のなかでばらばらの雨粒となって、家の屋根へ、自転車のサドルへ、犬の背へ、ため池の水面へ、それぞれの大好きなものの上へ、まっすぐに糸を引いて降り落ちる。

葉を毛を、鉄を、水を叩く。ひとりひとりちがう雨音をたてる。この世に打楽器でないものはおよそなにもない。

ペダルなし自転車で、河原の芝生を存分に駆けまわり、草まみれでうちに帰ったあと、うちになめくじがでる。おかあさんと風呂にはいっているとき伸び縮みする灰色のものを見ました。おかあさんの指がボタンを押し、とんころり、とんころり、笑いだすような音が鳴ってしばらくたつと、ドアの外でおとうさんの声が「どうした」といいました。

「お塩もってきて！　なめくじがでたの」

戻ってきたおとうさんは割り箸で「なめくじ」をつまみ、どこかへいったあと、また戻ってきて、裸のピッピにタオルをかぶせた。

居間でごしごし頭を拭かれながら、

「おとうさん、なめくじ、わるい？」

ピッピはききます。

おとうさんは首を振り、

「なめくじ、悪くないよ。なめくじについてる、バイキンは悪い。おとうさんはいま、なめくじを、外に出してきた」

「どこ？」

「駐車場の、はっぱのうえ」

「なめくじ、バイキンにたべられない？」

「なめくじは強いから、だいじょうぶ」

その夜、夜半過ぎ、ピッピはおぼえていないけれど、おかあさんの横で悲鳴をあげて立ちあがった。家をつくる木、紙、石の、すべてが震えます。おとうさんが二段とばしで階段をあがってきます。

「ピッピ、ピッピ！　こわくないよ。おかあさんも、おとうさんも、ちゃんとここにいるよ」

ピッピにはきこえません。ぶわぶわとふくらんだ闇がまわりを取りまいているばかり。涙の粒を振りまき、泣きわめく。枕元か、ふとんの脇か、すぐそばに、ひとまわり大きい真っ黒なピッピが立っている。黒いピッピはじょじょに膨れあがり、おとうさんもおかあさんもそばにいない、たったひとりのピッピを、闇のなかに連れ込もうとする。

「ダメ！　ダメ！　あっちいって！」

いくら叫ぼうが、真っ黒なピッピの膨らんでいくスピードはとまりません。ところどころを青い星雲のように輝かせ、天井からのしかかりながら、ゆったりと渦を巻いて、その中心にピッピを吸いこもうと風を起こす。「ひみつ」のトンネルが崩れ、降り積もった白いかけらが、雪崩(なだれ)のように押しよせてくる。こんなに嫌がっているはずなのに、からだが自然とそちらのほうへ、闇の底のほうへ、どうしてか惹きつけられてしまう。なつかしい感じさえするのです。

「ダメ！　ダメだよ！」

けいさつけんが吠えさかる。げんたろうが闇をつつく。黒いピッピが小さなピッピを飲み尽くしていく。ピッピが諦め、全身の力を抜いた瞬間、闇のなかに、ほのかな亀裂が走る。ピッピにはわからないけれど、よくみればそれは、ピッピ自身のからだのかたちをした、薄光の穴だ。穴は天井から、木漏れ日のように降ってきて、力なく横たわるピッピの輪郭に、ぴったりと重なる。

ピッピは目をあける。そしてまた閉じる。おとうさん、おかあさんがそばにいることは知らない。たったいままで闇の底で、真っ黒いピッピと闘っていたことも知らない。けいさつけんでも、カラスでもない、おとうさんでも、おかあさんでさえもない。真っ黒く膨れあがる夜の世界で、ピッピを救ってくれるのは、たったいま穏やかに寝息を立てはじめたピッピ本人しかない。

「いち、にい、さん、しい、ご！」

飛びまわる光の粒を指先で追う。たえず動きまわっているので、正確に数えることはとてもできないけれど、ピッピには問題ありません。数えるたび、増えていく。増えていくのがおもしろくてしかたがない。

「ほたう、だね」

「そう、蛍」

「りょこう」でやってきた温泉のそばの、静かな小川の流れ。おかあさんとおばあちゃんは、土手のどこかで、おとなたちと交じって「ほたう」を見ている。「ほたう」たちは闇をかきまわして遊んでいる。おとうさんの手を握りしめたまましゃがみこむ。てのひらそっくりの葉の上に灰色の、のびちぢみするものが乗っています。近づいてきたひとつの「ほたう」がそれを照らします。すると灰色は笑い返した。ピッピは目を見ひらいて見つめる。おとーさん、いいかけて、やめました。木の葉が揺れ、灰色のものが頭をもたげ、そうして、田舎の山を覆う真っ黒な空をゆっくりとみあげる。

ピッピもみあげた。と、くちびるのあいだにふっくらとすき間をつくった。そうしようと考えるより先に、きらめく粒を指で数えだすと、すき間はひとのかたちのように、ぱくぱくと膨らんでは縮みします。

「いち、にい、さん、しい」

光が呼吸する。

「ごお、ろく、しち」

数えるたびに増えていく。

「はーち、きゅう、じゅう、じゅういち、じゅうさん」

増えていくのが、おもしろく、たのしくってしかたがない。

声にだして数えながら、足もとの地面が、闇を抱えたまま、時速一千六百六十六キロで突き進んでいることなんて、ピッピは知らないし、どうだっていい。ピッピの世界は光より速く広がっているのだから。地表では小川に沿って、おとなたちのかたまりが、白い団扇(うちわ)を動かしながら少しずつ進んでいく。

つないだ手を引っぱり、

「おとーさん、おとーさん」

声をひそめ、ピッピは話しかける。くちびるのまわりで、すべてがちりぢりになってしまわないように。

「ほら、みて」

弓矢のように背を反らせ、ピッピは真上をみあげる。

住んでいる街ではみたことのない、あたたかに広がる闇の空、一面から、地上を見おろす光の粒々、まわりつづける星雲の一端を指さし、

「ほたう、あんなとこまで、いけるんだねえ」

ヤンバルのオオオオオジー

誰にでも、いつでも見えるわけじゃないけれど、ヤンバルには、齢をとうにこえたじいさんがいます。長生きのひとが多いことで知られる沖縄の、本島の、とくに長生きが多い北西部。山原と書いてヤンバル。土地でうまれそだったものはみんな知っている。名前や住処はよくわからず、ただ親しみをこめて、オオオオオジー、と呼びます。だから、おばあさんでは、ないらしい。

ヤンバルでは、朝日が上りきらないうちから、そこここの水道端、農協の駐車場、崖くずれの跡なんかに、ひとり、またひとりとオバアたちが集まってきて、たっぷりユンタクする。起承転結もなく、思いつくまま、流れていくままに、ひとりひとり、ゆっくりと話をまわす。近所の若い嫁がよくできているとか、覚せい剤を使った芸能人が逃げ回っていまはどこにいるだろうねえ、だとか、脈絡なく長々と話しては、やがて、集まってきたときと同じ自然さで、ひとり、またひとりとその場を離れうちに帰る。男性は少なくほぼ全員が女性。長寿の秘訣（ひけつ）、という意見もある。八十をこえてようやっとユンタクの場に加わるのが普通。ヤンバルの女性はみな働けるうちはいろいろとやることがあるのだ。

お盆過ぎの朝、ゆいバアがいつものガジュマルの下にいくともうみんな集まっている。見たところひとり多いようだったがゆいバアは気にしなかった。ゆいバアのゆいは漢字で「結」と書き、沖縄では「なかよし」ということになる。

米屋のスミレさんがヤシガニについて話している。昔のヤシガニはいまみたいな悪さをけしてしなかったと。真夜中うちにあがってきてはさみで鼻をつまみ、甲高い声で笑ってさわさわ逃げていく。隣の又吉さんなどそれで鼻の先をもがれ、いまは毎晩、はこめがねをかぶらないと寝付けないようになった。コウモリもおんなじだ、だんだんたちが悪くなる、というようなことを、ウシさんが古いヤンバルのことばでいった。ゆいバアにもところどころよくわからない。それでもきいているうち、声のなかに風景が浮かぶ。ヤンバルのことばは、意味の前にまず音が、声が、語りかける相手に「なにか」を伝え、そのあとに意味が、その「なにか」目指して、腹ぺこ犬のようにまっしぐらに迫ってくる。

気がついたらスミレさんが伸びている。ただ伸びているだけでなく、背がしゃんとなって、顔色は熟れかけたマンゴーみたいに赤くそまり、当時、いっしょに通っていたからゆいバアには見覚えがあったけれど、これはまさしく女学校時代のスミレさんではないか。いったん伸びたスミレさんだが、今度はつるつると縮んでいく。その縮んでいくなかに活発なエネルギーを凝集し、照りだした太陽に負けない光をあたりにこぼし、年格好十歳ほどのスミレさんはきゃあきゃあ歓声をあげて海辺へ駆けていく。スミレさんだけじゃない、ミエコもヨシも、ウシさんまでもが小学生の姿となって、海女（あま）めいた服装で、くすくすスミレさんのことを話しながら、磯（いそ）へむかって歩んでいく。ゆいバアはただの「結」だった。十歳の柔らかい肌に青い陽ざしが吸い込まれていった。

　ガジュマルは山裾に立っているので海は遠いはず、そうおもって振り返ると、砂浜の上にガジュマルが、根をざわつかせて浮かんでいる。きっとこのガジュマルが、ハーリー船のように宙を走り、結たちをこの浜まで運んできてくれたのだ。熱い砂を踏んで結は駆けた。磯では若いイルカのように、娘たちが潜っては浮かんでいた。結はじつのところ潜水が仲間たちほど得意ではなかった。思い切って頭から飛び込むと海底は、まるで紐をほどかれ一気にひろがった虹の敷布だった。

　浮き上がり、深々と息をはらむそのたび、結のなかに、ヤンバルの景色がとうとうと流れこむ。そしてまた、息を吐くと、結のなかに溜（た）め込まれたヤンバルの風景が、海辺の土地に溶けだすのだった。素潜りする娘たち全員の息が、まあたらしいヤンバルの色、かたちを、波打ちのなかにうみだしていった。娘たちはいままさにユンタクのなかにいた。

　帰りはみなガジュマルの根にぶらさがって帰った。着地するころには全員、八十、九十の、齢を重ねた姿に戻っていた。

スミレさんは陽気に笑い声をあげながら一歩、一歩、畑のほうへ歩みだす。みなまっさらな自分を胸のうちに抱えながら自分のいる場所のほうへ帰っていく。最後まで残っていたウシさんはなにもいわなかったが、ひとり多いように見えたのは、あれは、オオオオオジーがユンタクにきたんだな、とゆいバアにもわかっていた。ウシさんはずっと、顔を上にあげ、目を細めて、揺れ動くガジュマルの樹幹を見上げている。ゆいバアにはまだ見えないものを見ているのかもしれない。ウシさんは今年、数えで百八になる。

コージは十八で運転免許を取った。店の手伝いに必要だったし、そもそも、配送車のハンドルは十四で握っていた。十八で、身長は一メートル九十近くある。

コージの父も、祖父も、配送の仕事についていた。荷台に積み上げた段ボール箱やケースの上に、いつも必ず一本の「サン」を載せた。片端を軽く輪に結んだ、まじないの、ススキの葉。ヤンバルでは魔除けのためひんぱんにサンを使う。家屋敷の四隅や門、トイレにもサンを置くし、作りすぎたおかずをお裾分けしに、近所にもっていくときにもラップをかけた皿、タッパーの蓋の上に必ずサンを載せる。そうすると途中で「へんなもの」に「食べられない」。

ささやかに積み立てた金に加え、兄貴に少し借りてようやく頭金ができた。中古車屋の真城(ましろ)さんとは小学生のころから顔なじみで、毎日学校帰りに、居並ぶ自動車の列を迷路にみたてて遊び、たまにエンジンフードのなかを覗かせてもらったりもしたのだが、その真城さんが、十八のコージのために、とりわけ入念に整備をすませた、状態のいい車を用意してくれていた。

「会話のできるクルマさ」

地割れのような笑みをみせつつ、真城さんは少し誇らしげにいった。

「アクセル、ハンドル、足まわり、シート。おまえが、こうか、と感じた瞬間、向こうから、こうだ、と返してくれるんだ」

走行距離一千キロたらずと、ほぼ新古車に近い、スズキのスイフトスポーツ。整備場の隅にうずくまった車体の色はシーサーの舌を思わせる深紅だ。

車の見立ては小学生時代からたたきこまれている。見た目はまるっこいが、動力も操作性も、どんなバカ高い外車にだって負けやしない。そもそも国内でなく、ヨーロッパの金持ちが二台目にもつ遊び車をめざして開発されたって話も聞く。真城さんも前のモデルに乗っていた。海岸沿いの国道58号線をかっとんでいく車体はまさしく空中に飛びでた銀色のトビウオだった。それでたっぷり四人が乗れ、ガソリン代も財布にやさしく、たっぷり荷物も積めるとあって、整備場のコージはまさしく、夢の恋人にめぐり逢(あ)った気分でぼおっと立ちつくしている（配達の仕事にはもちろんトラックを使うけれども）。

「さーて」

最後の仕上げだ。真城さんには仕事柄、なじみのユタがいる。電話をかけると錆(さび)の目立つスクーターでトトトトとやってきた。これで前が見えるのかとおもうくらい真っ黒なサングラスをかけ、銀色の髪をうしろで縛ったおばさんだ。コージにはまだひとの年齢はよくわからないが、まだ六十はいってないくらいだろうか。運転席に真城さん、コージが助手席、うしろにでんと足をひろげてユタがすわる。真城さんところのヒロシくんがワゴンRでついてくる。ユタに会うたびいつも、それぞれ、いろんな匂いがするなあ、とコージは感心する。体臭というのでない、ユタはみんな、まわりのひとやものより、漂ってくる香りが強く、またそれが、ひとりひとりちがっている。ほかにたとえようのないユタの匂いだ。

ヤンバルの森が見わたせる、小高い空き地にスイフトスポーツを停める。真城さんとユタはだいたいいつもこの場所を使う。ユタの匂いがひとりずつちがうように、お祓いのしかたもひとりひとりちがうらしい。真城モータースで売った中古車が、ここ二十年、自ら事故を起こしたことは一度としてなく、事故に巻きこまれても、死者はもちろん、大怪我をしたひとは皆無という。これはコージのまわりでも伝説になっている。

お祓いはごく簡単だ。ユタは膝を曲げ、右の前輪、左の前輪に、ぱっ、ぱっ、と塩をまく。五本指を、まるで空間に、光の花が開くように動かして。右の後輪、左の後輪。今度はサンを取りだし、島酒に浸すと、ホイールとボンネット、車体全体に、滴が降り落ちるようていねいに振るう。ドアを開き、運転席側のダッシュボードにもサンを置く。ドアを閉め、ヒロシくん運転のワゴンRで真城モータースまで全員無言で帰る。スイフトスポーツはそのまま一昼夜、空き地に置いておかなければならない。

夕飯をすませたあと、うち寄せる波音を遠くききながら、スイフトスポーツがむくむく心配になる。ちっぽけなトレーラーで簡単にもっていけるし、島から外国に売りさばくルートについても、よくは知らないけれど、耳にしたことがたびたびある。ムクリと起きだすと、乗り慣れた単車にまたがり、あの小高い場所めざして、闇の繁みに縁取られたワインディングロードをのぼっていく。

ふりかえってみればなんとなく予感のようなものはあった。空き地に近づくにつれ、潮が充ち満ちてくるように、なにがあっても驚かないいきもちが腹の底から湧きあがってコージの胸を染めていった。そうしてカーブを曲がりきり、空き地に単車を乗り入れた瞬間、コージはいま、自分が目の当たりにしている光景は、ほんとうに、自分が見ることを許されているものなのか、それだけを、自分のなかに流れている沖縄の血に問いかけた。許されている、だからいま、ここにいるのだ。

スイフトスポーツが爆走していた。砂利をけちらし、砂煙をまきあげて、こんなに広かったのかと目を疑うほど広い空き地を、自在に走りまわっていた。ギャラリーにみせびらかすためのドリフトでなく、土地とたわむれ、森に笑いかけるような柔和な走法で、そのいっぽう、やたらめったら速く、そこを走っていたかとおもって瞬きすれば、すでに空き地の反対端まで達している。闇のなかに、ひとの目にみえないトンネルが縦横にあいていて、スイフトスポーツはそこに飛びこんでは飛びだし、飛びこんでは飛びだしをくりかえして、時間と空間をねじまげて遊んでいる。真城さん、いや、ヒロシくんでさえ及びもつかない、みたこともないテクニックで、ドライバーは自動車に、機械をこえた動き、意志、命のようなものを与え、その上にまたがり、ヤンバルの土地を跳ねまわっていた。

フロントグラスは目映い光に覆われ、座席を見とおすことはできなかったが、翌朝迷いもなく真城さんのところへいって、自分がみたとおもった光景を話しはじめた途端、

「ああ、来てたか、オオオオジー」

しゃがみこんでスパナを使いながら、真城さんはこともなげにいった。

「よかったさ、コージ。やっぱり、いいクルマはわかるんだ」


空港の風景をねじまげる、甲高い轟音をたてて、F－15がつぎつぎと、透明なスロープを一気に駆けのぼるように飛翔していく。三十年以上前に配備され、洗濯機や冷蔵庫ならとっくに廃棄処分、とはよくいわれる軽口だが、じっさいにその機影を目の当たりにすると、隊の内外の誰でも、一種の畏れを顔に貼りつかせずにいられない。日々の飛行訓練のほか、ここしばらく、防空識別圏の問題が取りざたされるようになって以降、頻繁に緊急発進の命令がくだされる。

移り変わりつつある情勢を、パイロットたちは肌で、いちばん前で感じとっている。宮本二等空尉もそのひとりだ。もともとは大阪の生まれで、山口県、福岡県、宮崎県と、飛行訓練が進むにつれて、南へ、南へと基地がかわり、正式にパイロットになってから

は結局、ずっとここ那覇基地に所属している。この土地に引きよせられた必然を、胸の深いところで感じている。

午前のフライトが終わり、昼食をとりに食堂へむかう。金曜日の献立はいつも、旧海軍の伝統からカレーライス。今週は夏野菜と鶏のカレーで、甘口辛口から、胃に負担をかけないよう、甘口のほうをえらぶ。食べ過ぎない、古いものは口にいれない、からだを冷やさない。パイロットである、というのは、地上にいても、空の上と同じ安定をたえずたもちつづけることだ。

先月、大阪で父の葬儀を済ませた。享年七十二。焼肉を喉に詰まらせ、たった五分でいってもうた、あのひとらしいわ、沖縄生まれの母は苦笑した。

父は長く、長距離トラックの運転手をしていたひとで、四十年前、福岡の配送センターそばの路傍に車を寄せ、リュックサックを背負い、黒々と字の書かれた紙製ボードを振りかざし、ぴょんぴょん跳びはねていた女を助手席に乗せた。ふたりは大阪で結婚し、のちにパイロットになるひとり息子を儲けた。

通夜は、空の上ではありえないどんちゃん騒ぎとなった。親戚だけでなく、古いドライバー仲間も駆けつけ、父が好きだったという演歌をどら声でがなりたてた。大騒ぎのまんまんなかで、真っ黒いスーツの宮本空尉は、背筋をのばして正座し、花に飾られた遺影をじっと見つめていた。まわりのみな、そこにいないもののように、ひとり息子に気安く話しかけなかった。堅苦しくおもっている、というのでもなく、がさつなようで、こういったひとびとほど、ひととひとの距離、相手のこころの波打ちに、ひと一倍敏感である。

酒は飲まないし、生ものには手をつけず、ただ黙ってすわっている。空尉にはまわりの騒ぎが、きこえてはいたけれども、耳の底には届いてなかった。正座していながら、気がつけば空高く浮きあがり、成層圏か、それ以上の高みを飛翔していく、奇妙な感覚に包まれていた。父がいまそこに、ともにいる、若々しい遺影を前に、そんなことを感じたのかもしれない。

「おとうちゃん、七十越しても、外でけんか売っとったんやで」

隣の母の声で、一気に地上に戻る。

「飲み屋のテレビでな、ニュースうつるときあるやろ。誰かがしょうもないことというのんきこえたら、おまえ、なにわかったようなことぬかしとんねん、表でえ！　いうて」

「しゃあないな」

空尉がついたため息を受け、

「自衛隊のニュースやで」

母は笑った。

「賛成も反対も、あのひとは、なーんもあらへん。あんたに関係あることをな、知らんもんになんやかんやいわれんのんが、とにかく腹立つんや。なあ、あんた、もう何年会(お)うてへんかった」

「十二年」

「そのあいだずっと、おとうちゃん毎年、泉州の航空神社で、お守り買うてきとったんやで。ほら。見てみい」

母の指さした先、水屋箪笥に打った釘に、ずらりと、赤白緑の護符が、鈴なりにぶらさがっている。

午後のフライトは、レーダーサイトからの誘導訓練。コクピットに収まり、スイッチを押しこむと、F-15の隅々にまで電気の神経が通じていくのが体感できる。操縦、というより、この世のある一点から、まわり全体を見わたしている感覚。そうして、その一点が音速をはるかに超え、青色に染まる空間を自在に移動していくのだ。

五機でつくる編隊の指揮を、宮本空尉が担当する。じゅうぶんな高度に達し、指示を発しようと口を開きかけた瞬間、息をのみ、戦術電子戦システム、J/TEWSのディスプレイを食い入るように見つめる。

J/TEWSは、地上海上空中から、機体を探知し、ロックをかけ、攻撃しようという、相手の電波やレーダー波を感知し、発信源の方位、相手の種別などを判別して表示する、最新鋭の電子装置である。ディスプレイ中央に記された十字が、宮本の駆る機体を示し、まわりに敵が現れれば、蛍光グリーンを帯びた菱形として表示される。

宮本の見つめる画面には、計器の故障でないとすれば、にわかには信じられない事態が映しだされていた。蛍光色のその菱形が、ディスプレイの全周から何十とあらわれ、宮本を取り巻き、にじりにじり、こちらへと近づいてくる。宮本は整備された機械を信用するたちだった。目を細めてよくよく見ると、菱形にみえたのは正確にはそうでなく、ふくらんではちぢみ、ふくらんではちぢみする、円形や楕円形だった。宮本はすばやく、きのうから今日にかけての自分の行動、薬物をのんだり頭を打ったりしていないか、脳内に思いえがいた。とりたてて変わったことはなにも起きていなかった。ただ、起床ラッパの鳴った直後、部屋に置いた父の写真をチラリとは見た。今日はちょうど、葬儀から四十九日に当たっていたのだ。

　収縮する円形、泡のようななにかは、いまや無数に増えていた。機体を傾げても上昇しても、正確に、水平の方向から宮本に向かって寄せてくるのだった。物理法則からしてそんなことは馬鹿げていた。が、馬鹿げたことですら、目の前で起きているのならそのままに、自分の体験として受けいれる。そのような心持ちになれるのでなければ、防空識別圏で戦闘機を駆る人間として働けない。宮本はディスプレイを見つめながらみずからの鼓動をのみこんだ。蛍光色の泡は、まるで遊びのように画面上でつながりあい、踊り、くるくるとまわった。F－15を示す十字形の周囲を取り巻いて、花輪のようにまわった。この同じものは友軍機の機内ではいっさい目撃されていないという確信が、じわじわと宮本の胸にせりあがっていった。蛍光の花輪は、母の生まれ育ったヤンバルの上空で、ディスプレイの外へぱっと飛び去った。計器によれば異変が起きはじめてからわずか三秒のできごとだった。

訓練のあと、そうするのが自然な気がして大阪に電話をかけた。話をきいた母は、
「オオオオジーがお花を投げてくれたんやな」
といった。
「おとうちゃんもそこで、いっしょやったかもしれへん。そのあたりにはおっきい穴があいとるさかい。どっかへ通じていく、近道の穴が。ヤンバルの森の、ちょうど上のあたりに」

集落で赤ん坊が生まれれば、胎盤を藁で包んで台所の裏に埋める。たまたまでも、その場に居合わせた全員、豪快に、大笑いして祝う。そこには大抵オオオオオジーが交じっている。

生後六日までに「童名（わらびなー）」をつける。名前がついたら裸で庭に寝かせ、その腹にカニを這わせる。そうすればきっと丈夫に育つと、オオオオオジーが昔、誰かからきいてみなに伝えた。それでも育たなかった、大勢の赤ん坊がいた。そんな子は、大切につけられた童名ごと、すべてオオオオオジーが引きうけた。

こちらから、あちらへ。あちらから、こちらへ。越えてくる端境に、きっとオオオオオジーはすわっている。まだ早いものは、やさしくてのひらを開いて押し戻す。ちょうどいいものは、手をつないで、おだやかな波のように引きよせる。

どういうわけか火事が好きだ。そのため火事があったら、三日後の夕暮れに「ホーハ

イ」なる儀式が組まれる。

集落のなかで選ばれた「火玉」三人に、たらふく飲ませ、食わせたあと、老若男女みながみな、たらいや空き缶をガンガン盛大にならしながら、浜に葺(ふ)いておいた小屋に追いこむ。潮がちょうど引き切った端境の時間。三人全員が閉じこめられた瞬間、「火玉」のリーダーがうちから小屋に火を放つ。そうして外に転び出るや、「カジどーい！　カジどーい！」、そう叫びながら砂浜を駆けだす。仲間を引きつれ、徐々に暮れてゆく夜の海を、一散に逃げていく。

「カジどーい！　カジどーい！」

唱和する声がきこえる。オオオオオジーがいっしょに走っている。夜の浜を、どこまでも、どこまでも。「火玉」が帰ることは二度とない。オオオオオジーといっしょにあちらへいってしまう。

漆黒の、夜の海から戻ってくるのは生まれ変わった三人。「ホーハイ」を経て、齢を少し越えた三人だ。

そしてその三人とも、生後六日までに童名をつけられ、裸の腹の上にカニを這わされたことがある。みな、ユンタクのなかを生きている。「おはなし」を、いきいきと、オオオオオジーに見守られながら生きている。

三歳と十ヶ月のピッピが、ヤンバルの防波堤を歩いていきます。ふざけるのが好き、というよりも、目ざめているあいだ、きげんのいいときはずっとふざけているピッピは、おとうさん、おかあさんが見ていないいま、ほんものの海からチラチラとのぞく、青いイルカたちの頭に目を配りつつ、両手を阿波踊り（あわおど）のように左右にふりあげ、ホイ、アホイ、へんな節回しでうたいながら進んでいく。おとうさんは地図を見ている。おかあさんは浜でさんごを拾っています。

どっと風が吹く。麦わら帽が飛んだ。手を伸ばしたピッピの足は、防波堤の縁から虚空へとはみだした。

大きなてのひらが翼のように閃き、真下からピッピの身を支えた。ピッピはその顔を見た。にっこりと微笑む。

まだ早い。音を超えた声でその顔はささやいた。波音とともにうち寄せ、また、引いていった。そうして、防波堤を走りだしたピッピの背を見送ると、イルカたちとともに、沖へ泳ぎ去った。

五十四歳のダラズ

真夏の歩道にしゃがみこむ広い背中に、駆け寄っていきながら、三歳児は胸に息をはらみ、ソーダ水のような声を空中に放つ。

「たましゃーん！」

五十四歳のたまは振り向き、

「お！　おおきいなったなあ」

まっすぐに立ちあがってできた、大きな日陰のまんなかに三歳児は立ちつくし、これから起きるだろうあらゆる出来事について、期待に弾けそうな目で、日焼けした、百八十四センチの体軀を見あげている。長髪をうしろで結わえ、顔の下半分は、銀と黒の髭でもじゃもじゃに覆われている。

「よおし、タケマサ号、乗るか！」

同じタイミングで、タケマサ号と三歳児のピッピはうなずく。互いに初対面。アルミでできた、蓋付き小型リヤカー。

「ダラズ　街道を行く！」と、日本海の波濤のように躍りあがる墨文字で、横腹に書かれている。

東京を出発するとき、知り合いの職人タケマサさんが、「おもしろい」と、ハンドメイドで作ってくれた。なかにはハンモック、簡単な着替え、タオル類、リュックと、最小限の積荷。三歳児を抱え上げ、蓋をした上にすわらせる。がたぴし横に、縦にと揺れる、絶え間のない振動がタケマサ号の、一瞬ごとの息吹だ。

その呼吸に、ピッピは乗る。股を広げ、両手で蓋の縁をしっかり握りしめて、ごろん、がらん、ごろん、がらん、横揺れ縦揺れ、上下動に身をゆだねる。自然に口からラッパの音が出る。プップクプー、プップクプー、プップクプップップー。近所のひとが戸口に出てなにごとかと見ている。夏の陽ざしがまっしぐらに、蟬時雨と平行線をえがいて落ちてくる。プップクプー、プップクプー、プップクプップップー。たま、ピッピ、タケマサ号の行進だ。

たまは東京を、六月初旬に出発した。いまは八月のあたま、お盆前の京都。タケマサ号を連れての、帰郷の途上。長く住んだ東京から、ふるさと、鳥取の米子（よなご）まで、歩いて帰るところだ。

東海道の宿場をたどっていく。出発地の日本橋には、友人が何十人と集まった。みな、たまがいなければ、現在のようになっていたかどうか心許（こころもと）ない。たまの開いていた店は都心西部の瀟洒（しょうしゃ）な一角にあったが、そんな地図的な位置とは無関係に、その場所でしか息がつけないもろもろの人間、動物、物品が、目に見えない波に運ばれ、そのカウンターに打ちあげられた。たま自身がその店に、まるでクラインの壺を寝床とするような感じで、奥へ奥へ、生活や時間を振り捨てて、暗い底のほうへおりつづけていった。

タケマサさんに贈られたタケマサ号を引いて歩みだしながら、たまはもう、すべての外側にいる。クラインの壺は、あの店は、もはや、ただの容器でしかなくなった。うしろから、ダラズ、ダラズ、ダラズ、と手拍子とともに声が飛ぶ。ふるさと米子の方言。「あることに熱中しすぎてまわりがみえなくなってしまうもののこと」。ダラズ、ダラズ、ダラズが街道をいく。出発して二日目は雨に降られ、高速道路の下で寝た。まわりでは、打ちあがる場所のない灰色のかたまりが、いくつも背をまるめうずくまっていた。最初の野宿でたまは風邪をひいた。梅雨のこの列島をリヤカーを引っぱって南下していく。猫を首に巻いて歩く以上に快適でない。

伊豆半島にさしかかったら、東海道から大きく南へ逸れ、半島の先の下田へ。風にアルプスの匂いが混じれば、山道をたどって信州の田舎町へ。先へ先へ、息せき切っていく旅ではない。米子を出てからの四十年間で、増えつづけていった友人知人ダラズ仲間が、道中いたるところにちらばり、たまの到着を待ちかまえている。

知り合いがいない土地であっても、居酒屋に、駅舎、公園と、どんなところでも、どんな面倒をともなっても、ひとを惹きつけてしまう因果な磁力を、たま自身がもっている。ひとと会うことをしてきたものなら誰しも、たまの人間の輪郭からぶわぶわと「はみだした」半透明なものに、きっと目をとめずにいられないだろう。声をかけ、ここでいったいなにをしているのか問わずにいられず、問うてしまえばそこにもうダラズの縁がうまれ、伸び縮みする時間のなかで、ふだん、よその人間がけして入れない深い洞窟に、たまはいつの間にか招き入れられている。長年、クラインの壺を経験しているので臆すところがない。タケマサ号がアンカーとして働かなければ、列島をさかのぼり、アリューシャン列島までたどりついていたかもしれない。

名古屋を過ぎ、岐阜へ。冬は雪でとざされる戦場のあとへ。まったく誰にも会わない、ことばを交わさない一日ももちろんある。ひと目に触れないよう、ハンモックを歩道橋の内側へ吊るし、目をあけたまま寝っ転がる。

真っ暗な天蓋がタケマサ号とたまを真上から覆う。表面に映るのか、透きとおってむこうがみえるのか、そんな夜きまって、たまの目にひろがっていく風景がある。濃緑の山裾が南にひろがる、八百万の神が、そこだけ塗りつぶすのを忘れたような港町、米子。海のおやじたちは、ふんどしからはみだしたいちもつをぶらさげ、或いはひきずって、酒と磯となんだかよくわからない薬草のにおいを散らしながら、埠頭からの坂をのぼってくる。

顔面は、空想の狸のように、茶色く毛むくじゃらで、しゃべっていることばも、とても人間の声とはおもえない。サメの腹を棍棒でぶったたいたり、仔豚一頭、鶏小屋に放りこんだりしたときの、いいようもない物音を唇と舌で発しながら、おやじたちは気晴らしを求め、長細い集落へあがってくるのだ。

たまにはききとれる気がする。それがたとえ、自分のうまれる百年、何百年も前に話され、いまはもう耳にすることのなくなった、文字にあらわそうにも暴れまくって無理な、毛むくじゃらのことばだったとしても。ダラズの「はみだし」は、ことばを越え、じかに重なり、まだらな色のうちに溶け合う。

比較的ききやすい米子弁の夜もある。おやじのひとりがオオサンショウウオを巨大なビクからつかみ出し高々と持ちあげる。囲炉裏からめらめらと上がる火焔（かえん）にさらすと、サンショウウオは断末魔の苦しみから、背骨をのたくらせ、短い四肢をゆっくりゆっくりとかく。おやじたちは笑ったりしない。まじめすぎる顔でサンショウウオの苦しみに向きあっている。頃合いを見計らって、おやじは立て膝になり、黒々と焦げたサンショウウオの首にひと筋、ナイフで切れ目を入れるや、そこに指をかけ、しゅぱっ、と一気に皮を剝ぐ。

素っ裸のサンショウウオは、おんなたちの包丁でぶつ切りにされ、大鍋に入れられる。たまは幼い頃口にいれてうまいとおもったことがなかった。皮を剝いだおやじは、たまと血のつながった正真正銘のおやじである。

翌日、よくできた詐欺のように真っ青な、梅雨明けの空のもとを歩く。朝六時に出発、休み休み、夕方の五時まで、そして近辺でもっとも近い銭湯をさがす。たまは入れるときはほぼ毎日、銭湯で汗を流す。清潔にしておきたい、という気持ちもあるが、なによりまず風呂が好きなのだ。

熱湯と水風呂に交互に入っているうち、裸だとおもっていたからだから、疲れとともに、意識していなかった表層が、気がつけば一気に落ちている。オオサンショウウオの皮のように。事情をきいた裸の男たちは、それぞれが町を代表する顔役のような顔をしてアドバイスをくれる。居酒屋ならここ、ラーメンならぜったいにこの店、今夜寝るならあの公園はやめて、駅裏のここにしたほうがいい。顔役かどうかはわからないけれども、こうしたアドバイスはおおむね、ほぼ百パーセントの確率で、たまの旅程を助けてくれた。

九月末までに着いてればいい。米子に戻ったら山に入り、「きこり」をやることにしている。

「いくつんなった? とし。いくつや!」

「もうしゅぐ、四しゃい」

五十年の歳の差など、どうということもない。たがいの「はみだし」の重なりあう部分が、声とともに波打つ。

そうしてこの日、三歳のピッピは、友達の女の子の誕生パーティに招かれていた。

「もっちゃん」は、ふた月早く、ピッピよりひと足先に四歳になる。

「おとうさん」は、座敷でラッパを練習している。日本製の、使いこまれたアルトサックス。持ち主は、はす向かいに住んでいる「ヒロタさん」。日中は市バスの運転士、夜はジャズクラブで、テナーサックスを吹いている。ピッピの音楽好きを知り、また、「せいかつだん」での「おしるし」がラッパなことも知って、ほんの数日前、

「これ、もうほとんど使いませんから、練習して、吹いてみて」

そういって、ケースに入ったアルトサックスを、ピッピと「おとうさん」に貸してくれた。

「おとうさん」は、十代の頃テナーサックスを吹いていたことがある。が、三十年ぶりにマウスピースをくわえ、腹に力をこめても、はじめは豚が泣き崩れたみたいな音しか出てこない。ピッピはおもしろがってまとわりつく。プップクプー、プップクプー、とうたいはじめたのは、そもそも「おとうさん」の吹くサックスの口真似からはじまったのだ。

夕方から開かれる「もっちゃん」の誕生パーティで、「はっぴばーすでい、とぅゆー」を吹いてね、と、三歳児は「おとうさん」に前の日からそう頼んであった。ときどき豚の声に裏返りそうになりながらも、午後にはなんとか、メロディラインだけは太々とした音色で鳴らせるようになった。三歳児とサックス吹きの行進を、たまはあぐらで、手拍子を打ち打ちうたいながら、

「すっげえやん！　こら、もっちゃん、えろうよろこぶわあ」

たまの東京の店に、「おとうさん」は、何度も行ったことがある。京都に来るのなら、ぜひ何泊かしていってほしい。京都には何人も知り合いがいて、それぞれにめぐり逢いながらたまは、最後に三歳児の家にたどりついた。

陽が暮れ、パーティに行く一行を見送り、さあ、銭湯だ。その前に、「おとうさん」に場所を教わった古い酒屋で生ビールを飲んでいると、晴れやかな音で携帯電話が鳴る。

「もしもし、たまさん」

と「おとうさん」の声。「もっちゃん」やその親友「ももちゃん」の一家にたまの話をしたら、

「そんなおもしろいひとが来てるなら、ぜひ会ってみたい」

大人も子どもも口を合わせいっている。

「もっちゃん」の家は、酒屋さんに面した河原町通（かわらまちどおり）を渡ったすぐそこにある。大股で横断歩道を渡り、細い道を突き当たりまで。教えられた一軒家のドアベルを鳴らすと、小さなひとたちの顔が三つ「いらっしゃい！」と並んで出てくる。ももちゃんは四歳三ヶ月、ピッピは三歳と十ヶ月、もっちゃんはこの日でちょうど四歳。この世に、名前をつけられる赤ん坊として、全身に光をまとって現れ出でてから、この足もとの天体が太陽のまわりをかっきり四回まわった。まっすぐに伸びていく時間、円環をくりかえす時間。

「酔っぱらわないうちに」

ソファに置いたケースから「おとうさん」がアルトサックスを取りだす。ももちゃんともっちゃんは「オー」と口を円形にあけて立っている。クラインの壺をすっぱり切りとった真鍮の口から、跳ねあがりそうになるのを辛うじて抑えた太い振動音が流れ、小さなひとたち、そして大人も、声を合わせて唱和する。ハッピーバースデイ、トゥ、ユー。ハッピーバースデイ、トゥ、ユー。ハッピーバースデイ、ディアもっちゃん、ハッピーバースデイ、トゥ、ユー。

「もいっかーい」

ももちゃんが指示し、「おとうさん」は今度は、指を運びながら居間を歩きはじめる。すかさず女子ふたりがつづき、三歳児は五十四歳の手を引いて歩きだす。プップクプー、プップクプー、プップクプップップー。いつまでもつづくラッパの円環。ぐるぐると宙に歩みだし、らせん階段のように天井を突っ切って、指をぴんと伸ばした五人は夏空にうち寄せる星の海を行進していく。プップクプー、プップクプー、プップクプップップー。

もっちゃんの母が天ぷらを揚げている。ももちゃんの母はみなの皿にサラダをよそっている。たまは「おとうさん」のラッパを触りながら、

「これ、ずっと持っとったんね？」

「いや、借りてる。お向かいのヒロタさんから」

と「おとうさん」はこたえる。

「昼間は市バスの運転士、夜はジャズクラブでテナーサックスを吹いてる。なんていったかな、バンド名は……」

たまはクラインの壺に一瞬入り、すぐにまた外へふきだしてきた気分できいている。身を乗りだし、口が勝手に、サックスみたいに動く。

「イナヅマ、ホーンズ！」

「そう！」

いったん頷いた「おとうさん」はきょとんとした目を向けて、

「え、なんでたまさん知ってるの」

「俺が、きのうまで泊めてもらってた、さとしさんて、その、イナヅマ・ホーンズのボーカルやけん！」

自分の口にしていることばが、現実の上にぴたぴた重なっていく様に、たま本人が目をみはりながら、

「昔っからお世話になってるひとで、今年の五月、還暦記念ライブいうて、東京の高円寺に来たとき、俺、見にいったけん。だからそのヒロタさんとも会うとるし、そこにあるサックスとも、俺、そのとき会っとるわ」

話をきいている全員、ラッパの筒を内側からくぐりぬけ、いまここに、ふきだしてきた気分できいている。プップクプー、プップクプー、プップクプップップー。リス。エプロン。風船。じょうろ。小さな三人はゲラゲラ笑いながら、二階から、布張りの階段

にさまざまなものを落としていく。

この年の四月、三歳と六ヶ月のときからピッピは、週に一度、バスに乗って「ようじせいかつだん」に通っている。七月初旬「れいすいまさつ」のことを教わった。毎朝おきてすぐ、濡れた手ぬぐいを絞り、歌に合わせて全身の部位をこする。風邪ひとつ引かない強いからだになっていく。

れいすいまさつ　一二三四、いちに、さん
まっかになるまで　一二三四、いちに、さん
じょうぶなこども　げんきなこども

たまがきた翌朝、「れいすいまさつ」は「シェーすいまさつ」となった。たまにとってダラズ魂にあふれた「おそ松くん」ははじめてページを開いたときからの羅針盤だ。イヤミの決めポーズ「シェー」は、小学生の頃から、何百万回くりかえしてきたかわからない。

「シェーすいまさつ」は、そのポーズではじまる。途中はいちいち歌に合わせて、両腕、胸、腹、背中、腰、両脚とこすり、左脚の裏側が終わったらすっくと片脚で立ち、三歳児とたまは満面の笑みを浮かべながら、右脚をあげ、右手は頭へ、左手は胸へ、「シェ

ー」のポーズを決める。

「たましゃんもな、ここにくるまで、毎朝シェーすいまさつ、やっとったぞ」

「げんき、なった?」

「オーウ、げんきげんき。シェーのおかげでピッピちゃん、片腕でぶらさげて、ぐるぐる回せるようになったわ。ホラ」

ちゃぶ台の上空をぐるぐるまわりながら、何年もこだまがつづきそうな歓声を、全身からあげる。

家の外で「タケマサ号」をメンテナンスしていると、トトト、と小学生がやってくる。ときどき三歳児をかまってくる近所のショウくんだ。タケマサ号の横腹を長く見つめ、少しおっかなびっくりの口調で、

「ねえ、東京から鳥取、てどういうこと」

「帰るんじゃ」

「どやって」

「歩いて」

「エ」

考えたこともないこたえが返ってきてショウくんは立ちつくす。自分を包んでくれていた空気が一気に塗り替えられていく。息を吸いこむと、さっきまでとはちがう、どこか遠い場所の匂いがする。

「しんどく、ないんですか」

「ア？　しんどないよ」

たまは笑って振り返り、

「自分の好きなことじゃったら、どんなにしんどくても、おもろいやろ」

ふたたびショウくんは立ちつくす。射貫(いぬ)かれた胸の穴から、あたたかな風が湧きあがってきて、少しとんがった鼻をくすぐる。

「ウン！」

勢い付けてうなずくと、アスファルトを蹴ってやみくもに駆けだす。方向はない。いまはひたすら駆けている、そのことだけをしたい。角を曲がらず、スピードを落とさず、狭い裏道を全々々々々々々々速力でショウくんは駆けていく。「おそ松くん」に出てくる、夕暮れに包まれた子らのように。


出立の前の夜、たまが過ごした昔の京都の話になった。十六のとき米子を出、ここ京都で二十六まで、十年間、料理人の修業をしていた。三歳児の家に来る前、貝合わせの絵柄を確かめるように、世話になった大将、仲のよかった、うまくいかなかった同僚らに連絡をとり、ひとりひとり訪ねてまわった。

常連客のなかに、有名な児童文学の作家がいた。今江(いまえ)さん、というひとで、バカ話と酒を好み、二十代のたまをかわいがって、幾たびか自宅に招いてくれたことさえある。

いまも住んでらっしゃったら、ひとこと、御礼をいって、それで行きたいなあ。

調べてみると、どうやらそれらしい家が左京区の地図に載っている。話しているうちに時刻はとうに夜半を過ぎ、翌朝、失礼をかえりみず、「おとうさん」とたまと、ふたりで訪ねてみよう、ということになった。

シェーすいまさつのあと朝食を食べ、朝九時過ぎ、「すぐかえってくるけんね」と三歳児に手を振ると、暖簾をくぐって外に出た。市バスの番号は２０４。丸太町通を揺られながらたまは振り向き「スタンド、バイ、ミーじゃ」といって、照れくさげに笑った。

白川通のバス停でおりる。瓜生山のほうへのぼっていくアスファルトの坂道。「おとうさん」は学生の頃、およそ三十年前、北白川に住んでいた。そして、その住んでいたアパートと、いまから訪ねようとしている今江さんの家が、電話でたまを呼びだした酒屋と「もっちゃん」の家と、まったく相同の位置関係であることを、もはや驚く気にはならなかった。

いっけん一軒、玄関と表札をにらみ、全体の印象を眺めまわして、たまはカニ歩きで坂道をのぼっていく。やがて、

「たぶん、ここじゃとおもうんやけど」

一軒の古い、瀟洒な建築の前に、鳥がとまるように立つ。記憶のツボを押す手つきで、呼び鈴をそっと押しこむ。

返事はない。

二度、三度と呼び鈴を押す。やはり返事はなく、門の上に張りだした樹冠の先を、たまは真下から見つめ、

「あ」

と息をもらす。

「雨戸がしまっとるわ」

たまにしては珍しく肩を落とし気味に、アスファルトの坂道を下っていると、白いシャツのボタンを首元まで留めた男性が、草花にホースで水をかけながら振り向き、

「先生、おるすですか」

といった。柔和な顔に、ほとんど目立たない細かなしわが走り、表面で微細な陰翳(いんえい)をつくっている。

「はい、雨戸もしまってるみたいです」

たまがこたえると、

「きのうは、おられましたけどね。たまたまですねえ」

「お元気ですか？」

「はい、ずいぶんご達者ですよ。わたしなんかくらべもんにならへんくらい」

「いえいえ」

実際男性は、草花に水をやりながら、同時になにか光線のようなものを草花からもらって輝いていた。まるで、光でできた白いサンショウウオが立って喋っているようだっ

た。わたしは先生よりひとつ上だから、先生は、八十五になられるんか、ほんま、お元気ですよ、とその白いひとはいった。朝日とホースから出る水しぶきのなかで、その輪郭はおぼろげに揺れ、まわりに溶けこんで消えた。

バス停まで下りていく途中、三歳児の「おとうさん」が足をとめ、

「たまさん、手紙書いて、今江さんちのポストに入れておいたら」

「ああ」

たまもたちどまり、

「うん、それがええわ」

コンビニで便箋、封筒を買い、バス停のベンチに腰かけて、持参のボールペンで手紙を書いた。「はいけい、今江先生さま。三十年ほど前、ととしんで、たいへんお世話になったものです。いま、東京からふるさとの米子にむけて、歩いて帰るとちゅうです。いつまでも、いつまでも、お元気で」

坂道をふたたびのぼっていった。瀟洒な門の左側についた郵便受けに、「今江せんせい様」と宛名を書いた封筒を差し入れた。コトン、乾いた音をたて、京都の蓋がしまった。くだり道の途中で、たまはそっとしゃがみこみ、「おとうさん」も黙って倣った。瓜生山からくだってくる風のなかで、振り向くと、草花の前に誰の姿もなかった。瓜生山からくだってくる風のなかで、たまはそっとしゃがみこみ、「おとうさん」も黙って倣った。草花の真下にそれらはいた。身の丈十五センチほどの、五人、六人と増えた八十六歳のあの男性が、小さな布を手に手に息を合わせて、アサガオの葉を一枚ずつ、朝露で磨いていた。

「たましゃーん！　たましゃーん！」

三歳児が声も限りに叫ぶ。全身が一本の手のように腕を振る。

車一台通るのがやっとの裏路地を、振りむき振りむき、メンテナンスの済んだタケマサ号を引っぱって、手を振りかえしながらたまが進む。「みえなくなるまで、ピッピ、じゅっと、みてんのん。たましゃーん！」

「オーウ、よなご、おいでやー！」

タケマサ号がかんらかんら笑う。うしろには、ピッピがマーカーで絵をつけた真新しい旗が翻る。「ダラズ　街道を行く！　東京・日本橋→鳥取・米子」

エンジン音をたて、タクシーが路地に入ってくる。たまは路端に避け、そのぎりぎり脇を、京都のタクシーが通りすぎる。

「あっ」

もうすぐ四歳のピッピが泣きそうな声をだす。

瞬間、ピッピのからだは宙に浮かぶ。空間を縦につっ切って飛翔する。気がついたら
「たましゃん、みえなくなっちゃった」

「おとうさん」の肩の上、たまより高いところから、タケマサ号を引くたまの目と目を合わせている。京都のタクシーは一瞬で真後ろに遠のいていく。身長二メートルに達した三歳児は、旗竿のようにヒュンヒュン身をしならせ、

「たましゃーん、バイバーイ！　また、ちてね！　バイバーイ！　また、きょーと、ちてねー！」

裏路地の端に達したたまは、角を曲がる寸前、タケマサ号から手を離し、もと来たほうをゆっくりと振りかえる。二百メートルほど離れた路上に、さっきよりさらに新しい三歳児が、視線をむけて立っている。たまは右脚をあげ、右手を頭に、左手を胸に。そうして光のなかで、最後の、完璧な「シェー」のポーズを決める。その影を残したまま、ダラズはさっと角を曲がり、時間の先へ消えてしまう。

四歳のピーコートのボタン

ジェリーの店は、アメリカ東海岸、マサチューセッツ州マーブルヘッドの海際に、船宿のような風情で建っている。イギリスからの入植がもっとも初期にはじまった、いわゆるニューイングランド地方の南端に位置し、築二百年を超す木造建築が、度重なる補修を経て、そこかしこに悠然と残っている。

アンティーク・ボタンを商って五十年になる。ジェリーはボタンを集め、それを売る。ただの骨董屋(こっとうや)ではない。マーブルヘッドに集まる詩人や大学教授からは、東海岸随一のストーリー・コレクターと呼ばれている。

五十年の付き合いになる木のベッドから巨体をおろし、さまざまなものの染みついたネルシャツに着替えると、ホットドッグとコーヒーで朝食をすませる。子どものような巻き毛の頭にはボストンの野球チームのキャップが載っかっている。居住スペースと店とのあいだに、申し訳程度に設(しつら)えられた、ドアを取り払った薄暗い小部屋で、日中ほぼまるまるを過ごしている。机の上にはレミントンのタイプライター、そして二、三の古いボタン。大きな背を丸め、メガネの載った鼻を小さな用紙に近づけると、ジェリーは左右のひとさし指だけを使って、カタカタ、カタカタと、濃淡のある文字を刻んでいく。そのボタンはどこから来たか、いったい、どんな人物が身につけていたのか。送り主から聞きとり、或いは手を尽くして調べ、ジェリーは手短に、丹念に書き尽くす。一八九八年、米西戦争の最中、キューバのクラーベス奏者の上着を飾っていた貝のボタン。一九四四年六月六日、ノルマンディ海岸の背後に舞いおりた落下傘兵ヘンリー・ラム軍曹のポケットについていた真鍮（しんちゅう）ボタン。三行ほどの文字列を書き終えるたび、用紙を取り外し、ボタンとともにビニールの小袋に収め、丸い指先でジッパーを閉める。流れ作業のように、次のボタンに移る。メガネをずらしてメモを見かえし、少しの間、背もたれに身を預けたあと、おもむろに背を丸め、ひとさし指を伸ばしてキーを叩きだす。カタカタ、カタカタ、調子っぱずれな打楽器の音に、書棚の上の黒猫が、耳やかましそうに細い尾をもたげる。店先と倉庫を合わせ、ボタンはおよそ五万個の在庫がある。五万の歴史。五万のストーリー。

　昼ごはんは毎度、「あさり抜き」のクラムチャウダー。陽が暮れるまで机に向かっている。お客が来れば、いちおうは店に出ていくものの、窓外を眺めているか、眺めているふりをするだけで、ほとんどなにも話さない。午後七時になるとテレビをつける。ナイトゲームのあいだもタイプライターのキーは響きつづけ、黒猫は家のどこかの暗闇にまぎれている。晩ごはんはクラッカーやサラミやピクルスなど、その日冷蔵庫の奥から発掘されたもの。ボストンのチームが勝利を収めつつあるなら缶ビールを一本余計にあけ、敗色が濃厚になってくれば三本余計にあける。

「見つかった！　やっと見つかったぞ！」

木床を踏んで、常連のコーファックスがピョンピョン跳びあがる。ボタンの袋がぎっしり詰まった木の台が揺れている。

「ジェリー！　やった！　これを探してたんだよ、俺はずっと！」

「そうか」

ジェリーは伝票を束ねながらあいまいに声を出す。

五十を過ぎたコーファックスの細長い手に握られた袋には、一見なんの変哲もない、白い円形のボタンがはいっている。用紙にはこう記されている。一九四一年、レッドソックスの外野手テッド・ウィリアムズが、打率四割を達成した、シーズン最終戦で着用したジャージの第二ボタン。

「第一ボタンはもってる！　これで、あの試合のテッドの全部がそろったぞ」

「たいしたもんだ」

ボタンを商ってはいるが、ジェリー自身、なにかを蒐集（しゅうしゅう）することに関心はない。ネルシャツの上には、ジッパー式の青いウィンドブレイカーをはおっている。

スポーツ関連のボタンをほかにも物色するうち、じょじょに落ち着きを取り戻してきたコーファックスは、ふと窓の外を見やり、充血した目をこすりながら、停まっている。

「なんだ、引っ越しらしいな」

と呟く。坂道を一ブロックあがったところに、後部ドアを開け放したトラックが一台停まっている。

「このあたりもどんどん変わってくな」

吐息をもらすと、

「こないだ、学校帰りの孫が俺にむかって、ニーハオ、なんていいやがる。知ってるか? 小学校の時間割に、いまや中国語がはいってるんだぞ」

ジェリーは中国から届いた荷物が二箱、まるきり手つかずのまま放置してあったことを思いだし、らせん階段を踏み鳴らし、地下倉庫へ取りに行く。箱を抱えて戻ると台に寄りかかってコーファックスが立っている。

「まだいたのか」

「支払いがまだだよ」

走り書きした鉛筆の字の金額を、コーファックスはきっかり、紙幣と小銭で払うと(常連は皆そのようにする)、

「たまには外へ出てこいよ。ドネガンズのおかみが顔を見たがってたぞ」

「どっちかが最期の夜に飲みにいくよ」

苦笑しながらコーファックスはドアを押し開け、軽やかに外階段をおりていった。食べるもの、ビールを買いに出る以外、ジェリーはたまにしか家の外に出ない。ましてや

マーブルヘッドを離れることはほとんどなく、ボストンで行われたひとり息子の結婚式と披露パーティさえ、猫の世話を口実に欠席したくらいだ。窓の向こう、狭い歩幅でちょこちょこ遠ざかっていくコーファックスの背中を、ジェリーは見るでもなく、ぼんやりと見つめた。引っ越しトラックの脇で、黒い髪のふたり連れがちょこまか動き回っていた。

中国の箱を抱え直し、タイプライターの机に置く。そこに収められてある歴史に比べ、ふたつの箱は軽すぎるようだったが、そんな軽さも含めて、ボタン商いは、自分の性にまあまあ合っている。胸の芯でそう呟きながらジェリーは、息を詰め、箱の蓋を止めた紙テープのまんなかに、三十年使っている鋏(はさみ)の刃先をまっすぐ切れ込ませる。

暇にあかせて日々立ち寄る、コーファックスのような地元民もいれば、州外、ときには国外から、わざわざ足を運んでくる遠来の顧客もいる。親が韓国系移民だった女性ヘヨンもそのうちのひとり。ニューヨークのどこかの大学で東南アジア文学を教えている、そのこと以外、家族がどうとか子がどうとか、彼女から話すことはないし、むろんジェリーも訊かない。テレビのキャスターも含め、ジェリーの知っている限り、ヘヨンほど正確に英語を発音するひとはいない。ふくよかな桃色の頬にいつも、天国の果物みたいな微笑をたたえ、視線は迷うことなくまっすぐに相手の目をとらえている。月に一度、ハッチバックの小型ドイツ車を駆り、泊まりがけでやってくる。美人ということでいえば、ジェリーの店を訪れる客のうちではもちろん際立っているし、マーブルヘッド、ニューイングランド、と範囲をひろげていってさえ、ヘヨンほど自然に目を引く外貌の女性は、そんなにはいない。

ジェリーが朝食をすませてすぐ、午前九時過ぎにはもう鈴を鳴らし、店のドアを押し開けている。前日に連絡をもらっているので、ジェリーもわざわざ出ていって接客のまねごとはせず、タイプライターのキーを叩きつづけている。

「おはよう」

店から声がきこえれば、

「おはよう」

とだけ返す。

そのまま互いに、自分の手元に没頭する。アンティーク・ボタンの袋は、店じゅう、ところせましと置かれた奥行き一メートルの木製の台の、幅八センチほどの間仕切りに、中古レコードのように立てて、ぎっしりと詰まっている。年代や国によって、分類、整理されているわけではないが、どのボタンがどの台のどの間仕切りにはいっているか、すべてジェリーの頭にははいっている。

ヘヨンはまず、新入荷の台からはじめる。まち針のような指先で、ひとつひとつ小袋をもちあげ、用紙に記された三行のボタンの歴史に、口を結んだまま、ゆったりと視線を走らせる。ときどき息を呑み、小声さえあげるときがある。ジェリーはわかっていることしか書かない。文体をそぎ落としているという自覚もない。

店にいながらヘヨンは旅していく。アイルランドから運ばれてきた移民たちの集落へ。沈没しつつある豪華客船の、吹奏楽が鳴り響くボールルームへ。戦場へ。絵の具の雨が降るメキシコのアトリエへ。ボタンを手に、ヘヨンのからだは、時間のボタンホールを通って別の世界と結びつく。ただ、だだっ広いだけとおもわれた時の連なりが、ボタン一個をかけるだけで、この世に一着しかない、歴史という名のシャツとなって目の前にはためく。ヘヨンは袖を通し、また袖を通し、ボタンをつぎつぎとはめてみては、時の賑(にぎ)わいを全身になじませていく。

新着のボタンをひととおり見終えると、今度はヘヨン自身の趣味にむかう。女性作家、女性音楽家、女性画家らの衣服に留まっていたボタン。世間相場に関心のないジェリーの店では、オークションハウスの一パーセント以下の価格で見つかることがある。膨大なボタンのなかから自らの手で見つけだすこと、これがジェリーの決めているほぼ唯一のルールであり、そしてヘヨンのような女性にとっては望むところだ。

この日ヘヨンは店のほぼ一割の台を漁り、チリ生まれのオペラ歌手のドレスに並んでいた紫色の飾りボタン、コネティカットの画家がみずから彩色した胡桃(くるみ)のボタン、そして変わり種として、ニューヨークの舞台演出家が使っていた、革製ブックカバーのプラスティックボタンを見つけた。

ヘヨン自身も詩を書いている。祖母や祖父らの血につながる、遠ざかってしまった土地から、途切れ途切れに響いてくる「声」についての長編詩。発表するつもりはないが、ジェリーひとりになら、何節か、朗読してきかせてもよい、とおもっている。詩はわたしの時間にとって、なにかとなにかをつなぐボタンのようなものだから。

台のすきまで黒猫が目を開ける。ドアがギイと開いて、紙袋をかかえたジェリーが店にはいってくる。買い物に出ていたなんて、ヘヨンはおもいもよらなかったが、ジェリーの店ではさほど珍しいことでもない。黒猫は鼻を鳴らしながら廊下の先へ進み、ついてきて早く、袋の中身を見せろ、といわんばかりに鋭い目で振り向く。ジェリーは無視し、タイプライターの机に紙袋を置く。

「韓国人だろうか」

坂道の一ブロックあがったところの、黒い髪の家族のことをいっているのだと、窓にむけられた視線でわかる。中年の夫婦が、ガラス窓を外から拭いたり、雨樋のぐらつきを確かめたりしているのは、店に歩いてくるときにヘヨンも見かけた。

「ちがうわね、引っ越してきたばかりの、きっと日本人よ」

ヘヨンはこたえた。

「俺にはみんな同じに見えるけどね」

「服装がちがう。とりわけ靴が。それから日本人の夫婦は、わたしの見たところ、家のなかでも外でも、互いのまわりをクルクル取り巻く感じに動く。子犬がじゃれ合ってるみたいにね。韓国人の夫婦は、たがいの目標にまっすぐ、直線で動く。そして、たまに交差したり、一本に同化したりする」

「なるほど」

遠く窓辺から眺めると、引っ越ししたての夫婦はたしかに、互いをばかり気にかけ、声もかけあいながら、巣のまわりを飛びかっているキジバトのように見えた。

ボタンを受けとると、用紙の記述に目をとめることなく、袋に貼られた数字だけ計算機に足し合わせていく。ショルダーバッグから紙入れと小銭入れを取りだし、ヘヨンもやはり、きっかりちょうどの額を、ビール会社の緑のロゴのはいった、使われていない灰皿に置いた。

鈴を鳴らして店の外へ。初秋のニューイングランドは、濡れた森ときのこの匂いに満ちている。深々と吸いこみ、深々と吐く。ドイツ車のキーをくるくるまわしながら、海沿いの駐車場まで歩いていく。キーホルダーに使っている真鍮の輪には、イングランドの海辺で幼い日々を過ごし、後年、みずからのポケットに石を詰めて春の川にはいった、女性作家の上着の金ボタンがかかっている。

秋の深まりは、ジェリーの暮らしにさほど変化を与えない。どちらかといえば、ポストシーズンを迎えた野球チームの成績が、天候なみに頭に作用する。この年、チームはすこぶる調子が良かった。ジェリーは黒ツグミのようにうたいながらタイプライターのキーを打ちつづけた。

朝から、海賊ごっこをしている知人の来訪をうけた。海賊やその手下がつけていたボタンなら、金に糸目をつけず、なんだって買い取ってくれる。世界じゅうを旅し「これは」と目を付けた人物に、「海賊」のボタンを配って歩いている。一見、おだやかな紳士なのに、この世には奇天烈なことを思いつく人間がいるものだ。

黒猫が騒ぎだす。

台所でジェリーは右往左往する。キャットフードをあけようにも缶切りが見つからず、黒猫は覆面パトカーのようにうなりながらあとをついてくる。大工道具でなにか使えそうなものはないか、店に戻って何気なく窓の外を見たとき、ジェリーは、先週ヘヨンのいったように、日本人の夫婦がクルクルと取り巻く感じに動くのは、じゃれ合っているばかりではなかったことに気づいた。窓辺に寄り、軽く背伸びする。庭掃除をするふたりのあいだに、中心があった。中心は黒い巻き毛で、遠目には四歳ほどにみえた。中心が動くたび夫婦は、おっかなびっくり距離をとりあい、巻き毛のまわりをクルクルと移動していく。黒猫はジェリーの足に絡みつき、爪をたてるのを必死に我慢している。工具箱をあけると待ち伏せしていたように、缶切りがいちばん上に置かれていた。

「がっつくんじゃない」

プラスティックの皿にキャットフードをあけると、猫の食べようを見もせず、郵便受けにむかう。請求書のたぐいが二通、健康器具のダイレクトメールが一通。すべて引き裂き紙袋のなかに放る。茶封筒の手紙が一通届いている。差出人欄を見、しばらく考えてから封を切り、二枚綴りの手紙に目を通す。一度すばやく読み、ふたたび、今度はゆっくりとボールペンの文字を辿る。読み終わると、くしゃっと片手で丸め、やはり紙袋のなかに投げいれる。とうに食べ終えた黒猫は机の下からじっと見ている。

日暮れてから、ネルシャツの上に、キャンプ用品なみにへたりこんだカーディガンを重ね、店の電気を消して外階段をおりる。日本人家族の家から、淡い明かりと、きいたこともないことばの歌が漏れ出している。通りすぎ、坂を登り切ったところで角を曲がり、不動産屋の前を通り過ぎると、秋から冬にかけて雪に閉ざされる別荘群が並ぶ。三百年前から建っているが、中身はすべて改築され、床暖房、コンピュータによる遠隔制御、セキュリティシステムも完備している。ジェリーは肩をすくめて歩く。左足を徐々にひきずりはじめる。

別荘地の向こう、狭い広場に一軒だけ電飾の看板が灯っている。ジェリーがはいっていくと、かかっていた音楽までが一瞬そちらを振り向いたかのようにくぐもって響く。カウンターのむこうで、ブラッシのような髭を鼻にぶらさげた老人が、くぐもった声でなにかいっている。ジェリーは座り、瓶のビールを注文しかけ、生ビール、と言い換える。老人は嬉しそうにうなずき、おうむ返しに注文を繰り返す。グラスをジェリーの前に置くまでずっと、生ビール、生ビール、と呟きつづけている。

テレビでは野球の試合が中継されている。まだはじまったばかりだが、ジェリーはなぜか、昨日もう終わってしまった試合を眺めている感覚にとらわれる。その結果はくつがえせない。長身の投手がシンカーを投げこんでくる。バッターはうまく合わせ、打球をライトフィールダーのセンター側へ運ぶ。

店内にはオレンジ色のかぼちゃ、刳りぬかれた黒い目鼻口。ジャック・オー・ランタンがにやつきながらこちらを見かえしている。いたずらかごちそうか。常連客が、夜のヨットハーバーで「白いものを見た」話を披露している。生ビール、生ビール、髭の老人が呟きながらビールのグラスを運ぶ。

戸口でカエルを踏みつぶしたみたいな声が響く。目をあげたジェリーは、生のジャック・オー・ランタンがごろごろ転がってきたのかとおもった。「ドネガンズのおかみ」はジェリーの腹にすがりつくと、おんぼろカーディガンを引きよせて頬ずりした。高校時代ひと夏だけ共に過ごしたことがある。

一杯ずつビールをおごりあうと、おかみはカウンターの奥へはいり、ジェリーは足をぶらぶらさせてテレビ中継に見入った。もう終わってしまった試合だろうが、かまわない、という気になっていた。試合はボストンのチームが辛うじて逃げ切った。湾曲するブラウン管のなかで、日本人の抑え投手が片手をあげ、その指先から、捕手、野手、観客たちに歓喜のシャワーを浴びせていた。ドネガンズの常連客も互いにハイタッチを交わしあったが、ジェリーの姿はそこになかった。抑え投手が最後のストライクコールを受けた瞬間、椅子をおり、冷えこみのきつくなってきたマーブルヘッドの夜闇に、ひとり背を丸め歩みこんでいった。

その夜ジェリーはめずらしく夢を見た。ヨーロッパのどこからしい石の街並。いつものネルシャツでなく、重たるいウールのコートをかぶり、電柱や角にひそみひそみ駆けつづけている。うしろには巨人がいる。アルミ製のような安っぽい銀色の甲冑（かっちゅう）をつけ、顔面は銀のマスクで覆って、高々と鞭を振りあげている。

ぴしっ。

振りおろされた老婆のからだがまっぷたつに千切れる。

ぴしっ。

拳をふりあげた若い兵士の頭が、胴から離れ道端に転がる。

びしっ。

若い花嫁がウエディングドレスごと。

びしっ。

逃げまどう女子学生五人の腹部がいっせいに。

巨人はジェリーをみつけ、大きく振りかぶる。ジェリーはまっぷたつに、なったとおもった瞬間、黒猫の爪に顔面を押さえられ、ベッドの上に身を起こす。混乱が静まってから、猫のからだを毛布に戻すと、黒猫は毛を逆立ててどこか別の場所に走り去る。家のなかにいまいるのが自分ひとりでないことを、ジェリーは、生ぬるい水を注ぎかけられる感覚とともに察知する。

スリッパを鳴らして店に向かうと、半透明の少女が立っている。青いワンピース、花を象(かたど)った髪飾り。素足で木床に立っているか、あるいは僅かな空間を余して、宙に浮かんでいるようにも見える。

「わたしのボタンが、とれちゃったの」

いまにも涙があふれてきそうな表情。見れば、前身頃を留める五つのボタンの、上から二番目が取れ、ボタンホールが困った風に口を曲げている。

「ボタンのことなら、このあたりじゃあ、あなたのお店がいちばんだって、きいたことがあったものだから」

「そりゃどうも」

「ずっと気になっちゃって、おちつかないの」

ジェリーはうなずき、許可をとるように軽く頭をさげてから、三メートルほど離れた場所から、少女のワンピースと、服を飾るボタンをとっくりと眺めた。ワンピースの色は青でも、ドネガンズで話題にのぼっていた「白いもの」とは、この少女のことにちがいない。ふだんは陸と海、光と夜、あちらとこちらの汀で暮らし、なにかあれば海を通って、この世界に現れる。ニューイングランドのこのあたりでは、さほど珍しいことではない。

「どうかな、ひとつ提案だが」

間合いをさぐるようにジェリーは声をだした。

「なにかしら」

まわりのボタンとジェリーの醸し出す時間に慣れてきたのか、少女もおだやかさを取り戻した口調でこたえた。

「せっかくの青いワンピースだろう。それにその黄色い髪飾り、太陽のようじゃないか。君は海にいるんだろう。だったら全部、貝のボタンに取り替えてみたらどうだろう」

少女の顔は、みるみる熱狂に包まれた。それまで透きとおっていたからだが、バラ色の光を帯びて輝きだしたくらいだ。ジェリーは店じゅうを歩き、つぎつぎと貝製のボタンを取りだしては、ビロードを敷いた盆に載せ、少女の前に運んだ。巻き貝、二枚貝、伏せた手の甲のような形状。少女はとりどりのかたちの、五種類の貝ボタンを選んだ。

冗談だろうか、息を止める表情で頰をぷっと膨らませると、一瞬後に少女は部屋からかき消えてしまい、床の上に、青いワンピースだけが残された。ジェリーは久しぶりにろうそくをたて（電灯はまずい気がした）、針と糸と鋏を使い、慣れた手さばきですべてのボタンを取り替えていった。

ワンピースの両肩をつまんで、立っていたあたりにぶらさげる。ふっ、と空間が揺れ、半透明のからだが現れた。少女がクルクルまわるとワンピースはほんものの海のように闇のなかで波打った。貝のボタンからそれぞれちがう海域の潮鳴りが響き、少女の笑顔をとりまいた。

「あなた、ほんとうにすばらしいボタン屋さんね。みんなにお薦めしとくわ」

頬から額を桃色に明滅させながら少女はいった。

「もともとついてた四つのボタンはどうするかね」

「もらってくれないかしら。わたし、お金をもっていないから、そういうものでしかお支払いできないのよ」

「よろこんで」

机の上に並べた、黒曜石のボタン。ひとつひとつに丁寧なビーズの飾りが施してある。四個を順々に見おろし、ジェリーはもう一度うなずくと、

「よろこんで、お嬢さん」

振りかえると少女は消えている。闇のどこからか、それまで夜に溶けていた黒猫が歩んできて、夜食を要求してか、眠たげな声で寄ってくる。ろうそくの光のなか、ジェリーはタイプライターに向かった。詳しい文献に当たり直さなくても、なにも問題はないとわかっている。少女はジェリーのなかに、いつの間にかストーリーを流し込んでくれていた。タイプライターのキーが夜に響き、四百年の時間がボタンホールをくぐって、ジェリーの指先にからみついた。

一六二〇年、メイフラワー号でプリマスに上陸した少女の、青いワンピースについていたボタン。黒曜石にビーズ。

気がつけば朝日が昇っている。ゴミ出しのため、机の隅の紙袋を手にとり、少し考えてから、くしゃっと丸めた封筒と手紙を取りだすと、しわを伸ばして引きだしに入れた。ジェリーには珍しいことだが、ゴミを出したついでに、さざ波の打つ埠頭を軽く散歩した。マーブルヘッド湾の青を底から見あげたら、きっと少女のワンピースと同じ色にみえるにちがいない。いつか、失われた第二ボタンをどうにかして見つけなくては、カモメの啼く桟橋で、ジェリーはふと思った。見つけてどうするか、自分ではわかっている。五つ揃えてプリマスの海に投げこむのだ。

黄金色の陽ざしのなか、件の日本人家族が坂をくだってくるのが窓から見える。なにか厄介なことになるのか、とジェリーは立ちつくして待つ。ドアが開き、珍妙な声をあげ、四歳ほどの幼児が木床に駆けこんでくる。夫婦はそのあとから、取り押さえようという勢いでしゃがんだままはいってきて、ジェリーの足に気づくと顔をあげ、たどたどしい英語であいさつをした。

黒猫は台の上から幼児を見ている。幼児は猫に慣れているようで、無理に手を出さず、歩み寄るでもなく視線を絡ませたあと、壁に貼られたヨットレースの写真を見あげ、ウワア、と吐息をつく。

ジェリーはいつものように奥の机に戻り、日本人夫婦が店内を歩きながら、なにか探し回るのに任せている。黒猫はいつのまにか幼児の足もとにおり、靴にこびりついた魚かなにかの匂いを嗅ぎつづけている。

「これを」

日本人の夫が、大きな水牛の角のボタンを一個てのひらに載せ、ジェリーに差しだす。

「こんげつ、たんじょうびです。このまちで四さいになる」

夫はいった。

「そうかね。どこでとっても歳は歳だが」

夫はよくわからなかったらしく、にやにやしているばかりでこたえない。信じられないことに黒猫は、初対面の幼児に両脇を支えられ、高々とさしあげられたまま、心地よさそうに欠伸をもらしている。ピッピー、と父親が幼児を呼び、うねるような日本語で、なにかおかしなことをいったらしい。幼児は大笑いし、黒猫を支えたままクルクルとまわりだす。日本では子どもに「おしっこ」などと名づけるのか。

妻は財布から高額の紙幣をそっと出し、

「四さい、たんじょうび、ピーコートをつくるんです」

と、きいてもいないことをいった。ジェリーはちっ、ちっ、と舌を鳴らしながら、チリビーンズの缶から小銭を探し、てのひらの上で釣り銭を数えた。

「ふゆ、さむいでしょう。おとこのこ、そとはしりますから」

男の子、そういわれ、あらためて巻き毛の横顔を見なおす。黒猫を床におろした幼児は、照れを隠すように目をぎょろつかせると、バイバーイ、といって外へ出ていった。

耳でおぼえるからだろう、四歳児のほうがよほど発音がいい。

日本人家族が姿を消すと、ジェリーはまたタイプライターに向きなおった。が、なにか引っかかってどうにも進めない。さっき売れた水牛の角のボタン、まちがいなく見覚えがあるが、いったいどこから仕入れたものか、どういうわけか思いだせない。黒猫が遊び疲れた風情でまんまるく眠っている。ジェリーは席を立ち、冬眠前の熊のように店内を歩きまわった。ボタンの歴史を忘れるなど、あってはならないことだった。

何周かし、ふう、と諦めの吐息をついてから、机に戻ろうと椅子を引き、引きだしを見やった瞬間すべて氷解した。ジェリーは椅子に深くもたれ直し、親指をくちびるに当てると、低い声で笑いだした。黒猫がなんの騒ぎだと尾をふりたててやってくる。

日本人夫婦が、四歳の息子のために買っていった水牛の角のボタン。それはやはりコートにつけられていた。ジェリー自身が、ヨーロッパ土産にと買い求めたものだった。十五年前ボストンで結婚し、そのまま住み暮らしてもうじき五十にもなる息子、いまもたまにひどい字で手紙を寄こしてくるあの息子が、ちょうど四歳になった冬、小さなピーコートの胸にジェリー自身が縫い付けた、まさしくそのボタンだったのだ。

五十万年の砂丘

ねえ、砂丘って見てみたいの、と女はいった。親の代からのムスタング、ハイオク満タン入れて俺は、アクセルを踏みこみ、西の海岸を目ざした。女の名は、わからなかった。何度確かめても、きいたそばから、耳のなかで解け、消え失せてしまうんだ。髪はまっすぐで長かった。茶色いパンタロンをはき、いい感じにくたった革ジャケットを、わりと痩せてみえる半身にはおっていた。三日前か、一週間、いやひと月は経っていたのか、いつのまに、女が俺の部屋に住みついていたか、それすらもよくおぼえちゃいない。俺の腕のなかで泳ぐとき女は、その長い髪みたいに滑らかな音を、全身で、さやさやとたてた。あるいは、風に吹き寄せられる流砂みたいに。

この光の道をたどってさえいけば、砂丘に出られるの。カーナビのディスプレイで淡く輝く、紫色の線を指さし、女はたずねた。

理屈上はな、俺はいった。

光の道をたどっていくのなら、女は真剣につづけた。たどりつく砂漠も、光り輝いているかもしれないわ。

口調の切迫さに、助手席をふりむいた。女はさやさやと笑っている。カーブを切ると山の緑が陽光に溶け、目の前の道が、カーナビの線みたいに光であふれる。山間のハイウェイをのぼってはくだり、のぼってはくだり、ガソリンを盛大に燃やしたカスを、秋の山林に吹きつけながら、四十年もののムスタングは快調に疾駆していく。

そういえば、このあたりの土地は、野生の馬の生息地として知られている。俺の爺さんの頃まで、ひとりで夜の山へなんか、ぜったいにはいるもんじゃなかった。馬が出るからだ。それも、二本足で駆ける、顔のない馬。背後から、マメを煎るのに似た、蹄の音がきこえてきたらもう遅い。ガブリ、と肩や腿を嚙まれ、馬は去り、むこう一年間、嚙まれたほうの腕や足がきかなくなって野良仕事もなにもできない。俺は、夜の道で突然ふりかかる災難より、顔のない、口もないはずの馬が「嚙む」、どうやって「嚙む」のか、昔からそのことばかり気になっていた。おとなになった頃にはそんな言い伝えは古びていたけれど、そこらの畑を荒らし、山犬や鶏を食い殺す野生馬のシルエットは、夕暮れの山景に時折浮かびあがってみえた。

ドライブインにはいり、女はパン、俺は正体の知れない獣肉の煮込みを体に入れた。店はごった返していた。喧噪のなか、遠くはなれ合った席でふたりの男が雷みたいな声を天井に投げつけ合って会話していた。小鬼みたいな子どもたちが、奇声を発しながら、店の年老いた犬を追いまわし、背中から抱え上げてはごしごしともんでいた。女は、さっきからずっと考えているんだけど、といった、砂丘の砂って海に流れ落ちてしまわないのね。川の三角州みたいに、上流からたえず、新しい砂が補充されるわけじゃないのに。

案外そうなのかも、俺はこたえた。みんなが寝てるあいだ、ハイブリッドのダンプが幾台もやってきて、新鮮ないい砂を、丘に足していってくれるのかもわからんぜ。

そういう仕事、理想だわ。女はいった。そういうことだったら、わたし、一日だって休まず、一生つづけていける自信があるわ。

たぶん前もきいたけど、ふだん、なんの仕事してるんだ、俺が尋ねると、女はおかしそうに笑い、喧噪の下にもぐりこませるようになにかいった。声は、たしかにきこえたものの、やはり俺のなかではらはらと解け、四方に散らばって意味を失った。女はいつのまにか灰色のスカート、黄色い薄手のコートに着替えていた。

ムスタングのタイヤは初冬の道を嚙んでよく走り、夕方には、古い歌で有名な湯治場についた。夜を突っ切っていくドライブも考えたが、女が、ひさしぶりに、温泉地に一泊したいといい、自分で宿も決めた。木のうろに踏みこんでいくような、ちっぽけな木造の家で、居並ぶホテル、旅館にまぎれて、あるとわかっている目でそこを見ないと建っているのさえわからない。木戸の奥、上がりかまちの先の板間で、背の曲がった爺さんがあぐらをかいて、つまらなそうな顔でタバコをくわえ、こち、こち、のみをふるっていた。近づいてみると木彫りの動物だった。このへんにも熊が出ますか、きいてみると、いや、記憶だけの仕事だ、と妙なことをいった。

爺さんは宿の主人で、初対面の女に、長い知り合いのようなぞんざいな口調で話し、女のほうも屈託なく、ごく気安い調子で、きのこや山菜のことなどを話した。俺にみせていない、広々とした笑みさえ浮かべ、自分の兄の話をした。

坊主頭の十二のとき、山じゅうのきのこが僕を誘っている、と口走り、止める手を振り払って山にはいった。一気に雪が積もり、兄の行方はわからなくなってしまったが、翌年の山では、誰でも足もとに目をむければ必ずそこにきのこが見え、集めてきたきのこの味もすこぶる上等で、夕飯の支度を調えつつ、井戸水を汲みに外に出たりしたとき、女は兄の顔を思い、夕暮れの山を見あげずにいられなかった。ゆるやかな三角をなしていた山稜が、燃える落葉のあと、きれいな卵形の坊主山に変わっていた。爺さんはうなずき、兄さんは立派に山になった、そしていまも、その山のまんまだろう、とつぶやいた。記憶だけの熊は、あいまいな輪郭を保ったまま、爺さんの手の中でくすぐったげに寝返りを打っていた。

宿の湯は、浸かれば浸かっているほど、女の肌みたいに、俺のからだに吸い付き、細胞のすみずみまでしみ通っていった。もうすっかり陽の落ちた温泉街を、女とふたり、つかず離れずうろついた。石畳の坂が交差し、眼下の川の流れへ落ちかかっていた。夕飯は取っていなかったが、ふしぎに空腹をおぼえなかった。たちこめる湯気をはくはくと口におさめると、全身、あたたかなもので満たされていくのがわかった。

山になった兄さんのことだが、と俺は歩を進めながら口を開いた。きのこの声がきこえたんなら、もう、そうなっちまってたんならば、結局、山にあがんなくっちゃ、しかたなかっただろうよ。

女は眠たげな表情でこちらを見、そして一度、深々とうなずいた。髪がさらさらと顔にかかり、雪山で遭う白い女みたいで、ぞっとするくらいきれいだった。

きのこと温泉って、似てるよな。俺はつづけた。どっちも、ある法則にしたがって、地面から突然湧いて出る。そして、奥のほうは人間の手じゃけしてさわれない。

湯気に巻かれながら女は、さわれない、とおもっているうち、いつのまにか、さわられてもいるのかもしれないわよ、そうささやいた。きのこを食べると、知らず知らず、きのこになる。温泉に浸かってると、気がつかないうちに温泉になっちゃってる。

俺たちは、ふたりにみえて、離れてみてみればじつは、いっぱいいるのかもな、と俺。同じように透明で、ところどころ溶け合っているのかもしれないわね、と女。

温泉街の黒い坂をおりていく。瀬音の響く狭い河岸に、湯気を噴きあげる賽銭箱が置いてある。覗きこんでみると、格子蓋のなか、玉石みたいなまん丸いかたまりが、ころころと自生するみたいに転がっている。

女は少しはしゃぎ気味にいった。卵の食べ方っていうだけでなく、ありとあらゆる食べもののなかで、温泉卵くらい好ましいもの、ほかにおもいつかないわ。だってほら、割ってみると、ほんとうに、うまれているんだもの。

たしかに、生卵はなにもはじまっていないよな。

そう、ゆで卵や目玉焼きには、生き物の気配が、もう残っていないでしょう。温泉卵だけは、いまだに進行してる。口にいれ、おなかに収めると、卵の生育はそのまま、滑らかに体内へリレーされる。温泉と、卵と、互いに結びついて、ひとのからだを住処に変えるのよ、土中で黙々ときのこが育つ春の山みたいに。

俺と女はひとつずつ温泉卵を食べてから宿で交わった。女は、皮膚で輪郭をぎりぎりにたもった、ひとのかたちをした温泉だった。俺は生暖かな汁にまみれたきのこだった。爺さんの気配は宿屋のどこからも消えていた。夜の間、土中に還っているのかもしれない。真夜中の底で、真っ白にかがやく女の腹に、俺は、川をさかのぼった瀕死の鮭みたいに身をのたくらせ、半透明のジェリーをこくこく注ぎかけた。女は身をもたげながらさらさらと闇に流れ、音だけのまま、ゆっくり、ゆっくり、吐息を波打たせていた。

早朝の霧を割って、ムスタングはＶ８エンジンを高鳴らせ、山を駆け下った。カーナビの上では、紫色に輝くひと筋の道が、まるで染色体のように折れまがり、先へ、その先へとのびていった。俺たちは、光り輝く砂の土地まで、たどりつけるかどうかわからなかったが、それでぜんぜん構いはしなかった。正しい方向とか、距離という物差しは、砂丘みたいななにかを目ざしていくものにとって、まったく役立たないどころか、かえって砂丘とのつながりを弱めてしまう。七歳の少女が店番をする甘味屋でまんじゅうを買い、馬くらいある猛犬（ほんとうは野生馬だったのかもしれない）をつないだガソリンスタンドでハイオクを補給し、俺たちはとにかく、道を先に先にすすんだ。近づいてくると同時に遠ざかる、波のような感覚に全身をゆだねながら、ムスタングのハンドルを切り、アクセルペダルを踏みこんだ。途中で思いつき、ホイールとタイヤを替えた。俺はもうずっと前から砂丘にのまれつつあるのかもしれない。真新しいタイヤで土地を真後ろに蹴りつけ、機械の野生の馬は、豊かな水辺を求めて、丘陵を駆けまわった。青くきらめく線がちらと見えた。馬は鼻を鳴らし、ゆったりとした歩調で蹄をそろえて立ち止まった。カーナビの画面全体が、青々と輝いていた。馬はもうとうに砂丘に着いていたのだ。

助手席の女が先におり、早速はだしになって砂を踏みしめるのを、ハンドルの上の両腕にあごを乗せ、俺はしばらくのあいだ見つめていた。風が吹き、砂が舞った。女は明らかに歓迎されていた。女の足もとから竜巻状の砂煙がたちのぼり、まるで揺れ動く繭のように、女の輪郭を包んでは開き、包んでは開きするのが、ムスタングのなかから見えた。ドアをあけて外に出ると、磁石に吸い寄せられるように、目に見えないくらい極小の砂粒がプチプチと頬や額に当たった。

女は早くも砂山の、見あげるくらいの頂上まで達している。山肌が波打ち、幾筋もの波紋が斜面を滑ってくる。俺は波を踏みこえるようにのぼっていった。女は稜線に両足を突きさして立ち、これまでに見たことがないくらい大きく目を開いて、どこまでもつづく褐色の光景を見わたしていた。

砂以外なにもないな。

砂以外なにもなくたって、砂はなんにでもなれるから、女はいった。知ってる？　砂丘って、そのまま旅することができるのよ。

俺は黙っている。

風に運ばれて、っていうけれど、わたしはそんなのじゃあないとおもう。五十万年も経っているのなら、砂丘は、砂丘ごと、別の土地へ、砂丘自体の意志で動いていくのよ。そうして、さまざまなものを砂のなかに飲みこんでいく。また、砂丘が去ったあとには、それまで隠されていたいろんなもの、廃屋や、値打ちのなくなった宝物、名前のわからないひとの骨が顕れ、ふたたび、陽の光にさらされる。

砂丘自体の意志、俺はおうむ返しにつぶやいた。

そこらを掘ってごらんなさい、なんでも、じゃんじゃん出てくるから。女は足もとの砂を山肌に流しながらしゃがみこむと、腰をおろし、のぼってきたのとは逆の斜面を、ずるずると滑りおりていった。砂丘のてのひらで遊んでいるみたいだった。底に達するとまたのぼりはじめ、稜線をまたいでまた滑りおりる。俺は大股で、足を砂にとられながら追いかけた。方向も距離も、こんな砂丘にいたなら、まったく意味をなさなかった。何時なのか、何月何日なのか、すべての尺度はまっさきに砂の下にのみこまれてしまった。そう考えてみれば、女ははじめから、砂丘のような女だった。いまや俺自身の名前も消え、国の名も、年齢も、性別さえひとしなみに、意志をもった砂にのみこまれつつあった。

ゆるやかな、すり鉢状の窪地の底で、女が待っていた。服をどこに脱ぎすてたのか全裸だった。女はやわらかく笑うと、

ここにわたしの、ねどこをほって

といった。

ここにかい

ええここに

女は視線で砂地に輪郭を描く。俺はしゃがみこみ、両手でスコップのようにかいて、懸命に掘っていった。砂はさやさやと髪のように流れた。ちょうどいいかたちの穴になるまで十分ほどしかかからなかった。砂が手伝ってくれたのだ。全裸の女は口もとを柔らに曲げたまま、砂のくぼみに、あつらえもののように横たわった。

いいわ

女はいった。

すなをかけて、わたしをうめて

いきは?

いきはだいじょうぶ

俺はふしぎと躊躇しなかった。スコップのかたちのてのひらは、さっき以上によく働いた。あるいは、砂のほうから女の腹や胸にはいのぼり、その姿かたちを、のみこもうとしていた。いま俺は、きのこを掘るひと、温泉を見つけるひとと、逆に見え、鏡みたいに同じことをしているのだ、そう直感した。埋めつくされつつある女のからだ、その起伏、稜線は、切りとられた一部分ではなく、砂丘全体の写し絵となっていた。髪の上を砂はさやさやと流れた。額に、耳に、閉じられた瞼(まぶた)の上に、俺は砂をそそぎかけた。

腰を浮かせ気味に、彫刻家のような手つきで俺は、鼻のまわりを砂で固めた。最後に残ったのはやわらかな笑みだった。口をてのひらで覆うように砂を盛ると、女の全身は砂の下にすべてかくれた。

俺は少し離れ、砂丘の輝かしいジオラマとなった女を見わたした。それはまったく、稜線の上から眺めたのと、同じか、それ以上に壮麗だった。斜めかげんの陽光が射し、女の砂丘に豊かな陰影をつくっている。俺は砂ごと女を抱きしめたくなったが、それはからだの内側から砂丘にのみこまれるのと、正確に同じことだったろう。

さやさやと光の粒が砂に射(さ)していた。俺はしゃがみこみ、女の手をとろうとした。俺の手のなかで砂のかたまりがぐしゃりとつぶれた。はっとし、女の頬あたりにてのひらをかぶせ、ゆっくりと撫でさすると、砂がほろほろとほどけ、そのまま、頭部を覆っていた砂が一気に流れおちた。俺は膝をついたまま、ここを掘り、そこを掘り、あそこを掘った。女の腰、胸、手も足も鼻も、口に浮かんだやわらかな笑みも、すべてその場所から消えていた。窪地じゅう、爪のはがれた手をつっこんで探しても、髪の毛一本すら見つけることができなかった。

俺はシャツを脱ぎ、女のからだだったあたりにかけると、夕日の射す、砂の斜面を登っていった。ずいぶん歩くと覚悟していたら、稜線の真下に停まったムスタングが見えた。近くの警察署までもすぐだった。その名も「砂丘警察」というのだった。「失踪係」の警官は、五十がらみのごま塩頭で、両の鼻の穴から、まるで花束みたいに鼻毛が突きでていた。見れば、署内にいるどの警察官も、同じようにとめどなく鼻毛が伸びている。砂漠のそばで勤務しているとそのようになるのだろうか。

失踪者の名前、年齢、容貌。あいまいなこととしか答えられず苛立つ俺のほうをちらと見て、警官は、まあ、みんな同ず、そんなようなもんだがら、と訛(なま)りの強いイントネーションでいった。空欄と余白ばかりの調書にざらざらと砂粒がついていた。鼻毛の警官は、どういう意味かわからないが、俺の肩を、三度軽く叩くと、たぶん、なにか出たら知らせるから、今日のところは家に帰ってよい、というような意味のことをいった。鼻毛と砂の詰まった声は、正確なところはよく、ききとれなかったのだが。

外に出ると、砂混じりの風に吹きさらされて、野生の馬が寒そうに立っていた。シャツなしで、ランニング一枚の俺に、鼻毛の警官はほのかにカビくさいジャージの古着を貸してくれた。もうじきに冬になる。冬の間も砂丘は風もなくじりじりと旅をつづける。俺は運転席に乗りこみアクセルを思いっきり踏みつけた。馬の真新しい蹄が、狂ったみたいに追いすがる砂粒を高々と蹴り飛ばす。ハイウェイに乗ってカーブを曲がるたび、砂丘は真後ろへ、真後ろへ、遠ざかっていった。ラブホテルのネオンが見えてくると、野生の馬は前足を振りあげ、いっそうの馬力で俺を、住み慣れた市街のまんなかへ運んでいった。

ムスタングを駐車場に入れ、エレベーターに乗った。早くジャージを脱いで熱いシャワーを浴びたかった。部屋にはいり、クロゼットをあけると、なかから一気に砂の滝があふれ、俺は目を閉じる間もなく、全身をのみこまれた。

俺は砂のなかを泳いだ。上も下も、右も左も、過去も未来も、そこにはなかった。砂は俺のジャージを脱がせ、下着をはがし、なにも着けていないようにした。瞼を開けているか閉じているかそれすらわからなかったが、はるか遠くから、野生の馬が近づいてくるのが俺の目にみえた。黄色いムスタングは新車だった。カタログデータの倍近い五百馬力を叩き出す、と父が嬉しそうに笑っていった。砂のなかに顕れるものはたえず新しくなる。俺は手をつないだ先の、父親の、刈りたての坊主頭を見あげた。父の名も、自分の名さえも忘れているというのに、クルマのことだけはやたら鮮明に浮かぶ。砂が波打ち、あらたな風景を目の前に運んでくる。

山を焦がす花火だ。

川べりの風に乗って、蛍が飛んでくる。

海原を照らす月面に、高々と跳びはねたイルカのシルエットが重なる。

すべて砂のなかでうまれ、砂のなかに流れていく。さやさやと音がして、ゆっくりと振りかえるとそこに女がいる。ああ、あれは、エンジンの音だったのか。さやさや、さやさや、ハイブリッドのダンプが赤目を光らせてバックし、砂丘の上に、真新しい記憶の砂を足していく。運転席から、いつものあのやわらかな笑みを浮かべながら、ツナギ姿の女が手を振っている。

俺は手を振りかえし、砂の上を駆けだす。どこからともなく、独特のにおいが漂ってくる。世界でいちばん新しい温泉か、あるいはいま開きつつある、宇宙の中心のきのこだろうか。俺は助手席に乗りこみ、ツナギを身につけた。名の知れない女はハンドルを握り直すと、エンジンに火を入れた。ハイブリッドのダンプカーに揺さぶられ、俺たちは互いの輪郭を溶け合わせながら、独特の、なつかしいにおいの漂ってくるほうへ走っていった。砂丘に足す、真新しい砂をすくうため。一生つづけても、けして飽きることのない、俺たちだけの仕事。

ひと冬のすっぽん

歴史上「かちこちの冬」と呼ばれる厳冬がやってきた。北半球、南半球関係なく、この星のすべてがまるまる、分厚い寒気に包まれた。太陽はサングラスをかけてパナマ帽をかぶり、コパカバーナへバカンスにいってしまった。等圧線の筋は、どこまでいっても西高東低の模様を描き、極東につく頃には地下三千メートルの深さまで達していた。

エアコンのスイッチを入れても、送風口がくしゃみしてしまい、ろくろく使いものにならない。石油ストーブやファンヒーターで暖をとるとすれば、凍りついた灯油を溶かすための火を、どこかから調達してくる必要が生じた。暖炉や薪（まき）ストーブの前では、誰かが交代でしゃがみこみ、ずっと番をしていなければならなかった。油断すれば、炎自体が、めらめらまきあがったかたちのまま凍りついてしまうからだ。いつどんなときでも、うまく火をおこせる名人が、料理上手より、床上手より、どんな誠実できもちのよい働き手より重用され、引く手あまたで求められた。そんな長い冬の「おはなし」。

奈良生まれの料理人タカシは、ダウンジャケットを三枚重ねた、ミシュランのキャラクター「ビバンダム」のような風貌で、京都の鴨川沿い、川端通（かわばたどおり）を、氷山のような吐息をふきあげながら、のんびりとした歩調で歩いていた。友人宅を訪ねる途中である。凍てついた車道を、スタッドレスタイヤをつけた人力車や、小まわりのきく犬橇がスピードに乗って走っていく。まっ白い凍った鴨川の河原や歩道を歩いているのは、男も女もみんな同じようなビバンダム姿だ。外にいるのも屋内にいるのも同じように冷えるなら、広い外で手足を動かし、多少あったまったほうがいい。白く噴きあがる水蒸気が、漫画のふきだしのかたちで凍りつき、つぎつぎに落下しては、地面で音もなく粉々に砕け散る。

戸口やベランダから、タカシへ頻繁に声がかかる。ダウンの袖には「着火マスター」にだけ配られる蛍光ピンクの腕章が巻かれている。暖炉やストーブの前にやってきたタカシに、すがるような視線をむける、ひとり暮らしの老人、女子大生、若夫婦、子だくさんの母親。皆なにげなく腕をみて、アッと目をむく。タカシは京都府下に三人しかいない、五つ星マスターのひとりなのだ。マッチの火を薪に移すや、くちびるを尖らせ、ひゅっ、ひゅっ、リズミカルな音をたて、息を吹きつける。ひゅっ、ひゅっ。凍りついていた炎が目をさまし、めらめらと黄金色の踊りを見せはじめるまで、十秒とかからない。

「かちこちの冬」を迎えるまで、タカシは多少ぼおっとしたところのある、釣り好きの若者だった。働いている店は木屋町通にある新参のすっぽん料理屋だ。兵庫や丹波のため池まで自動車を飛ばし、タカシはじめ店の若者が、増えすぎたすっぽんを釣ってくる。「冬」が来るや、すっぽんたちは、どんな餌にも無反応になった。半永久的な冬眠にはいったのである。ところが、眠りのなかで、暖を求めるすっぽんたちの精が、タカシの内奥にしみついたらしく、すっぽんのように口をとがらせ、ひゅっ、ひゅっ、と息を吹きかけさえすれば、どんな消沈した火だろうが輝かしくよみがえる。

着火マスターとして働くとき、タカシは全身、一匹のすっぽんになりかわったつもりで懸命に息を吹く。ストーブが着火し、部屋に暖気がまわりはじめるや、ちろ、ちろ、と赤い舌をのばすように、あからさまな流し目で誘いをかけてくる人妻や中年女性があとをたたない。この長い長い冬を耐えしのぶのに、精に充ち満ちたすっぽんほど求められるものは、ここ京都においてほかにない。タカシはにゅるり、にゅるりと身をかわし、あったまりつつある彼女らの巣から、あとくされなく抜け出る。ちょうどこの日も、祇園新橋そばにある酒屋で火をおこしたあと、若奥さんの攻勢を笑顔でのがれ、出てきたところである。

凍った鴨川の上を、水族館から放された、ペンギンの群れが滑っていく。その横の河原をぽっくりスケートを履いた舞妓が通りすぎていく。遠目にも、純白の景色に顔の白粉が溶けこんで、うつくしさを超え、凄みさえ感じさせる。見とれていると、漢方薬屋の、顔なじみの主人から声がかかる。火おこしでない、ちょっと寄っていかないか、という、京都独特の誘い。吐息を白く噴きあげてタカシは笑う。木戸をひらいて店にはいった途端、独特の芳香が鼻を打ち、店の間に目を移してみれば、設えられた掘りごたつの天板に、ちょこんと大きな、つくりものの枇杷の実がのっている。

「ほんまは、こんな時期なんですねえ」

「そや、もう節句も、とうに過ぎてもた」

主人は温めた甘酒を薬缶から湯飲みにそそぐ。三月、四月が過ぎてもいっこうに寒気は去らない。いっそう意地になってこの星の地表に取りついて、離れまいと、握りしめているようにみえる。それこそ、宇宙最大の不可視のすっぽんのように。

「さっき、舞妓ちゃん見ましたよ」

「ほないか。先斗町の妓ぉやろ。鴨川をどりはじまっとるさかいな。そういうたら、おもろい話きいたで」

「なんですか」

主人は水中に溶かすような笑みをゆったり浮かべ、

「先斗町でな、いま、着物の襟巻きに、まっ白い冬毛のおこじょ使うんが、流行ってるんやて。生きてんのん」

タカシは口を丸くあけ、

「生きた、おこじょですか」

「そや。宮川町は、白てんやて」

甘酒をすすり、主人はつづけた。

「ふしぎなもんですねえ」

タカシはうなった。花街に詳しいわけではないが、厨房に立つものの一端として、あの世界のふしぎさ、とらえどころのない奥行きには、ある種の敬意、足もとに線を引くきもちを、少なからずもっている。

「北山あたりから、みんな、自分でてくておりてきよるんやて。で、置屋の前で待っとんのやて。なあ、おもろいなあ。こない寒いと、動物が人間か、人間が動物か、ようわからんようになってくんなあ」

と主人はいった。タカシは闇に魅入られたようにうなずくほかなかった。

「きのう、孫が来とってな」

主人の顔がわずかに春の気配を帯びる。

「ユウくん、もう大きならはったでしょう」

「四つや。そこらへんの薬いろいろ混ぜて、あたらしい漢方、調合しとったわ。あんなん飲んだら、目ぇから毛ぇ生えるで」

「男の子にしたら、ここは、一日じゅういてても、飽きないでしょうしねえ」

タカシはつぶやき、棚から見おろすサル、とぐろを巻いた蛇、アルマジロや、壁に吊り下がったオオサンショウウオなど見やる。

「で、そのユウがな、鴨のこと、ききよんねん」

「かも？」

「鴨川、全部凍りついたあるやろ。鴨たち、どこいってんのん、て。世界じゅう凍っとるんやったら、渡りもでけへんしなあ」

「そないゆうたら、そうですねえ」

今年にはいって、もちろん、一羽の燕も目にしていない。先斗町のおこじょは当然いまも冬毛のままだし、クマもカエルも凍った森のどこかで眠りつづけているだろう。

「わしな、こないおもうねん。この世のどっかに、きっと、人間の手ぇも、寒波も届きようのない、棕櫚（しゅろ）の木かなんかで囲まれた楽園があってな、鴨や燕はみんな、そこぃ飛んでいってもうてるんやないか。そこは果物はなんでもあって、鳥たちが元気に食うてそぃで糞もするから、そこらじゅう色とりどりの花が開いとんのや。なあ、こない阿呆（あほう）な天気がえんえんつづくんやったら、せめて、広いこの世に五百坪くらい、そんな夢みたいな場所ができとってもフシギやないんやないか」

木戸の外は猛烈な吹雪だった。川端通を南へ、荷物を山積みにした宅配便の橇が、帆に風を受け、放たれた矢の勢いで突っ走っていく。一日のうち、午前に北から、午後に南から、二度、激しい風が吹き荒れる。桜や松の木がそこらでキリキリと悲鳴をあげている。そういえば、桃も梅も桜もその色香を、いまだ幹のうちにとどめたままだ。からだを前のめりに倒し、一歩また一歩と数えながらタカシは、登山靴のつま先を地表にめりこませて前に歩く。

頭に鳥たちの楽園が浮かぶ。極彩色の羽根に輝く夏の陽ざし。ライフガードのアルバイトで出かける以外、派手派手しいリゾートに足をむけることはほとんどなかったが、店のみんなとでかけたインドネシアの小島のことは、瞼の裏に絵の具で描いたかのように、いまもありありとおもいおこせる。あのときは泳ぎ踊り酒に酔い、さらにまた泳いだ。ものは試しとみなで、コモドオオトカゲの料理をつついた。正直、生臭いぼろ雑巾をかみしめているような味だったが、みなの笑いはしずまることはなく、それどころか、トカゲのしっぽのようにいっそう全身をひくつかせ、全員息を合わせて、インドネシアの夜のねっとりとした闇を吸いこんだ。

こんな天候でも京都は、全国各地から観光客を集めてはいる。漢方薬屋の主人が語る夢の楽園以外、この世のどこもひとしなみに氷に閉ざされているとすれば、結局は有名な観光地にひとは集まる。といって観光用の乗り物は、道半ばでのエンストを避けるため、馬橇か川面を滑る風力バスに限られているし、三条通以北の寺は、どこもつららに覆われてしまって近づくことさえ容易でない。それなのに、さっきから、吹雪のなか、なにか大きな黒いものが通りすぎる気配がする。白い風にさえぎられてよく見えない。あんな大きな乗り物が、しかも北向きだから向かい風のなかを、揺るぎもせずに進んでいくなんて。

知り合いの物書きがいっていたが、京都にほかの街の尺度をあてはめても、通用しないことが多い。二、三百年生きのびた老人が祭礼をしきり、自動車並みに馬が使われ、闇に迷いこむと闇が手をさしのべて外へ連れ出してくれる。千年間ひとが住みつづけた場所にはそれなりの澱がたまっているし、よそでは起こらない発酵も進んでいる。ほら、いままた大きな黒いものが、風をさかのぼって通りすぎていく。タカシは歩みをとめないまま自分から目をとじた。白い風に身を預け、しなり、たわむ、吹雪の壁の厚みのなかを、ただ一心に、前へ、前へ、方向を失わぬよう歩いていく。東西南北をこころに描いてさえいれば、京の街で、さほど大きな怪我はしない。先人が街の上に、碁盤の目状に網をかけたのは、景観や、利便性を考えてだけのことでない。そこかしこの四つ辻に、祈りが、この世で迷うもののためのまじないが、ひっそりとしのばせてある。

北へ向かい、鴨川に沿って歩いていた。やにわに吹雪がやみ、目を開けると二条(にじょう)の橋のたもとに立っていた。乗り物は一台も走っていなかった。それどころか、川端通沿いにならんでいるはずの、ガソリンスタンド、イタリア料理店、あらゆる家屋が、忽然(こつぜん)と姿を消していた。だだっ広く広がる白い平地のむこうに、うっすら「大」の跡を山腹に残す、雪をかぶった小山が立っているほか、京大も銀閣寺も、見なれたランドマークが一切なにもない。タカシはなつかしい、失われた記憶の町に迷いこんだ気がした。そこは四六時中雪が降り、意味あるイメージやことばを、音もなく、気づきもしないまま、白い大地の下に覆い隠してしまうのだ。鴨川は凍りついていたが、どこかしら近い川面から、水の音がちょろちょろ漏れていた。

足もとで動いているものがあった。膝を折ってよく見ると、真っ黒い鼻、いたずらっぽくよく動く目、そうして、全身白で尾の先にだけ残る真っ黒い毛。冬毛のおこじょが、凍土の上に立ちあがり、じっとタカシを見すえている。と、ヒョイと跳ね、二条の橋の北側の土手を、意志をもったボールのように跳ね落ちていった。その先を見やると、紫、薄紅、緑、群青色、とりどりの着物をまとった舞妓たちが、日だまりのような笑みを口もとに浮かべ、袖口から真っ白な手首を出し、指先までぴんと伸ばしたてのひらで、ゆったり、ゆったり、タカシを差しまねいていた。

おりていくと、河原の舞妓たちは七人だった。なにかの遊戯のように円形に、凍りついた芝の上にすわり、口もとは微笑みながら、困った表情の目線をタカシに向けている。

「わかりました」

タカシはうなずいた。

「火をおこせばいいんですよね」

舞妓たちに取り巻かれて、長細い、まっ白に凍りついた板が、やぐらのようにうずたかく積まれてあった。氷の向こうに真っ黒い墨文字がおぼろげに浮かんでいた。自分を見守る十四の瞳の持ち主が、いったいどのような存在としていまこの世にあり、そうして、字の書かれたこれらの板が彼女らにとってなんなのか、タカシはことばとしては理解できなかったが、胸の底にじわりとにじむ、赤くたぎる血のような実感で、たしかにくみとることができた。焚きしめた香のにおいがぷんと鼻をつく。凍りついたように見えても時間はちょろちょろと水音をたてて流れている。目に見えないすっぽんが、からだのどこかで深々とうなずきを返す。

凍りついた木を燃やすのははじめてのことだ。しゃがみこんで検分し、指先であちこち触ってみる。注がれる舞妓たちの視線から、不安や困惑は消え、かわりにおかしみ、好奇心がにじみ、朗らかなくすくす笑いさえこぼれていて、指を動かしながらタカシは、俺、このままずっと、この場所でこうしててもいいのかな、と一瞬おもう。いやいや、大切な友達との約束があったんだ。その顔を浮かべた瞬間、指先がふっと、氷からわずかに覗いた木地に触れる。

種火を移し、竹筒で息を吹き当てるうち、目がさめるような黄金色の炎が、パチパチとたちあがった。舞妓たちは歓声をあげ、うっとりとした目で、板を舐めていく火の勢いを見守った。もっとも格上らしい舞妓が前に進み出、何時代だかよくわからない言葉づかいでタカシになにかいった。タカシは立ちつくしただ笑っていた。舞妓たちは、ひとり、またひとりと前に出ると、炎の前でからだをまわし、扇をさしあげ、足を滑らせて踊りはじめた。水音が響き、香のにおいがいっそう色濃くその場をまわりだした。タカシは胸がいっぱいになってきた。「かちこちの冬」がいまこうして終わりつつある。振り向くと、雪に包まれていた山の「大」の文字が、赤々と燃えていた。北の山では「妙」に「法」、北西では「鳥居」と「舟」のかたちの炎が、白い山肌に浮かびあがっていた。舞妓たちは踊りながら、目の前で燃えあがる火焔のなかに、つぎつぎと跳びこんだ。ほかにも、目にもとまらぬ速さで河原を駆けてきて、炎に跳びこむものたちが、いくたりもいるようだった。長い長い冬のあいだ、あまたの家で火をおこしつづけてきたのは、すべて、この日のための練習だったのかもしれない。自分のおこした火を、タカシは誇らしいきもちで長々と見つめた。なかから大勢の舞妓たちが手を振っている。最後に踊っていた年若の舞妓が、ちょこちょことした歩幅で近づいてきて、桃色の絹糸で巻き縢(かが)った手まりをタカシに手渡した。に、と笑い、燕が滑空する勢いで炎に跳びこむ。

山々の火が鎮まるとともに、町を覆っていた氷が溶けはじめた。何百日ぶりかの太陽が雲間から覗き、すると呼応して、大地も鮮やかに本来の色を取り戻していった。川面でぱきぱきと音をたて割れた氷を、鴨川がゆったりと押し流していく。白い雪に隠されていた青草が、ひょいひょいと頭をもたげ、南から順々に大きく伸びをした。梅が開き、桃が咲き、そうして桜が爆発した。長い長い冬が終わった。京都はいま春の祭のただなかにあった。

「タカシさーん、タカシさーん」

河原の土手を丸太町橋のほうから、大きく手を振りあげて、春の四歳児が駆けてくる。

「おーう、ピッピー！」

ダウンジャケット三枚を同時に脱ぎすて、タカシも高々と手を振りあげる。まわりにはそんなひとびとが溢れている。重い服を脱いで走りだし、ひさしぶり、と相手と、あたたかな春の陽光を喜びあう。

四歳になったピッピはふざけて腹ばいになり、しゅっぽん、しゅっぽん、とつぶやきながら、濡れた青草の上を這ってくる。タカシは腰を落とし、すっぽんを捕まえる要領で背中をつかみ、真上に抱え上げる。きゃあきゃあ騒ぐピッピを下におろすと、

「じゃあ、約束の」

　左右のポケットをまさぐり、ミニカーを一台ずつ取りだす。

「はい、これ。おたんじょうび、おめでとう」

　わあ、と口を開いて四歳児はてのひらを開く。右の手に、ムスタング。左の手に、ダンプカー。

「このダンプ、ハイブイッド？」

「そう、ここに書いてあるね、ハイブリッドって」

　ピッピはまた歓声をあげ、ぐるぐると駆けまわる。そこここに残る雪を見つけては「かげふみー」といって踏みつける。そうして立ち止まり、

「あ」

　とのばした指の先に、見なれない動物がいる。

「あれ、おこじょ、や」

　そのとおり、冬毛から夏毛に抜け替わった黄金色のおこじょが、クイ、と首を傾け、タカシにお辞儀のような仕種をすると、下鴨の森のほうへ走り去ってしまう。タカシの腹の底からなにかあたたかいものが熱泉のように噴き出た。

「ピッピ、ほら、いくぞ！」

　ポーン、舞妓からもらった手まりを投げ上げる。四歳児は、いくじょー！　と叫びかえし、バウンドするまりを追っていく。春の陽に輝く芝生の上を、桃色の手まりはくり

かえし、くりかえし、永遠に往復する。じょじょにぬるみつつある鴨川の水底では、さしわたし一メートルはある大すっぽんが、黄金色の物音に目ざめ、ゆったり、ゆったりと、重たげに手足を動かしている。

二〇一五年一月の文楽

　正月気分がようやく抜けるころ、大阪の文楽劇場に出かけてみようと思い立った。平日の昼興行、しかもひとりでみるのなら、たいがい当日券で入ることができる。とはいえ正月公演は人気が高く、地下鉄をおりて場内にはいるとチケット売り場には不格好な行列ができていた。

　大阪のひとたちほど、列にならぶのがへたな人種はそうそういない。ひとのうしろについているうち、右へ左へと波打って、傍（はた）からも、自分でさえも、どういう順番でならんでいるのか判然としない、こんもりした人間の吹きだまりが生じてしまう。数分ですむはずが、追いこしたり譲り合ったりで一時間近くならび、ふと気づいたら真隣に、白髪をひっつめにまとめた、小柄なおばあさんが立っている。売り場の最前列まできて、

「どうぞ」

　と順番をゆずった。おばあさんは目をぱちぱちさせ、白菊が揺れるように微笑むと、大きな財布をポーチから出し、手慣れたようすで席を指定し、チケットを買った。俺も買った。エスカレーターで二階にあがり、今度は入場のための長い行列にならぶ。こち

らの列はしゅるしゅる、掃除機の電源コードを吸いこむ速さで進んでいく。受付を抜けたところで背中をつつかれ、振り向くとおばあさんがにこやかに立っている。

「さきほどは、おおきにありがとう」

「どういたしまして」

俺はこたえた。歳の頃は七十代なかば、いや、物腰からして、八十を超しているだろうか。最近のおばあさんは、うちに含んだエネルギーの多寡によって、ほんとうに、ひと目では年齢がわからない。九十ってことはないだろう。「けっこう、混んでいますね」

「混んでてもねえ。すきとおってて、いてるんかいてないんか、曖昧なひと、多いさかいねえ」

「はあ」

「電車乗ってても、すかすかやもんねえ。まあ、それがわかったあるから、わざわざ文楽みにきはる、いうのんもあるやろね」

「すかすかですか」

考えこんでいるうち、姿は消えていた。売店か、ロッカーにでもいったのだろう。ついつい、厚いコートの上から、二の腕、腹の上などをまさぐっている。からだに触れる、その感触はたしかにあるが、とらえどころがなく、ぶよぶよにたわんでいる。すかすかという一語に反応してしまったのは、じつはその頼りない、肉感のせいばかりではない。あらためて見わたすと、一月だけは欠かさない、というファンも多いようで、ロビーはふだんにない混み具合だ。

　数年前の、補助金打ち切り騒動まで、国立文楽劇場は、干上がった磯の潮だまりのように、悲惨なまでに閑散としていた。これも大阪のひとの特徴だが、舞台、演芸に、かたくななまでに金を出さない。常連客の大半は市外、県外から遠くかよってくる。

　知り合いの母が体験した話だが、大阪の市バスに乗りこみ、席について発車を待っていた。まってー！　うんてんしゅさん、まってー、そう叫びながら、相撲のがぶり寄りみたいに、のてのて駆けてくる大阪のおばちゃんがいた。すんまへん、えらい、すんまへんなあ、ぺこぺこ謝りながら乗りこんできたおばちゃんは、汗をふきふき、知り合いの母の隣にどっかと座ると、

「ああ疲れた。走ったら、しんどなってもうた。奥さん、すんませんけど、なんかちょっと、おもろい話して」

　といったらしい。

　大阪の郵便配達員は、小包をふたつもって玄関に立ち、

「さーて、ハンコを捺してもらうのんは、このおっきい包みでしょうか、それとも、こっちのちっちゃい包みでしょうか。制限時間十秒、ハイ、ちっ、ちっ、ちっ、ちっ」

　とカウントをはじめるそうだ。生活のなかにいくらでも、ただで笑える場面がある。そこらのテレビ芸人より、よほど、八百屋や肉屋のおばちゃんのほうがおもしろい。舞台に足をむけるひとが少ないのは大阪の場合しょうがないのかもしれない。

ブザーが鳴る。分厚いドアを通って、文楽のお客たちが客席にはいっていく。チケットを手に、雑多な人波に乗って運ばれていくと、俺の隣の席にさっきのおばあさんがちょこんと正座し、形のよいてのひらをこちらに伸ばして、やはり白菊のように笑顔を傾げ、おいでおいでしている。

最初は「花競四季寿（はなくらべしきのことぶき）」。季節毎に舞台のセットがかわり、時季にあった舞踊が繰り広げられる、正月の文楽ではおなじみの演目だ。

正座したおばあさんからは、嗅いだことのない香の匂いがただよってきた。それなのになぜかなつかしいのだった。白地に薄い藤色の格子柄がはいった、着慣れた感じの着物を身につけていた。帯は朝の森の葉のように、光の加減で色調がかわるみどりだった。おばあさんの居住まい自体、この清新さにあふれた演目を体現しているようにおもえてくる。五人の太夫と五人の三味線が頭をかすかにうつむけて舞台上にあらわれる。三味線が闇を叩き光がこぼれ、「花競四季寿」、春の「万才」がはじまる。

「ようしたもんで、五重塔のかたちとおやまだけで、京のまちてわかるんやなあ」

おばあさんの声はつぶやきでなく、明らかに、俺に向けられた話し口調だ。俺は声をひそめてことばを返す。

「あと、家並が独特ですね」

「そや、そや。こんな家屋敷ばっかし並んでる町、この時代、ほかにないわ」

京の町を、子孫繁栄を祈って、太夫と才蔵が、舞い踊りながらとおりゆく。愛敬ありける新玉の、年たちかへるあしたより、水も若やぎ木の芽も咲き、栄えけるは誠にめでたう候ひける。鼓の音が鳴り響く。暦など関係なく、いまここが元日の朝になる。おばあさんはもうさっきから腰を浮かせて踊っている。門には門松、背戸には背戸松。

つづけて夏の「海女（あま）」。五本の三味線、十五本の弦が、寄せては返す夜の海。夜なのにきらびやかな衣装をまとった海女が、貝をおさめるための籠をもって現れる。それだけでもじゅうぶん肉感的なのに、恋人のつれなさをかこちつつ、波音に合わせて踊るおんなのからだからは、じわじわと、色欲の光が青い月のもと沁みだしてくる。やがて朝がくる。

「蛸（たこ）や」

ほとんど叫ばんばかりにおばあさんが声を飛ばす。そのとおり、岩場から唐突に、ほんとうに、宇宙生物が舞いおりたかのように蛸が出る。前までとどこか印象がちがう。毎年作りかえているのだろうか。陽光の下、蛸と海女とがくりひろげるからみあいは、まさしく春画、春の絵の世界。

「ええなあ、蛸、ええなあ」

おばあさんが微笑んでいる。

「やっぱりあの蛸が出えへんと、お正月の感じがでえへんなあ」

その声音があまりに高いので、だいじょうぶかとあたりをふりかえってみたが、誰もおばあさんの言動には気をとめておらず、舞台で舞い踊る蛸と海女に、みな釘付けになっている。それどころか、なんだかスポットライトが当たっているみたいに、おばあさんと俺の席だけがほのかに明るく、まわりの客席はぼんやりと、夕雲に取り巻かれたように、赤い闇のなかに沈みこんでいるのだ。

秋の「関寺小町」は、百歳の老婆になった小野小町が、杖をついて現れ、一瞬咲く花のように、恋の思い出に揺られつつ踊る。そうしてまた杖をつき、ひとり住まいする庵へと力なく帰っていく。おばあさんは、と横目でみると、顔をあげ、まっすぐな視線を舞台上にむけていた。まるでその力が、小町のつく杖の手の、一助になれと祈らんばかりに。口もとにはやはり、大海をゆく船のような豊かな笑みが浮かんでいた。小町がふりかえってその笑みをみたら、誰もが彼女の恋をおぼえている、けしてその名を忘れることはないと、深いところから得心するにちがいなかった。小町はふりむいた。そして動きやめ、一点に見入り、一度だけ力強くうなずいたように見えた。おばあさんも深くうなずいた。照明が消え、深い闇が場内を包みこんだ。俺はいまほんものの文楽を目の当たりにしている。

冬の「鷺娘」。雪の積もる野山を背景にひらいた傘を手に娘が踊る。ちらり、ちらり、袂かざしてしをらしや。おばあさんはあの鷺の精のことも知っているのだろう。おだやかな表情で見やるその横顔は、ぼたん雪に覆われつつある山肌のように内側から輝いていた。娘のうしろに何百何千の鷺がいて、むこうの山から、その踊りを同じく見守っている。もうすぐに春が来る。京の町の太夫と才蔵も、雪山をふりかえり、いとおしげに目を細める。鷺に呼ばれ、もうすぐに春が来るのだ。

ごく自然にロビーのソファに隣り合って腰かけると、おばあさんは俺に、小さな折り詰めを手渡した。まわりに渦巻く話し声が壁越しにきいているようにくぐもって響いた。折り詰めに収められていたのは手作りのお稲荷さんと卵焼き、蕪（かぶ）の漬け物だった。ペットボトルからじかによう飲まんのや、と苦笑しながらおばあさんは、古めかしいポットから紙コップにお茶を注ぎいれた。かり、こり、と漬け物を噛む音が、打楽器の合奏のように、ロビーの空気をふるわせた。

「前はよう見かけたで。今日は、わりかし、ひさしぶりやろ」

「三年ぶりです」

俺はこたえた。

「公演毎に来てられるんですか」

「近所やさかいな。暇もあるし」

滋賀の高校を卒業してすぐ、梅田のデザイン事務所に丁稚としてはいった。徹夜でポスターの色を作ったり、できあがったパッケージのサンプルを、クライアントに届けたりした。ある日、その帰り道、千日前通（せんにちまえどおり）を歩いていたら異様な人だかりがしている。先週、あたらしい芝居小屋ができたらしい。人垣にもぐりこんで押し合いへし合いのなかをいくとぽっかりチケットカウンターの前に出た。どんな芝居か知りもしないうち当日券を一枚買っていた。三十年前の春のことだ。

それまで文楽など見たこともなかった。客席は朝の海のようにざわつき、鈍色に光っていた。開演のブザーが鳴り、なにがはじまるかと舞台を注視していたら、斜め前方の壁がどんでん返しのようにくるりとまわって、驚いたことに、そのうしろから、着物姿の男性がふたり正座した状態で現れた。これが人形かと思った。左の男性は、鬼の座卓みたいなものすごい机の上で、紙の束を額に押しいただき、右の男性は三味線をとって、びん、びびん、と弾きはじめた。

「ほんと、びっくりしました」

「まあ、ヘンなもんやね、ええおっさんがふたり、きょろん、てでてきて」

「はい、それに、そのあとの義太夫にも」

三味線がまず道をつくった。左側の男性がその上を歩きながら、おもむろに、内臓を絞りだすような声を、喉の奥から漏らしはじめた。声量はどんどん大きくなった。劇場の屋根から降ってくるいびつな雷だった。舞台にはいつのまにか娘の人形がたたずんでいた。人形を支えているのは、黒いずきんをかぶったふたり、それに、顔をむきだしにした着物姿の老人だった。老人が娘なのか。三味線、声、人形が、伸び縮みする三角形を描きながら、時間の上を滑らかに転がっていく。

「ようみててみ」

おばあさんはいった。

「三味線、太夫はん、人形つかいは、たがいに目ぇを合わさへん」

「タイミングは、とらないんですか」

「三者三様に、自分の正しいと思うようにやってるだけ。それが、たまたまピタッと合うんが、文楽。初手のうちは、合わへんから、相手に合わそうとするんや。山が、桜が、うぐいすが、誰かに合わせて咲いたり、啼いたりはせえへん。ほんまもんは、ほったらかしといても、自然に合うてしまうんや」

おばあさんはいった。

開演のブザーが鳴る。闇に吸いこまれる人の流れに乗って客席へと戻る。いつどこを通ってきたのか、おばあさんはまた先に席にいて、着物姿で正座し、おいでおいでと手を振っている。

「彦山権現誓助剣」。山奥の村に、六助という男前の樵が住んでいる。じつはその筋ではよく知られた剣術の達人だ。

最近亡くなった老母の墓が、山のなかにある。四十九日のあいだ六助は毎日参り、花を替え、香を立てている。そこへ、やはり老いた母を背負った剣術使いが登ってくる。

この母に楽をさせるため、剣術の試合で負けてくれないか、と男は六助に頼む。そうすれば武家に召し抱えてもらえる。母思いの頼みに感激し、六助は快く「負けましょう」とこたえる。

男と母が山をおりていったあと、別の武士が幼子を抱いて通りかかる。山賊に化けた追っ手が、武士をだまして斬り殺す。水くみから戻ってきた六助は、追っ手を踏み殺し、おびえる幼子をあやしながら、家に帰る。

「ええ男やなあ」

おばあさんが隣で桜色の吐息を漏らす。こころなしか、さっきまでより膨らんだようにみえる。

舞台では六助と剣術使いの試合が行われている。六助はあっさりと負ける。立会人の武士たちからいやみを浴びせられ、態度を豹変させた剣術使いに額を割られても、一行を見送りながら六助は、生きている母に親孝行ができることが、羨ましくてしょうがない、とひとりごちる。

また別の、旅の老女がやってくる。外に干してある幼子の着物に見入り、休ませてほしいと六助の家にあがりこみ、六助の名をきくと「母親になってやろう」と唐突にもちかける。舞台の上で動き回る老女が、俺には、隣にすわったおばあさんにみえてしかたなかった。俺も学生のころ、たてつづけに両親を亡くしたが、ふりかえってみて、けして六助のような孝行息子ではなかった。

親のいること、子のいることが、文楽をみることと、なにか大きな関わりがあるだろうか。俺は意識せずまた、セーター越しに、自分の「すかすか」な胸をさわっている。

ここ三年の空虚な日々のなかで、文楽をみにいこうなどと、おもいなすことは一度としてなかった。「すかすか」なのはからだでなく、からだの内奥の、本来は波が引き、波が打ちよせ、あたたかにしめっているべき、室のような場所だった。三年間、家で食事をとることはなく、外で酔っぱらい、帰宅後寝酒に溺(おぼ)れてからようやく寝ついた。

今朝、遠い山国から封書がとどいた。おとうさん、元気ですか？　その書き出しだけで三年間こりかたまった黒い氷に、ひびがはいる音がした。読み進むうち胸のうちに小川が生じ、ぬるまったせせらぎが、溶けだした雪をとうとうと流していった。どうして俺は、ただひたすら、顔をそむけるばかりだったろう。離れていく糸、遠くみえなくなった糸。だけれども、まちがいなく、糸は張られていると、いくらか細くとも、誰かと誰かをつなぎ、闇のなかでふるえながら引き延ばされているのだと、六助や老女のように、どうして、ただ信じることができなかったのだろう。

「文楽に、すかすかな人間は、でてきませんね」

口をつき、ことばが出た。つい、転がり出てしまったそのことばに、

「そらそうや」

なんだかほのかに輝きはじめたおばあさんは軽くうなずき、

「ふだん目にみえへん、光のかたまりみたいなもんを、ひとのかたちにしたんが人形なんやさかい」

六助の家に、武術に長(た)けた、旅の若い女がやってくる。山賊に殺された武士の仇(かたき)と勘

違いし、六助に打ちかかる。が、立ち回りのあと、六助の名をきくや、態度が豹変する。あなたは奥さんがいるのか、いない、ああよかった、じゃあ、わたしが、といっていきなり甲斐甲斐しく、夕餉の支度をはじめる。

若い女はじつは、六助が剣術を習った、師匠の娘だった。師匠がだまし討ちに遭い、家が取りつぶされ、その敵を討つため、いまは長い旅に出ている。家の奥から、幼子を抱いた老女があらわれる。老女は師匠の妻、若い女の母親だった。幼子は、やはりだまし討ちに遭って殺された、若い女の妹の息子、老女の孫だった。剣術の師匠は、生前、若い娘に「毛谷村の六助と、将来は一緒になれ」と言い残してあった。

六助は一日のうちに、妻、義母、養子の、三人の家族を得た。ただ、その一日は、何億何万の糸の重なりあいの上に、絶妙なバランスを取りながら立つ、ひとのかたちをした楼閣だった。俺の目の前で三年前、その楼閣は音をたてて崩れた。けれども糸は、すきとおってみえなくなった何本かの糸は、断ち切られないまま、ふわり、ふうわりと、揺れつづける、ということがある。

舞台の上で、六助のからだがふくらむ。何倍、何十倍にも。隣ではやはりおばあさんの輪郭が光に縁取られてふくらんでいる。六助一家の前に、樵の仲間がやってくる。谷間に落ちていた、老女の骸をみつけた。ひきあげてみると、ひとりの樵の、行方が知れなくなった母親だった。誰かが断崖に突き落としたにちがいない。六助さん、仇をとってくれ。骸の顔を見、六助はふるえる。それは、剣術使いが背負っていた「母」だった。

六助をだまそうとこの「母」をさらい、「負けてくれ」ともちかけ、試合がすんだら谷間に投げ捨てたのだ。六助のからだが怒りにふくらむ。妻のもっていた人相書きから、剣術使いが、師匠と幼子の母をだまし討ちした当人であることも判明する。

さあ、一家で敵討ちへ。舞台の上で光がまわる。糸が渦を巻き、そよ風となって流れてゆく。おばあさんの姿が、隣の席からかき消えている。それが不自然だとはおもわない。ポケットにおさめた封書をジャケットの上からおさえてみる。ぶよぶよにたわんだ印象だった胸は、舞台からそそがれる光を浴び、こく、こく、と脈動している。どんな糸でも、それが仇や、ののしり合った同士、法律上引き離されてしまった相手でも、かすかな線でつながりあっていさえすれば、それは、ひと筋の縁にちがいないのだ。

この日最後の演目は「義経千本桜」の「道行」。源義経を追って、静御前が春の吉野をゆく。鼓をポーンと打つと、護衛役の家来、佐藤忠信がコーンとあらわれる。忠信は人間でなく、子狐の化身だ。静御前の「初音の鼓」には、狩りで殺された、母狐の皮が張られている。

舞台からどっと桜色の風が、惜しみなく押しよせる。静が舞い、忠信が踊る。目の前にひろがるのは、壁にとざされた舞台装置でなく、永遠に清新な自然、すべての植物が芽吹き、生命が跳ねる、吉野山の春景色だ。

鼓が響き、三味線が波打つ。俺のからだ、客席のみなのからだ、すべてがつながりあって、ゆるやかな山稜をなす。人間と動物、男と女。静と忠信は、あらゆる境界をこえて飛び跳ねる。過去と未来も。あらゆる縁の糸がこの吉野山に凝集され、一度かたく結び合わされた上で、そうしてまた、ほかの時間、ほかの空間へと、自在にのびていく。忠信がしゃがみこみ鼓に鼻をこすりつける。生と死が溶け合う。現実と空想も。初音の鼓の響きのなかで、すべての季節が春に変わる。

最後まで、おばあさんは席にもどらなかった。それでもどこからか、舞台を見守っている確信があった。この劇場に住んでいるのかもしれない。

太夫と三味線弾きが深々と一礼する。拍手が鳴り響き、まるで長い間、春の磯に立っていたかのようなしめりけを胸の芯におぼえながら、俺はおおぜいの、すかすかだったひとたちとともに席を立った。みな文楽の光を浴び、しっかりと、人間のかたちを取り戻したように、俺の目にはみえた。

エスカレーターをおりると、薄茶をふるまう茶席に、またしても不格好な行列ができている。その横に、資料展示室があり、学芸員のガイドがにこやかに立っている。公演中の演目にちなんだ錦絵、装束、床本などが飾ってあり、昔はよく足を踏みいれた。展示用のガラス棚のむこうで、ほのかな人影がゆらりと揺れ動いた。白地に薄い藤色の格子柄。朝の森の葉のように光の加減で色調がかわるみどり色。ほんとうにみたか、錯覚だったか、それはわからないし、どちらだっていい。俺は、みえたかもしれない文楽の光に向けてかすかにうなずくと、あとずさりしてその場を離れた。嗅いだことのある香の匂いが春の陽のようにたちこめた。

どこかで拍子木が鳴っている。車のクラクションと笑い声が重なる。俺は劇場を出て初春の空をみあげた。そして、封書の相手に電話をかけるため、どこか静かな場所を求め、雑踏を縫って歩きだした。

旅する香りちゃん

ふわっ、ふわっ、たちのぼる香り。

鼻につくや、一瞬で空気に溶けていくものと思われがちだし、実際そういうのが大半なんだけれど、そのうちには、うまれてからしばらく、けっこうな距離を旅していく香りだってある。あなたの鼻先をたったいま通りすぎてった昆布だしの匂い、それだって窓をすりぬけ、風にあおられ、空高く運ばれていった末に、プラハのカレル橋前の交差点で、おおぜいのひとに交じって横断歩道に立ち、欠伸を漏らしたおばさんの鼻先に滑りこんで、ほっと息をつかせるかもしれないんだ。

僕はある香りのことを知っている。親しみと敬意をこめて「香りちゃん」と呼んでおこう。そこいらじゅうで立ちのぼり、空気から空気へ、記憶から記憶へ、自在に旅していく香りたちのなかでも、香りちゃんのたどった運命はすこぶる特異なものだった。

生まれからして劇的だった。

モンマルトルの市場でも、とりわけ歴史ある果物屋の店頭で、じいさんが、季節の果物を丁寧すぎるくらいに並べていた。産地から直接とりよせた、取れたて、極上の品ばかりだ。じいさんは開店前の儀式を終えると、店先から数歩あとずさって、ディスプレイのできばえを眺めた。完璧だった。光を受けてでなく、すべてが内側から、ぴかぴかに輝いてる。さーて、本日最初のお客さんはいったいどなたかな。それは、じいさんが思っていたような客じゃなかった。あとずさっておいたのがあとから考えれば命拾いだった。交差点でなにか軋む耳障りな音が響いたかと思うと、銀色の鉄のかたまりが、果物屋の店先に時速八十キロでつっこんできた。塗料会社のトラック運転手の居眠り運転だった。すべての果物が一気に押しつぶされた上に、四十八色のペンキが、でたらめに入りまじってぶちまけられた。

ふわっ、ふわっ、どころじゃない。まるで火柱みたいな勢いで、誰も嗅いだことのない匂いがパリの空にあがった。眠っていた運転手の夢が、フレーバーとして加わったとも考えられる。それから三日間、パリは色つきの香りに包まれ、誰もが夢見ている最中の表情で陽光の下を闊歩した。そうして、パリに充ち満ちた夢のような匂いの、いちばん芯にうまれたのが、ほかならぬ香りちゃんだった。

長さは伸び縮み自由。一見、縦に立ちあがった一本の虹で、リボンみたいに螺旋をえがき、気まぐれに、たえずくるくる回転している。そんなような姿だ。

香りちゃんは風に乗って大西洋を渡った。ブエノスアイレス郊外のアパートでおばあさんが首を縊ろうとしていた。半年前、旦那さんが肺炎で亡くなり、義理の息子がいつのまにか、老人ホーム入居の手続きをすませてしまった。楽しみなことなんてもうこの世にはなにも残ってなかった。香りちゃんは窓のすきまから忍び込み、居間のテーブル上でおどった。無数の色がこぼれ、果物の匂い、いや、それ以上の香りが部屋じゅうに立ちこめ、おばあさんは小さなくしゃみをひとつ、シュン、と漏らした。その瞬間、鼻の奥に、幼いころ囲んだ食卓の中央で、ほのかな湯気をあげながら、素焼きの鍋にたたえられてある、作りたてのマッツァボール・スープの匂いがよみがえった。

「おやまあ」

真向かいにいる母の笑み、隣にすわった父のパイプ煙草の匂いもありありと浮かぶ。

「なんだって、こんなこと思いついちまったろう。でもまあ、しょうがないね」

おばあさんは冷蔵庫の扉をあけ、しゃがみこんでごそごそやりだした。

「死んじまう前に、あの料理をひと皿、腹におさめておいたって、まちがいじゃあないだろう」

おばあさんの手は、別の生き物のように勝手に動いた。娘たちが十代の頃まで、毎週のように作った料理だった。まだ幼い日、教えてくれたのは母でなく、おばあさんのおばあさんだ。そのおばあさんもまたおばあさんに、そのおばあさんもそのまたおばあさんに教わったのだ。できあがったスープをスプーンで口に運ぶと、おばあさんたちの声が一斉にきこえた。まるで、耳にすることのできる渓谷の虹だった。

最後のひとすくいを食べ終えると、おばあさんは部屋着を脱ぎ、薄紫の地に春らしい黄色の斑点がついた、もう長く袖を通していない、ワンピースを身につけた。髪をとかし、桃色のルージュを塗って、旦那さんが贈ってくれたハンドバッグを手にとった。

階段をおりていく途中、階下に住む料理人のヨハンが目をぱちぱちとさせ、

「見違えちまったな。シュトレーマンさん、パーティかなんかかね」

おばあさんは微笑み、

「お芝居よ。あたらしいお芝居を、見にいこうかとおもって」

とこたえた。

事故からうまれた香りちゃんだから、事故の匂いには敏感だ。砂漠を越え、インドを南部へと流れていったとき、霧深い山のどこからか、かすかな泣き声がきこえた気がし、ゆったりと旋回しながら、ふわり、ふわり、緑の谷間へとおりていった。

「急に、いい匂いがしたんです」

新聞社のインタビューにこたえ、小学四年のヤープット君は語っている。

「それまで嗅いだことのない、でもなんだかなつかしい、夢のなかではいった果物屋さんみたいな匂いが」

「わたしだけじゃない、みんないっせいに、繁みから立ちあがりました。足をくじいてべそをかいてた子も。その瞬間、同時に目がさめた感じでした」

六年生のヤワーリーさんは語っている。

「まだ霧は出てました。切れるどころか、日が沈んでからいっそう濃くなってきました。でも、わたしたちは迷いませんでした。匂いがこういっているのがきこえたからです。

こっちだよ、こっちだよ、こっちには、すばらしいことが待ってるよ」

　捜索隊のリーダー、ダーリ氏も同じような独白を記者に漏らしている。

「こっちだ、こっちだよ、私にもたしかに、そのように聞こえました。いろんな果物の匂いが、一本のロープみたいに、霧深い森の奥へ奥へ伸びてました。照明もヘリも使えないなかで、私たちはその香りに一縷の望みをかけ、たぐり寄せるように、薄闇の山肌を一心にのぼっていったのです」

　山崩れのあとの、登山道からはずれた沢のほとりで、捜索隊が山岳キャンプの子供たちを保護したのは真夜中になる前だった。発見の瞬間、香りはいっそう強く全員の鼻を打ち、みながみな、夢のなかで互いに声を掛け合っている錯覚におそわれた。おりていくあいだじゅう、谷を満たす霧が、まるで道標のように虹色に輝いていたと、みなが口をそろえて証言してる。

　それから中国へ。オーストラリアへ。南洋の島々へ。香りちゃんは風に乗って旅していった。それぞれの場所で、いくつもの事故に介入し、何十、ひょっとすると、百人単位の命を救った。気を失ったバス運転手の鼻をくすぐって、ぱっちり目ざめさせたことがあれば、殴り合う酔っぱらい同士の鼻の穴に飛びこみ、肩を組ませ、仲良く帰らせたこともあった。

　自分の身が、刻一刻とすりきれていきつつあることは、もちろん自覚していたと思う。連れだって歩きながら、この世にあるうち、できることは全部やっておきたいの、香りちゃんはそう話していた。

「わかってる？　生きているって、つまるところ、いい匂いに気づく、ってことなのよ」

香りちゃんと会ったのは、今年の春、場所は京都の動物園だった。給餌時間の前、ヤブイヌやタヌキたちが、尋常でない声で騒ぎだした。僕たち飼育員が柵にはいり、いくらなだめようと無駄どころか、歯を剝きだして脅しにかかる始末でね。レッサーパンダは袋状に丸まり、ナマケモノは地表に落ち、キツネザルのいっせいの吠え声たるや、地下鉄の工事現場のようだった。落ちついていたのはバクばかりで、これはこの動物に、どんな変事をも、いずれ消え去る夢と受けながす癖がついているからかもしれない。

園内をかすかにたなびいてくるふしぎな匂いに、ぼんやりものの山畑さんが気づき、ゆったりとしたしぐさでサル山のうしろを指さした。そこはゾウ舎だった。空っぽのグラウンドをまわって飼育舎にはいってみると、齢四十二のメスゾウが干し草の上に横たわり、腹ぺこの少女がデコレーションケーキの夢を見ながらだらしなく笑っている、そんな表情で目をつむり、口のあいだからとろとろの涎を垂れ流していた。そばに寄って調べてみたら、鼻の穴に一本、なにか細長いものが詰まっている様子だ。僕が手を入れ、ずるり、ずるり、と虹色に光る香りちゃんを引っぱりだした。飼育員全員そばでそれを見てた。新来の珍しい生き物は僕の担当と、園の不文律でそう決まっていたため、僕が自宅に連れて帰ることになったんだ。

香りちゃんがうちのアパートに数日でもとどまることにしたのは、そこに、他では嗅ぎようのない変わった匂いが、本棚にでも並べるようにずらり揃っていたからだろうね。事実僕は、うちで面倒をみた動物すべての毛を小瓶に収めてコレクションしていた。蓋をちょっぴりあけて匂いをこぼすと、香りちゃんはきりきり身をよじってくすぐったそうに笑った。

「これって、なに？　いったい、なんの匂い？」

「センザンコウの、おなかの毛だよ」

朝夕、京阪電車に乗って動物園に通うあいだ、香りちゃんはつり革にぶらさがったり手すりにからみついたりして、これまでに訪ねた国々と、そこに住んでいるひとたちの暮らし、とりわけ、生活を彩る匂いについて話してくれた。車内には虹色のもやが立ち、通勤電車というよりまるで遠足にでかける行楽列車のようだった。

動物園の最寄り駅でおり、階段をあがって疏水沿いの遊歩道を歩いていくといつも、四歳くらいの男の子が、ペダル無し自転車を足で蹴って、くるくる回っているのに出くわす。僕に気づくと嬉しそうに近寄ってきて、

「ねえ、きょうも、どーぶつえんいく？」

「そうだね、おしごとだからね」

と僕。鼻が敏感になっているのか、男の子からいい匂いがあがっているのがわかる。晴れの一日ずっとベランダで干しておいたふわふわの敷き布団みたいな。

僕のかばんから先端を出し、ゆらゆら揺れている香りちゃんに気づき、男の子が指をさす。

「そのこ、なに？」

僕はこたえる。

「このこ、かおりちゃん」

男の子はたずねる。

「どーぶつなん？」

香りちゃんは嬉しそうに伸び上がり、男の子の鼻をすっと撫でる。きゃきゃ、歓声をあげて男の子はハンドルを握り直し、鴨川までつづく疏水の遊歩道を一散に駆けていく。

「それか、おはなしなん？」

夏とみまがうほどの陽ざしがあふれる四月の半ば、そこらじゅうに桜の花びらが飛びかっていた。休みの日、香りちゃんと連れだって海に行こうとしていた。乗換駅で、思ってもみない人の波が、改札を抜け、踏切のほうへつづいていた。果物、花、そういったものの匂いがぷんと鼻についた。

かばんから顔を出し、香りちゃんはつぶやいた。

「甘い匂い、でも、とても哀しい匂い。どうしてだろう」

黒い服を身につけていた。老若男女、人波をなすみな一様に、踏切では鉄道の職員が何人も、やはり黒服姿で、頭を前に垂れて待ち受けていた。線路前の祭壇には、新鮮な季節の果物、缶詰に瓶詰、ビール缶やワインボトルが、身を寄せあうように並んでいた。白い花輪がまわりを囲んでいた。黒い人波は整然と線路沿いにうち寄せ、やがて音もなくゆったりと凪いだ。

僕はそこで、ようやく思いだしたんだ、あってはいけない場所、踏切の真ん中に落っこちていた鉄のかたまりに、乗客を満載した列車が乗り上げた。誰が落としたのか、それとも故意に置かれたのか、三年経ったいまもわからない。先頭車両と二両目が脱線し、横倒しのままバラストに突っこんだ。通学の子供を含めて三十七人が犠牲となった。

職員の挨拶で、追悼集会がはじまった。ひとりひとり、名前が読みあげられていく。

「間に合わなかったのか」

と、香りちゃんは声を漏らした。

「でも、せめてできることは、やりとおさなくちゃ」

決然とそうつぶやくと、かばんから浮きあがり、頭を垂れるひとびとの上に満遍なくひろがった。僕は大きな予感に打たれそこを動けなかった。香りちゃんは身を振りしぼり、勢いをつけ、黙禱(もくとう)を捧げる全員の鼻に同時に飛びこんだ。

少年の顔が浮かんだ。水色のTシャツに果汁を飛びちらせ真っ赤なスイカをかじっている。老女の顔が浮かんだ。黄金色の南瓜(かぼちゃ)を鍋のなかでことこと煮込んでいる。若い女性の顔が浮かんだ。紅葉を一枚ずつ拾って車椅子の母に手渡している。男性の顔が浮かんだ。真っ黄色のルノーのボンネットにワックスをかけている。父親の顔が浮かんだ。

母親の顔が、娘の、息子の顔が浮かんだ。それぞれの香りと、色彩をともなって。灰色だった記憶が、香りを振りまかれ、鮮やかな彩りをもってたちのぼる。三十七組の、祈りを捧げるひとびとのなかでそれはまちがいなく「生きている」。

祈りが終わったとき、ひとびとの顔はどこかしら、季節の食べものを味わったあとのように、かすかな明るみを帯びてみえた。香りちゃんの姿はどこにもなかった。ひとびとは陽光を浴びながら駅へと戻りはじめた。祭壇のまわりでは、果物や花から立ちのぼる、うまれたての小さな香りたちが、空にかき消えた香りちゃんにむかって、しずかに拍手を送っていた。

犬はどこへいくん？

　夏の夜のニューオリンズみたいに、あらゆるものが湿気たっぷりな大阪ディープサウスじゃ、ひとの想像が及ぶかぎりのことはなんだって起こる。キンチにくるまれて眠る平壌(ピョンヤン)生まれのばあさん、雄牛を抱えあげて投げ飛ばす六つのガキ、十本足のカブトムシ、下水管に住みつくウナギたち。

　住吉区(すみよしく)から阿倍野区(あべのく)にかけてまわる市バスの運転手、吉川孝志(よしかわたかし)は、顔が犬だ。胴体や手や足、指の先まで、首から下は全部ひとのかたちなのに、顔だけは純白の紀州犬だ。

「オーウ、乗ったら前ぃ詰めてや」

　アナウンスの合間にハアハア吐息が漏れている。

「ドアのへんぎゅうぎゅうに立っとったら知らんまに財布なくなんでぇ」

　黒々と濡れた鼻に黒い瞳。白いラインのはいった紺色の帽子がよく似合っているし、その男っぷり、かわいさは、全国の犬好きが写真を撮りにわざわざ訪れるくらいだが、中身は三十二歳の、ばりばり大阪のにいちゃんである。停車中、料金箱の横からｉＰｈｏｎｅを向ける旅行中の女子大生に、

「おねえちゃん、犬好きなん？」

吉川はパッキン口をにやりと曲げ、

「あとで、どっか静かなとこで、にいちゃんとふたりワンワンごっこしょうか」

和歌山育ちの母方の、曽祖父かさらにそのご先祖か、犬となんやかや悶着があったらしい。代々からだのどこかしらが犬だった。吉川の母スミ子の尻にはくるんとかたちのいい尾っぽがくっついていた。粉浜のカラオケスナックで働いていたとき四国から渡ってきた元海賊という父、孝三と出会った。

「歌声にしびれたん」

スミ子は孝志に語っている。

「カウンターのおとうちゃんが歌いはじめた瞬間な、おかあちゃんのしっぽ、ぴょこたーん、てまっすぐ立ったんよ」

父の孝三は片目がつぶれ、首、額から、脂で固まった髪の奥まで傷だらけで、大げんかに負けてヨロヨロ歩く野良猫みたいだった。筋張った喉から絞りだされる渋い声が、どうしてだか、紀州犬の血を引くスミ子の胸を打った。歌ったのは加山雄三の「お嫁においで」というなにも考えていないようなハワイアン歌謡で、じっさい孝三は曲が終わるまでなんにも考えていなかったが、カウンターの向こうでスミ子は歌声を浴びながらぴょこたーんとしっぽを立てていた。

スナック「ひよどり」に通う、常連客の全員がスミ子目当てだったが、スミ子はぴんと立ったしっぽをそのままに、涙を含んだ中年男たちの十いくつの瞳に見送られながら、飲み過ぎた孝三の赤黒いてのひらを取り、住吉大社近くの公団アパートへと連れ帰った。三年後、孝志が生まれ落ちることになる家である。

石鹸(せっけん)で垢(あか)を落とすと孝三は相当な男前で、酔いが醒(さ)め、くんずほぐれつするうち、スミ子の尾がつくりものでないことを知って、畳のへりにあっと飛びすさった。スミ子は四つんばいのまんま、ふとんの上で向きを変えると、真っ白なしっぽをくるんくるんと振り、孝三の顔をやわらかに撫でた。こんな女ほかにいない、つくづくそうおもったと、酔った孝三が、孝志が十五の歳にもらしたことがある。

ふたりは入籍しないままともに暮らしはじめた。籍を入れようにもスミ子の一族にはもともと戸籍も住民票もない。住んでいるうち明らかになったことのひとつに、孝三のなりわいのことがあった。スミ子はそもそも信じていなかったが、もちろん、元海賊などというのは酔った上での戯言(ざれごと)で、ほんとうは、古くさい手口で信心深い婆さんや、乳飲み子を抱えた母親をだます、みみっちい詐欺師だった。瀬戸内海でもよく知られた土建屋の、暇をもてあました社長夫人に、けっして大きくならない子羊と偽って、そのかたちに毛を刈り込んだプードルを掴ませ、そのそばで乳繰り合っているところに踏みこまれ、半殺しの目にあって大阪まで逃げてきた。

「怪我しいひん仕事して、て、それだけがお願いやってん」

とスミ子。「ひよどり」のホステスはまだつづけていたが、もうじきに腹がふくらんでくる予感があった。メス犬の血を引いているなら当然のことだろう。常連客の紹介もあって、孝三は訪問販売、ルートセールスマンの職に就いた。頭は丸坊主にし、大量生産の仏具とお経の巻物を、作務衣姿で売って歩く。男前かつ口のうまい孝三は、半年も経たないあいだにめきめき成績をあげ、一年目にしてトップセールスとなり、社長賞をうけた。三泊四日、スミ子と孝三は高野山の宿坊でごろ寝し、気が向いたら写経したり、先祖を思っててのひらを合わせ、線香の煙を送ったりした。そのときらしい、のちのち孝志と名づけられる種が、スミ子の子宮内に宿されたのは。

妊娠がわかるとスミ子はすみやかにスナックから離れ、ひたすら体内と、屋内の整理につとめた。うまれてくる前から孝志の家はまるまるすべて犬の寝床のようだった。孝三は出張先から帰るたび、玄関からまっすぐ安楽椅子にむかい、スミ子の腹の上に、それぞれの土地の、安産祈願のお守りを置いた。

うまれてきたのは三つ子だった。うちふたりは、産後すぐ息をひきとった。からだの大きさは親指くらい、ひとりが人間の、もうひとりが犬の姿で、申し訳なさそうに小さく身を丸めていた。スミ子は涙にかきくれながら唯一残された犬顔の新生児を胸に抱いた。

「おにいちゃんふたり、おまえを外ぃ送りだしてくれたんやで、いのちがけで」

仏壇にむかいながらスミ子は、しっぽを左右に動かしながらよくそういっていた。犬の兄、ひとの兄のぶんまで、そういうきもちが幼い頃からずっとあったのかもしれない。孝志はとにかく、てんこ盛りの子どもだった。ごはんも、遊びも、けんかも。顔が犬だからといってとりわけ俊足というわけではないが、五十メートル走でもマラソンでも、ウオー、ウオー、とばかでかい声を張りあげ、からだの底から突きあげてくる波の揺れに合わせ、気が遠くなるまでめちゃめちゃに突っ走る。小五のとき「おれ、犬やしアホやし、宿題せえへんねん」とふざけていった、その頬を、母スミ子に思いきりぶったたかれ、犬のことでは冗談を控えるようになったが、学校でも家でも、とにかく四六時中騒いでいる。

紀州犬のオスはみな端整な顔つきだし、ふた親ともそろって目立つ容貌でもあるので、孝志は、他校の女子生徒たちから非常に人気があった。チンチン電車の駅舎で手紙を渡されたり、中学校の正門で、写真を撮られたりはしょっちゅうだった。

しかし、他校の生徒から、仲の取り持ちを頼まれた孝志の同級生は、スカートをパンパンと叩きながら、きまって次のようにいうのだ。

「やめときって、あんな、しょうもないアホ犬！」

きょうだいふたりも合わせて三人分、これでもか、これでもかという、てんこ盛りの生の発露は、こと十代半ばともなれば、銭湯の湯船を駆けまわるのと同程度にはた迷惑である。が、迷惑がられればいっそう、跳ねまわり、奇声をあげ、プールのあとはひとりパンツ一丁で校庭を駆けめぐる。若い犬、と受けとめて考えれば、このはしゃぎぶりには、ある程度理屈が通っているようにうつるかもしれない。男子生徒にはもちろん、先輩後輩を含め、絶大な人気があった。十代半ばの男子八割程度は、誰しも自然と、若い犬的なエネルギーの発散に、からだの波が同期する。

転機は中学卒業後、高校にあがるまでの、ある木曜日に訪れた。家に帰ると座敷のすみにスミ子が座っていた。孝志はいま、なんか真っ黒い匂いしたけど、とおもった。

孝三の扱う商品はもう、以前とはちがっていた。安物のはりぼてでなく、職人が削り出したほんものの仏具だ。飛びこみセールスはとうにやめ、電話し、アポイントをとった上で出向くか、あるいは紹介による。店をもたず、特製のトランクに入れて商品を売り歩くのは前のとおりだ。稼ぎはすこぶるよく、スナック「ひよどり」は買い取って、その頃はスミ子の店になっていた。

その日訪ねたのは、とある弁護士から紹介された、とても信心深いという家だった。一週間前に電話して日時を取り決めてあった。住之江（すみのえ）の南の、長々とつづく黒塀の果てに古城のような門があった。庭の敷石を踏んで玄関に達し、ドアベルを押して応対を待ち受ける。出てきたのは黒いスーツの男ふたりだった。目が赤く、ひきつった表情を浮かべている。孝三は場を和ませようと、トランクをあけ、チーン、とリンを鳴らした。

「まいど、ありがとうございますぅ」

男の拳が飛んできた。

「まだはやいんじゃ、ぼけぇ！」

屋敷の奥では、暴力団の大幹部が、瀕死の床で部下たちにあとあとの指示をくだしているところだった。若頭の拳はまっすぐ、的確に孝三のこめかみをとらえ、相手を敷石のむこうへ吹っ飛ばした。この一発が致命傷ではなかった。的確な右ストレートのおかげで宙を舞った孝三のからだは、庭を埋めるコケの上に落下した。後頭部が、大幹部が珍重していた、近世インドの多宝塔に直撃した。

救急車で府立病院に運ばれる途中、孝三は息をひきとった。知らせを受け、スミ子が駆けこんだ病室の、枕元の小机には、遺品となったトランクの中身、数珠、宝珠、独鈷（とっこ）、金棒などの仏具が、誰かの手で整然と並べられてあった。

孝志は高卒で免許を取り、運送会社に三年勤めたあと、念願かなって市バスの運転手となった。態度がでかく、口調は荒いが、運転は細心かつ流麗だ（エンジンをやたらふかす癖は改まらないが）。十代だったころの性急さ、てんこ盛りな勢いはなりをひそめ、アダルトな冗談を飛ばしながらも、鼻はたえずあたりの気配を探り、なにかしら変事が起きていないかいつも目を配っている（変事を待ちのぞんでいる面もある）。

二十七のとき車内にぷんと、わりと馴染みのにおいが立った。季節は春の盛りだった。誰もいないバス停で路肩に車を寄せると、孝志は立ちあがり、二人がけの後部シートに浅く腰かけた男の前に立った。

「おっさんな、ぜんぶ見えたあんねん。しょもないことやっとったら、このまま、阿倍野警察つけまっせ」

おっさんはバネ仕掛けのように立ちあがり開け放した後部ドアから駆けおりていった。なにごとかと目ざめた女子大生に向かって孝志は、

「おねえさんもあかんで、そんな、生足むきだしにしてスウスウ眠っとったら、さわってさわって、いうてるのんと同じや」

「どこみてんのん！」

女子大生ミナは孝志の鼻を桃色のてのひらで真正面からぴしゃりと叩いた。その年の暮れ、ふたりは結婚式をあげる。披露宴で、孝志は花の首輪をはめ、ミナがリードを引き引き、爆笑の渦巻くなか各テーブルをまわった。スミ子の住む部屋の隣に新居を構えてから五年、現在四歳の長女孝美(たかみ)、生後八ヶ月の長男一孝(かずたか)とともに暮らす。孝美は祖母と同じようなしっぽをもち、一孝は顔を除く全身、樹氷のように純白な和毛(にこげ)に覆われている。ミナはラメ入りの服で腕まくりし、煙草をくわえながらいつも、母鷹の目で「ひよどり」を守っている。

席はすべて埋まり、つり革につかまった乗客が三人という午後早くのバス。

「うっ」

と低い女声と同時に、車内の空気をさっと塗り替えてしまうようにおいが立ったことに、

気づかない孝志の鼻ではない。ゆっくり、ゆっくりとブレーキを踏み、ミラーで相手を探すと、いた、後部席でジャージの男性に付き添われ、うつむいて腹を押さえている若い女。

マイクを握り、アナウンスをはじめる。

「ええか、ようきいてや。お客さんのひとりが、もう、あかちゃんがうまれそうや。破水しはったとこや。でな、いまドアあけるさかい、おりるひとはおりて、次のバス、乗りかえてくれへんか。このバスは、いまから、阪和(はんわ)の総合病院直通に変更です。ハーイ、十秒以内。いーち、にい、さーん、しい」

大阪が大阪らしいのは、こういう「変事」が起きたなら、あえて巻きこまれてみようとする閑人、物好きが多いことだ。会社員風の三人を除き、誰もおりようとするものはいなかった。孝志はドアを閉め、

「よーし、ほな、みなさん、あかちゃんのため、若いおかあちゃんのため、声合わせて応援したってや。すうすう、はっはっ、すうすう、はっはっ、こないいうて。俺は、安全運転で、すっとばしますさかい」

三菱ふそう製のディーゼルエンジンがうなる。が、車体はほとんど横揺れしない。鏡の上を滑る氷のように、でこぼこのはずの大阪の舗装路を、孝志の駆る市営バスはなめらかに走っていく。

「すうすう、はっはっ！　すうすう、はっはっ！」

「まだや、まだやで奥さん！　力抜きや、いくよくるよはんの顔、思いうかべ！」

後部席の妊婦を取り囲み、おばはんたちが呼吸を合わせ、どら声で唱和する。一時停止のあと、走りだすバスの窓からおっさんたちが鶴のような首を突きだし、

「あかちゃん、うまれまんねん！」

「な、ごめんやっしゃ、あかちゃん、うまれるとこでんねん！」

両手を振りまわしながら、前や横をいく車両に叫び声をかける。向こうからクラクションを鳴らし「がんばれやー！」「男の子か、女の子か。男やったら虎吉（とらきち）がええな」などと声を返すドライバーもいる。たてこんだ車列はするすると両側に開き、市バスは車線のまんなかを堂々と進み、十分経たないうち、阪和住吉総合病院の車寄せに、そのばかでかい車体を乗り上げる。客のひとりが携帯電話で連絡をとっており、玄関の前にはストレッチャーと三人の看護師がもうスタンバイしている。

「またか」

営業所の上司は渋い顔に笑みをつくる。

「なんでですかねえ。俺、顔が犬やからかなあ」

孝志は始末書にサインしながら呟く。上司のいうとおり、これがはじめてではない。それどころか、仕事についた当初から、ふた月に一度は孝志のバスの車内で妊婦が産気づき、そのたび、最寄りの産科へ駆けこむものだから、孝志はもうすっかり市内南部の病院の配置をおぼえこんでしまった。

東京でも大阪でも東北であっても、妊娠五ヶ月目にはいった妊婦は、その月の最初の「いぬ」の日に、さらしや絹でできた腹帯を巻く。犬は多く産む上、お産が軽いので、安産のシンボルとされている。ほんとうに、孝志の真っ白な顔を目にすると、臨月の妊婦のなかでなにかがせきあがるのかもしれない。母の胎内でおだやかにまどろむ可能体としての生命を、目に見えない犬のきょうだいがあやし、起こし、この世に連れてくるのかもしれない。

顔なじみの男の子が乗りこんできて、すばやく最前列までやってくる。

「あ、やった！　いぬ、うんてんしゅさん。おはよー！」

母親らしいひとがその横で、

「ピッピ、ちゃんとおなまえ。よしかわさんでしょ」

孝志はハアハアと笑い、ドアミラーをちらりと確認しながら、

「えーよ、いぬうんてんしゅさんで。おはよう、ピッピくん。ひっさしぶりやな。いくつんなった？」

「よん、よん」

「四歳と、四ヶ月か」

「おじーちゃんとこいくのん。大阪の、おじーちゃん、おばーちゃんとこ」

住んでいるのは前に、京都ときいた。たまにこうして、祖父母のいる大阪ディープサ

ウスまで遊びにおりてくる。男の子らしく乗り物好き、バス好きで、その上犬好きでもあるようで、「いぬうんてんしゅさん」の市バスにめぐり逢うと全身口にして笑ってくれる。

ディーゼルエンジンが響き、バスは走りだす。車内は空いていた。四歳と四ヶ月のピッピは折りよくあいた最前列の一人がけシートに座り、手をまっすぐ伸ばして手すりを握りしめる。はじめて会ったときは、抱っこ紐のなかからずっとふしぎそうに孝志の犬の鼻や人間の手を見比べていた。あれは、いまの一孝とほぼ同じ、生後八ヶ月くらいだった。そうして長女の孝美もちょうど、四歳と四ヶ月になることに思い当たった。そのあいだの透明な時間が、膨らんだり縮んだりしながら、まるで焼きたてのパンのように香ばしい、ひなたのにおいを発している。孝志は鼻を鳴らし深々と吸いこんだ。横でピッピがすんすん、すんすんと真似している。

京都の母子は播磨町の交差点でおりた。バイバーイ、バイバーイ、手を振るピッピがミラーのなかで遠ざかっていく。明日の休みは子どもたちを連れて海遊館にでもいこうか。孝美は動物園に行きたがるけれども、孝志の姿を目の当たりにして、怯えない動物は一頭もいない。

住吉車庫で休憩を取り、点検を終えて発車しようかというとき、開け放したフェンスのあいだのスロープを、がたがたと進んでくる台車に気づいた。押してくるのは、四歳四ヶ月のピッピだった。うしろに、今度は父親らしい丸坊主の男と、おそらくは祖父母らしい高齢の男女がつきそって歩いてくる。

「なんや、どないした」

ステップをおり、しゃがみ込むと、真剣な顔で台車を押してくるピッピを待つ。台には手作りの木箱が載っている。なかに収められているものがなんなのか、孝志の犬の鼻はもうすでに嗅ぎとっている。

「パチ、しんだん」

ピッピの声は空中で揺れていた。

「しんだんか」

「うん」

丸坊主の男が前に出、簡単に事情を説明した。

祖父母の家で飼われていた、今年二十歳になるコーギー犬のパチは、半年前から後ろ足が利かなくなっていたが、それでもなんとか這いずって、日に三度、祖父母の家のまわりを半周だけ歩いた。もうだめか、と思われるたびに食欲を戻し、猛然と食べることで、一日一日、時を乗りこえてきた。

ゆうべ八時過ぎにも祖母は「ああ、もうだめか」とおもった。けれどもパチは、曇った瞳をまっすぐにあげ、ひょこ、ひょこ、と這いずって自らの寝床にもぐりこんだ。夜中の一時過ぎ、二階で浅く眠っていた祖母は、空気がいつになく動いているように思い、そっと一階へおりてみたら、パチは寝床から遠く離れた、液晶テレビの前に横向けに倒れていた。

「パチ、パチ」

抱きあげてさする。薄目をあけて吐息を漏らす。祖母にはもうわかった。

「パチ、いろいろ、たのしかったね。今日まで、ありがとうね」

と祖母はいった。するとパチが、もう喉が詰まって息絶え絶えのはずの、よはひ二十のパチが、

「オン、オオン、オーン」

と三度吠えた。がくり、と黒い頭が前に垂れた。祖母は抱きしめたまましばらくそうしていた。

木箱からはとりどりの花、ドッグフード、クッキー、そしてパチの透明な匂いが、春の陽ざしのなかたちのぼっている。

「ピッピ、ちちたいこと、あんのん」

「え?」

孝志が訊きかえすと、丸坊主の父が、

「ききたいことがあるそうです」

といった。

「あのね、パチ、しんじゃったら、あえないんやって。でも、ここにいるでしょう。パチは、いまから、どこにいくのん。それが、ピッピ、ちちたいの。いぬ、うんてんしゅ

さんやったら、わかるかなーって、おもったん」

「そうか」

　孝志はうなずき、四歳四ヶ月の頭に白い手袋をはめたてのひらを載せ、はっきりした発音で、

「こうやさん」

　とこたえた。

「犬はな、しんだらみんな、高野山で、お坊さんの飼い犬になる」

「でんしゃでいくのん？」

「とんでいくねん。高野山も、もともとは犬がおぼうさんに教えたったんや。ピッピくんも、会いにいけるんやで。あ、そや」

　孝志はちらりと丸坊主の父を見た。黙ってうなずくのを確かめ、

「あした、いぬうんてんしゅさんといっしょに、パチつれて、高野山いこか」

「え！」

「おじいちゃん、おばあちゃん、おとうさんおかあさん。みんな一緒に、特急こうや号のって、パチ抱っこしたって、お坊さんに預けにいこか」

　ピッピが手を挙げ、飛び跳ね、乱舞する横で、祖父母は手を合わせ孝志に頭をさげた。こほこほと咳払いし、照れをごまかしていると、運行係が飛びだしてき、

「吉川ぁ、おまえ、なにしとんね！　もう出発前から、十二分おくれてんどぉ！」

「きりきり、いいないな」

孝志は苦笑し、ピッピと指切りげんまんをした。明日の朝九時、この住吉車庫で待ち合わせる。南海の駅までは、同僚の運転する市営バスに乗っていこう。二十年生きたパチの棺を運ぶのは、まだまだ青二才、尻尾さえ生えちゃいない、犬顔のこの俺だ。

「吉川ぁ、十三分!」

「わあったって!」

孝志は腕を伸ばし、父の形見のセイコーをはめた手首を出した。竜頭をつまみ、すると回すと、銀の分針が、十三の目盛りを後戻りし、三時二十分ちょうどで止まった。

「よっしゃ、これで十三分かせいだ」

ほないってくるわ、運転席の窓から手を振り、ハンドルをまわす。最初のバス停につくまでのあいだ、客席は無人にみえるけれど、孝志の犬の鼻は、透きとおった大勢のお客がそこにいて、ゆっくりと呼吸している、その息を嗅ぎとる。生まれたての赤子、もうじき生まれてくる胎児、二十歳の犬、百歳の犬、四歳四ヶ月の男の子、生後八ヶ月の乳児、生まれてすぐ数分の生を生き抜いたふたりのきょうだい。

ハンドルを握りしめたまま孝志は、オン、オオン、オーン、と三度吠えた。うしろの空気が泡立つ。明日の高野山には、この運転手の制服を着てのぼろう。バス停が近づいてくる。ドアをあけると、透明な匂いは雲散し、大阪ディープサウスのおっさん、おばはんの群れがどっと乗りこんでくる。

「ああ、おっそいなあ。ほんま、待ちくたぶれたわ」

ソースの匂いを立ちのぼらせながら、パンチパーマのおばはんが近寄ってくる。

「なあ、犬のにいちゃん、うち退屈やから、運転しながら、なんか、おもろいおはなし、して！」

賞味期限とユン

ユンはふたつの市街を行き来する。

　蛇行する川の右岸、小高い丘陵地に広がる市街地は、その国のことばで「上の町」と呼ばれ、歴史的に価値の高い公の建物や屋敷、美しい集合住宅が、ケーキの上の飾りつけのように、とりどりに並んでいる。かたや左岸の低地は「下の町」と呼ばれ、コンクリートで固めた地盤の上に、どれも同じようなアパート群がひしめきあい、そのまわりを木造かプレハブの、掘っ立て小屋に近い平屋が取り巻いている。

　上の町に暮らすのは大抵、四代、五代、それ以上長く、この土地に住んでいる大家族か、市街の風光に惹かれ、移り住んできた若い夫婦たち。働かなくとも暮らしていける、そんなひとたちも少なくないが、まだ存分に働けるからだの持ち主を、たっぷり満足させられるだけの仕事が、上の町内だけで、よりどりみどりにそろっている。休日は、珍しい植物の配置された森林公園を散歩したり、トレッキングにいったり、カフェのテラスに腰かけ、黄金色のビールで喉を潤したり。

「上」では珍しい、あちこち凹んだピックアップトラックのエンジンを響かせ、ユンが石畳の道を走っていく。

下の町には、さまざまな事情をかかえたひとびとが、ごった煮に、寄り集まって暮らしている。やたら子だくさんの家、子どもの生まれない家、子どもを取りあげられてしまう家。空気が暗いわけではない。大人も子どもも、訛りの強いでかい声で、からだから出てきたものや、からだの下半分にまつわる、昔ながらの冗談を互いに浴びせる。働いている日と休日の区別がはっきりしない。灌漑（かんがい）工事の現場、倉庫での積み降ろし、警備、ゴミの収集。限られた仕事に、十代から六十代の男たちが我先にと群がる。女たちは毎朝、山ひとつ越えたところの縫製工場に運ばれていく。下の町は、女たちの稼いでくる金で辛うじて家並を保っている。

オイルくさいアパート群のまんなかでピックアップが停まる。ユンは荷台にのぼり、段ボール箱の蓋を開けはじめる。

「上」と「下」とで、反目し合っているわけではない。

「下があるから、上に乗ってられるんでな」

肉屋の親父が包丁を光らせて笑う。

「どっちがどっちにせよ、ゆんべのおめえとかあちゃんみたいによ」

チャリティバザールの日以外、上の町の人間が、下へおりてくることはない。公園や街路の工事でもなければ、下の人間が、上へあがっていくこともない。暴動はないし、蔑視もない。ただ、当たり前のこととして、「上」と「下」は「ちがう」。片側の町の人間がもう片方に居を移すことはあり得ない。ふたつの町の者同士が、面と向かってことばを交わす場面など、どちらに住む誰も、ふだんから想像したことさえない。

　ユンは待っている。やがて、ひとり、またひとりと、無職の子どもや老人が家屋から顔をのぞかせ、油くさい泥を踏んで、自分に買えるものがあるか、歩いて見に来る。眺めているだけの客もいる。


　ユンは川のほとり、左岸に建つ、いまでは使われなくなった橋梁(きょうりょう)の管理事務所に住んでいる。生まれたのもそこだった。下の町生まれの母はリヤカーを自転車につなげ、上の町のくず鉄、いらなくなった金物を集める仕事をしていた。もともとレスラーのようにたくましかったから、誰も臨月とは気づかなかった（本人も気づいていなかった節がある）。筋骨隆々だったが、顔だちは野生のスミレのようにひと目を引いた。自転車に飛んでくる「下」の男たちの冗談に、ゲラゲラ笑い、同じ程度の冗談でこたえた。

　そのときはリヤカーに、改築される古屋敷の、鉄製の裏門、という出物を載せていた。朝からうんうんうなって取り外し、投げ技のように、みずから荷台に放った。スクラップ業者に流せば相当な実入りが見込める。ふうふう息を荒らげ、ペダルを踏みしめ、橋の真ん中を渡っているちょうどそのとき破水が起きた。路上にしゃがみこんだ巨体の女に、管理事務所の主任が気づき、部下に声をかけ、ふたりの肩で支えて運びこんだ。部下は妻が先週出産したばかりで、くたびれたメモ帳に産科医の電話番号を記してあった。

父親が誰か、下の町の男たちははじめ、下卑た冗談とともに詮索した。去年、上の町に来たサーカス団の火噴き男じゃないか。いやいや、穴とみりゃあ掃除せずにいられない、凄腕の配管工の仕業だろ。

最初、誰がつぶやいたのかわからない。その噂は、大きな声に出されないまま、下の町じゅうに広がり、いつのまにか油染みみたいに定着していた。知ってるか、父親は、上の町の男だ。どこかのお屋敷、高級アパートの内奥の一室で、あの腕力にものをいわせて、鹿みたいな顔の、若い男を組み伏せた。父親は、上の町の男だ。

「下」の男たちが、通りかかった自転車に、下卑た冗談を投げつけなくなった。母親も黙ったままペダルを踏み、「上」で集めた鉄くずをスクラップ工場に運んだ。「上」のひとびとの対応は、以前とまったく変わらなかった。「下」からやってくる女性が、橋のすぐ向こう側で赤ん坊を産んだといって、いったい自分たちに、なんの関わりがあるだろう。「下」の男たち、そして女たちはちがった。ユンの母親を、自分たちと交じり合わない、ことばの通じない外国人、あるいは、別の生き物のように扱いはじめた。店に来ればものは売るし、なにか訊ねられればこたえもするが、住人たちのほうから、声をかけることはしない。

まわりがそうだったからか、ユンは幼いころから、ひとの集まってなにかしているのを少し離れたところからじっと見つめているような少年に育った。小学校で虐げられるとか、暴力をふるわれるといったことはなかったが、ほとんど喋らなかった。母親の仕事には、ついていけるときには必ずついていった。親に似ず、ユンは小柄で、以前に誰かがいったように、若い鹿みたいな顔だちをしていた。

ユンが十二のとき、横風をくらった母親が橋から川へ落ちた。ふだんなら助かったろうが、真上から、鋼鉄製のボイラーがリヤカーごと、狙いすましたかのように降ってきた。これを機会に、古びた橋は壊され、鉄筋コンクリートにアスファルトを敷いた、新しい橋梁が架けられた。「上」のひとびとがすべての工事費を負担した。安全が確保されたいま、事務所の主任とその部下は、下の町の別の仕事場に流れていくほかなかった。からっぽのはずの管理事務所に、いつのまにかユンが住みついた。そうして、二十歳過ぎのいまも住みつづけている。

母親のリヤカーに乗って「上」と「下」を往復していたあるとき、不意に思いついたのかもしれない。母みたいに鉄は運べなくても軽いものなら自分にも運べる。十六で運転免許を取り、貯金の大半をはたいて中古のピックアップトラックを買った。

上の町の家屋敷をまわり、ユンが引き取るのは鉄くずではない。賞味期限の切れた食品類、お菓子、野菜、飲み物などだ。訪問日を予め知らせ訪ねていくと、「上」の主婦たちは、まるで待ち望んでいたようにユンを出迎える。期限が切れてしまった食料品は、どの家庭でも非常食のように貯めこまれている。主婦たちは、それらをまとめて生ゴミとして廃棄する罪悪感から解き放たれることになった。ビニール袋に小分けしたり箱に整然と並べたり、「食べられなくなったもの」にある程度のかっこうをつけると、ピックアップトラックでまわってくるユンを、屋敷の玄関に迎え入れた。タダでもっていってほしいと、玄関で懇願する主婦がほとんどだが、ユンはわずかでも必ず代価を払った。

集まった食料品を検分し、到底食べられそうにないものをよけて、段ボール箱に並べ直す。ピックアップトラックで橋を渡り、下の町の街路、小さな広場、駐車場で停まる。「上」で支払った代価に、ほんのわずか上乗せした額で、ユンは「下」のひとびとに、賞味期限の切れた食料品を売る。お菓子は小分けにし、「下」の子どもの小遣いで、辛うじて買えるようにしてある。しなびた野菜、かちこちのバター、互いに貼りついて一体となったスライスベーコンの板。それでも、下の町のひとびとにとってみれば、週に一度できるかできないかの贅沢だ。開襟シャツの老人が手に取った煙草を箱に戻し、同じ値段で、スポンジが乾きかけたロールケーキを買う。孫の誕生日かなにかだろう。

ユンの誕生にまつわる噂など、なにも知らない子どもたちは、ピックアップの荷台を囲み、ぺちゃくちゃ騒ぎながら、なにか思いつくたび、年上だけれどみそっかすのいとこに話すように、気安くユンに声をかけてくる。

「こないだのビスケット、ひでえよ、歯がぐらぐらんなって、喉が裂けちまった」

「そら、悪かったね」

ユンはいつも穏やかに返す。

少女が振り向き、

「ねえ、うちのおねえちゃんが、イチゴのいいのが入らないかなあ、って、ゆうべいってたけど、そういうのはないの？」

「うん、そういうのは、ないな」

「ユンさんって、ほんと、役立たずね」

「悪かった」

次から次と子どもらは集まってくるが、その日、お菓子や果物を買えるのは、荷台を取り囲んでいるうちの、ほんのひとにぎりに過ぎない。来週は俺だ、そのつぎは私よ。焼き菓子を買えた少年に、皆で、よく味わえよ、と拍手を送る。万引きはまだ、起きたことがない。そういうのは、大人も子どもも共通して、下の町では「かっこわるいこと」とされている。

縫製工場からの帰りのバスが、夕暮れの光のなかで停まる。バスをおりた女たちが、前線の戦士のように列をなし、ユンのトラックめざして進軍してくる。

子どもらは口々に、

「明日は、もっとうまくやんな」

「今度はもっとうまくやりなよ、ユンさん」

そんな風に声をかけてから、働き帰りの女たちに場所を譲り、夕まぐれの街路を駆け去って行く。女たちの半分もトラックにたどりつかない間に、荷台はいつも、空っぽになってしまう。上等なチーズや調味料、干し肉なんかが手に入るかどうかは、工場帰り、どの時間帯のバスに乗れるかにかかっている。

売り物がなくなってしまえばユンは郊外の農場までピックアップトラックを飛ばす。顔見知りの農夫が出迎えてくれる。よけておいたくず野菜や、ダメになった牛乳などは、家畜の飼料か、そうでなければ農地の肥料へと生まれかわる。

五月半ば、上の町のとある屋敷で、漆黒のワンピースを着た老女から、食料品とともに古いギターを手渡される。持ち主は先月、脳梗塞で倒れ、そのまま息を引き取った。

翌朝もと管理事務所で起きだし、ギター片手に、川べりまでおりていく。岩の上にあぐらをかいて、思うままに弾いてみると、勝手に弦が震え、古木の茶色いボディが、きいたこともない音階を奏でだす。

ユンはてのひらを動かす。目がさめるような色の鳥が森のどこからか飛んでくる。前のめりになって、ユンは指を動かす。オーロラみたいな蝶(ちょう)が、太陽系のどこかから降ってきて、色あせたネックの先にとまる。

ある朝、東の空が真っ赤だった。ぬるい風がゆったりとそちらから吹きつけた。縫製工場にむかうバスのなかから女たちは赤い空を見た。

「朝焼けでもない。妙な天気だ」

古い屋敷のバルコニーで首を傾げ、同じくらい赤い色の茶をすすりながら、連れ添って長い夫婦が互いに、

「あんな空は見たことがないね」

夫は翌週、この世からいなくなる。二日後同い歳の妻もつづく。

伝染病は声よりも早く蔓延（まんえん）した。とある医師は、赤くぬるい風が毒だ、と断言したが、風をまともに吸いこんで発病しないものもいたし、屋敷内に閉じこもっていながら、あっさりと病魔に斃（たお）れたものもいた。

額に、赤い発疹がぽつりとできる。一個の赤い星、それが合図であり、ある意味、終止符でもあった。急に力がはいらず、立っていることができない。

発疹は、腕、腿、背中、さらに尻、腹、胸へとひろがり、最終的には、真っ赤にただれた一個の肉塊ができあがる。肌がそうなっているのなら、目の届かない内側も同じようにただれている。額に発疹が生じたものは正確に三日後、からだの穴という穴から、どろりと赤黒いものを垂れ流して死ぬ。目鼻のバランスも声も失われ、ぱっと見、故人が誰か、病院のベッドで判別することが難しい。

病に、「上」と「下」のわけへだてはなかった。上の町の若い株式ディーラーも、下の町のくたびれた旋盤工も、まったく同列に扱った。

この四月、にこやかな笑みをたたえて「上」の小学校に赴任した女教師の額に、赤い星は降った。教室でつぎつぎに立ちあがり、女教師に自己紹介した子どもらの額にも、星は降った。

学校にいかず、日中は「下」の市場をぶらぶらしていて、夕方から親きょうだいの手伝いをしていた子どもらの額に、赤い星は降った。市場で働く親きょうだいはもちろん、足が悪くプレハブ家屋でほとんど寝たきりの老人や、生後数ヶ月の赤ん坊の額にも、ひとしなみに、赤い星は降った。

発疹の出ていないひとびとは、青い顔、黄色い顔で、病院や街路を駆けめぐった。空はもとの色に戻っていたが、ぬるい風はあいかわらず東から、「上」と「下」の、両方の町に吹きつけていた。ユンのピックアップトラックは、日に何度と橋を渡り、両の町を行き来した。誰に頼まれるでもなく水を運び、消毒液やワセリン、包帯を、街路をめぐるひとびとに手渡した。

下の町にかぎっては、動かなくなってしまったからだを荷台に乗せ、運ぶことも珍しくなかった。腰が折れまがったからだがあれば、ヒョイと抱え上げられそうな小柄なからだもあった。着せられた服や抱えているぬいぐるみから、そのからだにまだ生命の火が灯っていたころ、彼ら、彼女らが、どんな風にトラックの荷台を囲み、覗きこみ、生意気な声をかけてきたか、ユンはすべて、たったいま起きていることのように、思い返すことができた。お菓子に値をつけるんじゃなかったとユンは唇をかみしめた。子どもたちには全部ただにすべきだった。ふだんは手の届かない「上」のお菓子を、好きなだけ、心ゆくままに頬張らせてやればよかった。じゃあ老人には？　ヒョコヒョコ足を引きずって、荷台のなかを見にやってくるおばあさんは？

郊外の農夫も赤い星に斃れた。憔悴しきった妻が、ユンに遺言のことをいった。

「骸は、農地には埋めるな、燃やして灰にしろって。病気の正体がわかるまで、牛の餌缶にでもいれてとっておけ、って」

病の正体は最後までわからなかった。ただし、赤い星は広がるのと同じくらい、鎮まるのも早かった。東の山に生える、ある種のキノコから抽出したエキスを注射すれば、発疹はほろほろとほどけ、数日のうちに、その下から雪解けのように、まっさらな桃色の皮膚が覗く。

キノコのことをいいだしたのは、「下」の猟師だとも、「上」のエキセントリックな内科医だともいわれている。注射のアンプルが発注され、都市部の製薬会社から、銀色の配送トラックで続々と届けられた。

注射薬は、病とちがった。上から下へ、段階を経て手渡されていった。ちょうど、二段重ねのお盆に、真上から水を垂らすように。下のお盆に水滴が落ちはじめるのは、まず、上のお盆にひたひたに、万遍なく水が満ち終わってからだ。

平熱に戻り、ベッドで半身を起こした上の町の若者が、母親のスープを啜り、ひさしぶりにゆったりと微笑む。その同じ時、下の町の自動車工が、洗濯屋が、スリが、いじめっ子が、いじめられっ子が、真っ赤に燃える皮膚の下でもがき苦しんでいる。ユンはピックアップトラックを「上」の病院につけ、声を交わしたこともある白衣の男に、せめて五本だけまわしてくれないかと、ズボンにすがりついて頼み込んだ。

「いま病院にある注射は、打つ相手がもう全部決まってる。それでも足りないんだ」

男は裾をはらい、すまなそうにいった。

「明日あさって、大量にアンプルが届く。そのロットからは、下の町にも配れるよう、手配しておくよ」

ユンは無言で頭をさげた。

下の町に医療用バスがおりていき、注射を打ちはじめたのは翌週の半ばだった。果てがないような担架の行列が町はずれまでつづいた。もと町医者だった爺さんがバスに乗りこみ、があがあまくしたてた挙げ句、注射器を手に取り、それで行列の長さは半分になった。もと看護婦、薬物中毒を克服した主婦も手を挙げ、バスの横で患者たちに注射を打ちはじめた。

「上」から運ばれてきたのは、注射用のアンプルだけではなかった。真っ白の服に、水色のエプロンをつけた中年の女性たちが、マイクロバスを五台連ねてやってきた。おだやかな笑みを浮かべながら下の町を巡り、リボンで口を結んだ紙袋を、裸足の少女や全身濡れそぼった少年に手渡していった。大人には清潔な肌着、シーツ類、湯をかければ食べられる粥に、果物の香りの保湿クリーム。下の町のひとびとは愛想よく受けとるや、屋内に駆けこみ、バタン、とドアを閉めた。「上」の女性たちは顔を見合わせ微笑み合った。そしてマイクロバスに乗り込み、「下」のまた別の場所へ、贈り物を届けにいくのだった。

ユンはその様を遠く離れた場所から見つめていた。見つめながら、トラックの運転席にひとり座り、ごく小さい、ほぼ聞こえようのない声で、

「届かなかった善意」

と呟いた。そんなことを呟いてしまったみずからをも、ユンは呪った。もう、上の町にはいけない。下の町にもとどまれない。バックミラーを見やり、自分の額をたしかめてみる。赤い星、発疹が、そこに生まれでる気配はない。

空っぽの頭で、もと管理事務所に戻る。賞味期限が切れたものは、こんな気分で運ばれていくのかもしれない。窓から漫然と川辺を見おろす。午後の早い時間なのに、あたりは紺色の薄闇に包まれている。サー、サー、流水の音が、距離をこえ、耳もとで大きく、小さく、のたくる生き物の吐息みたいに響いてくる。


気がつけば川べりにいる。岩に腰かけ、流れてきては流れ去る川面をじっと見ている。紺色の闇の底でユンは、腿の上にギターを抱え、上の弦から下の弦へ、ゆっくりと指を滑らせていく。下の弦から上の弦、上から下、下から上。音は川の流れとともに蛇行しながら運ばれていく。

集まってくるものがある。ユンは目をとじていた。小鳥や蝶のたぐいではない。ギターを鳴らしながらユンは、息づかいに耳をすませる。橋の両側から、弦の響きに同期し、震えながら浮遊してくる、透きとおったものたち。それらをなんて呼べばよいか、ユン

にはわからない。ただ爪で、指の先でギターを弾く。河原いっぱいにそれら、透明なものたちがあふれる。ひとつひとつが、孤独に、自由に、音にひっかかって浮かんでいる。

ユンは立ちあがった。河原の岩を伝って歩きだした。ギターの弦を響かせたまま。透きとおったものたちもついてくる。導いていくのかもしれない。ギターの音が響く範囲に、それらは凝集し、雲のようにユンを取り巻いてゆったりと進んでいく。

眠くなればしゃがみこんで眠った。寺院や教会にはいればそこに饅頭（まんじゆう）やパンがあらかじめ供えられてあった。ユンはなんの疑いも躊躇もなく、それらの食べものを口にいれた。自分がいま食べることは、まわりを取り巻く透きとおったものたちが食べるのと同じことだ。

砂利の道、舗装路。ぬかるみ、獣道。川の流れに沿って、ユンたちは歩きつづけた。何月何日という日付は紺色の闇のなかで意味を失っていた。ユンがつま弾かなくても六本の弦は鳴り響き、浮遊する皆を一団にまとめあげた。

風が薄闇を吹き飛ばした。コンクリートの河岸が防波堤につながっている。河口の先、視界いっぱいに、真っ青に波打つ海原がひろがっている。海風のなか、ユンはコンクリートを伝って歩いてゆき、なだらかな砂の斜面に飛び降りる。

裸足になり、波打ち際へおりていく。流れる砂の上で、あたたかな波がくるぶしを洗っている。雲ひとつない天球から陽光がふりそそぐ。この世はまるで黄金色の一本の太い棒だ。

ユンは息をつめ、そして吐き、腕を振りあげてギターをかき鳴らした。この世に生まれでた瞬間のように全身をしならせて声を放った。浜辺に浮かび、揺れていた透きとおったものたちは、ひとつ、またひとつと群れからちぎれ、それぞれの孤独を大切そうに内にくるみながら、光より速く、水平線の彼方へ飛び去っていった。ユンは声を限りに叫んだ、腕がちぎれんばかりに弦を叩いた。透きとおったものたちはその響きに乗ってまっすぐに飛んだ。

「今度はうまくやんな」

瞬間、声がきこえた。声は泡だち、つぎつぎと湧いてくる。何十、何百の泡の声が、

「ねえ、ユンさん」

「今度はうまくやんな」

「今度はうまくやんなよ」

耳たぶをくすぐって海原へ消える。ユンはギターの手を止めなかった。波がふくらはぎに届くほどになってもその場に立ち、声を発しつづけた。

海鳥が啼く。波が腿を洗っている。

透明なものたちは旅立った。あるいは、帰っていった。ユンはひとり、黄金色の棒と化した世界を見わたした。低い波の上に、ギターとともに、仰向けに横たわった。

ゆったり、ゆったりと波は、ユンのからだとギターを上下させる。青空は金色。波音は緑。ギターが勝手に鳴っている。ユンは目をつむった。体内の波と海のうねりが同期

し、海中の一点に浮かんでいる、そんな感覚に包まれる。ギターは海風にむけて途切れることなく音を放ちつづける。

どれだけのあいだ、そうしていたかわからない。真っ青な、真新しい朝だった。目を開け、横を見ると、ギターの上に真っ白な海鳥がとまり、ふわふわと波に上下しながら、六本の弦をくちばしでこりこりかじっていた。

四歳七ヶ月のピッピ

朝日の射しこむ部屋の天井近くで、ひらがなの、大きな「ひ」の字が、ゆらゆらと揺れています。しばらく見あげたあと、ピッピはからだをもたげ、

「おかーさーん」

と呼ぶ。

「おとーさーん」

とも呼びます。

初夏のベランダで洗濯物が風にたなびいている。高い空の誰かに伝えるための、なにかの記号のように。ピッピが窓をあけると、大きな縦棒、大きな横棒が飛びかい、交差したり、ぐるっと丸まったり、凝集したり離れ合ったりしています。それは「よ」と読める。「は」と読める。「う」と読め、「お」と読めます。

胸に大きく息をはらむと、ピッピは勢いよく、空にむかって、ひらがなを吐きだす。

「お、は、よ、う！」

縦棒と横棒は空中でほどけ、電信柱やトビの羽をかすめ、声の勢いのまんま飛んでい

き、青々と輝く雲にささる。その穴から、返礼のように、数えきれないくらいの「ひ」の字が、放射状に、地上へと降ってきます。

ピッピは四歳ですが、その前は三歳だったと、自分でもうわかっています。「きのう」が、寝る前の、起きているあいだ、ということも。「きのう」にも「きのう」はある。そのまた「きのう」も、さらにまた「きのう」も、どんどん「きのう」が増えていって、そうして最後には「ちょんまげのじだい」になることを、四歳のピッピは知っています。

「ちょんまげのじだい、おとーさんは、なにしてたの？」

「おとうさんはね」

「ぎたー」の練習をしながら、おとうさんはこたえる。

「おばあちゃんの、おばあちゃんの、そのまたおばあちゃんのなかに、ちいさぁく、はいってた」

ピッピは少し考え、

「じゃあ、ピッピも」

「そうだね」

おとうさんはうなずき、

「ピッピも、おんなし。おばあちゃんの、おばあちゃんの、そのまたおばあちゃんのなかに、ちいさぁく、ちいさぁく、はいってた」

ピッピの頭のなかで、はてしなく連なっている「きのう」の景色。「ちょんまげのじだい」までいったら、おとうさんもピッピも、おじいちゃんもおかあさんも、きっと、みんないっしょなんだということを、ピッピは直感し、学び、納得し、それを知ったおかげで「きのう」の風景は、そこに含まれるひとつひとつのものが輪郭を際立たせ、全体も、いっそう澄みわたって見えてきました。ああそうか、「ちょんまげのじだい」にいた、ちょんまげのひとたちも、「きのう」の「きのう」のもっと「きのう」、おばあちゃんの、おばあちゃんの、そのまたおばあちゃんのなかに、はいってた。みんないっしょに。

「おとーさん、それ、なに？」

はじめて見るひらがなかな。

「とおんきごう」

と、おとうさんははじめてのことをいう。

「とーんき、ごー？」

口にしてみると、細い縦棒がくにゃりと曲がり、舌にからみついてくる。

「みてごらん」

おとうさんが「おんがく」の本を手にとって目の前にかざす。「がくふ」といいます。本の紙には、線路にしては多すぎるしましまと、ばらばらの黒い丸、ひらがなや、ピッピにはまだ読めない「漢字」なんかが、あちこちをむいて散らばっている。いつ見てもへんな本です。

　しましまの片端に、「とーんき、ごー」発見。指さすとそれは、ページの上に、たまごがかえるようにどんどん増えていく。ぐる、ぐるっとまわって上にのぼり、大きく反対側に折れてから、すーっとジェットコースターみたいに落っこちて、いちばん下でくるっと返る。あたらしいひらがな。

「これは、ごせんふ」

　おとうさんは指さし、「とおんきごう」は「おんがく」のはじまりなんだと、ものすごい秘密を教えてくれます。

　ものには必ず、字の名前があることも、四歳のピッピは知っている。おばあちゃんのくれた「はーもりか」を口にくわえ、吸ったり吐いたりして音を鳴らしながら、ひらがなが飛びかう街路に、おかあさんを引きつれ、ピッピは飛びだす。

「ちゆうい」

「とまれ」

「めがね」

「お」

「します」

「いま」

「しばす」がエンジンの音をたてて近づいてきます。「とおんきごう」を頭に浮かべれば、たちまち「おんがく」がはじまる。「はーもりか」の音が出たり入ったりする歩道の前を、ぐろろろろ、と低音を引きずり、「らんぷとらっく」が通りすぎる。広い道「しゃどう」を、銀色のホイールをはめたタイヤたちが、丸まったサイの群れみたいに走っていく。そのひとつひとつをピッピは見分け、頭のなかに、夜のネオンサインみたいに、それぞれの名前を明滅させます。

「すばる、いんぷれっさ」

「すずき、すいふと」

「じー、てぃー、あーる」

「ほーど、むすたんぐ」

三本線の星は「べんつ」、四つの丸は「あうりー」、ぶたの鼻みたいのは「びーえんだぶるー」。

２０２の「しばす」がくる。前のタイヤと後ろのタイヤのあいだに、「まいこはん」が描かれ、ドアの横には「おいでやす」とひらがなが書かれてあります。

「おかーさん、ほら、お、い、で、や、す」

おかあさんはピッピをふりむき、

「そうねえ。お、お、き、に」

「ちゃう！」

ピッピはバスのことをいっているのに。胸が燃え、頭に火がつく。からからの口をひらき、

「おいでやす、だったの！」

そのとき、信号が、ぴっ、ぴっ、ぴっ、とうたいはじめる。するとたちまち横断歩道の上に、「ひ」の字が踊りだし、ピッピのからだも自然に動き、「ほどう」の上で、両手をくるくる頭上にかざし、へんな踊りをはじめます。おかあさんが手をたたきながら、

「おいでやす、そーれ、おいでやす」

「は」「は」「は」

「ふ」「ふ」「ふ」

「か」「か」「か」

口からひらがなをこぼし、また吸いこみながら、ピッピは笑う。交差点を、顔見知りのおとなたちが、やはりにやにや、笑みをこぼして通りすぎていく。

二歳のときのように、鴨たち、と思ったらそこに鴨たちがくる、クレーン車、と思ったらそこにクレーン車がくる、といったようなことは、四歳をすぎたピッピの前ではもう起きません。ピッピのまわり、「せかい」は、そんな風につながりあっていない。そんな風ではなくて、「せかい」はいっせいに、あらゆるなまえ、ひらがな、音を、すべてないまぜに、ピッピの前に押し流してくる。「せかい」に負ける気はしない。ピッピは、目を、耳を、からだを全開にして、押しよせてくるすべてを迎え入れる。大きすぎ

るもの、小さすぎるものは、過ぎ去ってゆくにまかせる。

四歳七ヶ月のピッピにとって「せかい」とは、耳を破りそうな音をたて、正面からたえずぶつかってくる「なまえ」の奔流だ。

「きゅー、きゅー、しゃ」は、その名の響きそのもののかたちをしている。いーほー、いーほー（ピッピにはそうきこえる）、真っ赤な音をあげて滑っていく車体は真っ白な彗星（すいせい）にみえる。きゅー、きゅー、とやってきて、しゃーっ、とすっ飛んでいく。たまに「しょーぼーしゃ」それに「ぱとかー」。「じけん」より「かじ」より、この「せかい」では「けが」「びょうき」のほうが多いのだと、「きゅーきゅーしゃ」は教えてくれている。

いーほー、いーほー。

交差点に立ち見送っていると、

「あれは、ひがしむきだから」

おかあさんの呟きが耳にはいる。

「きっと、バプテストびょういんね」

ひがしむき。おかあさんが口にした音から薄皮のように意味がはなれる。前に「みやこさん」のお店で、みどり色のお茶を飲んだとき、おとうさんがいっていた、「ひがし」。干菓子とは、薄茶に合わせる、落雁（らくがん）やこんぺいとなどの軽いお菓子。ピッピの頭のなかに、顔のない、長細い半透明の指がありありと浮かび、淡い色のこんぺいとやおいしそうに焦げたおせんべい、「ひがし」の皮を、するり、するり、するする、きれいさっぱり「むいて」いく。それが「ひがし」「むき」。

きた。北。ピッピは川の果て、やわらかく連なった真緑の山をみやる。するとそこから「ほうがく」がおりてくる。川面をぺしゃぺしゃと踏み鳴らし、「きた」が来た、来た、来た！「きた」はピッピの前に立ち止まって、

「きただよ。きたよ」

ピッピは全身で笑う。たまらず、交差点に背を向け、歩道を走り、家につづく路地へと走りこんでいく。まんざいだ！　まんざいだ！　漫才のことは、ひとにもらった絵本でおぼえた。ピッピの家のべんがら格子には「まんざい、あいかた、ぼしゅうちゅう、ぴっぴ」とひらがなで書いてある。お向かいのおくむらさんが、遠くで、近くで笑っている。「ごせんふ」そっくりの電線の上を、トビが一羽、ひゅるりとまわり、くりかえし、くりかえし、空中に、透きとおった「とおんきごう」を描きだしていく。

「いやだいやだ！」

ピッピが地団駄をふむ。「じだんだ」ということばはまだ知らないけれど、まさしく、じだんだ！　じだんだ！　と、朝の通勤客でにぎわう駅のホームをふみしめる。

おかあさんは腕を組み、ため息をついています。

「いやだいやだ、いやだいやだ！」

息を吸い、全身をつっぱらせて、

「いや、だーっ！」

じだんだ！　じだんだ！

三歳の春から週に一度、ピッピは「ようじせいかつだん」にかよっています。おとうさんも「こども」だったとき、かよっていた。わりと遠くまでいかないといけないので、木曜は朝六時おき、七時過ぎの電車に乗って、「にしのみや」に向かいます。「にしのみや」には「こうしえん」があって、トラの絵の「たいがーす」が「やきゅう」している。ほんとうの「やきゅう」を、ピッピはまだ見たことがないけれど、トラの絵の、「たいがーす」タクシーに乗ったことはあります。運転手さんにボンネットに乗せてもらったところをおかあさんが写真にとった。

ピッピがいまいるのは「たいがーす」の「はんしん」電車でなく「じぇいあーる」の駅です。乗り換えの「ふつう」を待っているとき、お茶を飲もうとして手が滑り、「スニーカー」の先にお茶をこぼした。靴下がしんなりと冷たい、その不快感より、こんな

「せかい」に今いる、いるしかない、熾火（おきび）のような不満が爆発し、いやだいやだいやだ、くりかえしながら、ピッピの手足も、目玉も、つめも、声といっしょに弾け飛んで、「せかい」を越え、「うちゅう」のほうぼうへ、ばらばらに散らばっていき、もう見えません。

「いや、なんだよう！　もう！」

自分のすべてを失い、しゃくりあげて涙だけを流すピッピの横に、おかあさんはしゃがみ、

「ピッピ、モルモットは?」

そうささやく。

「モモくんは? チャーちゃんは、どうするの?」

ピッピは息をのむ。もるもっと。からだにはいったそのことばを中心に、ばらばらに飛びちった、つめ、目玉、手足が、気がつけばもう元通りに凝集している。

そうだ、もるもっと、とうばん!

籠からそっと取りだす瞬間が手先によみがえる。黒々とかがやく瞳。焦がしたパンのにおい、ふわふわの手触り。

「きのう」の「きのう」の「きのう」、おとうさんがおふろで、

「よんさいのピッピは、もう、おにいちゃんだからね」

迷いこんだ「はむし」を、てのひらで包んで窓から逃がしたあと、いったことば。

「もっとちいさい、よわいこを、たいふうやじしんから、まもってあげるんだよ」

モモくんが身を震わせながらチロチロと手の甲をなめる感触。ぼくは、おにいちゃんのもるもっとだ。背中からもわもわと、白、茶色、黒の毛がはえてきて、ピッピの全身をくるむ。撫でてもらうのでなく、弱いチャーちゃん、モモくんらを、「せかい」や「こうずい」から守ってあげるための毛。ピッピは顔をあげ、

「おかあさん、もるもっとって、なんてなくの？」

「さあねえ」

おかあさんは笑い、

「いやだいやだいやだ、じゃあ、ないとおもうけど」

どだんどだん、音をたて、「ふつう」電車がホームにすべりこむ。ピッピは口を結び、開くドアの前に立っています。すぐさま乗りこもうとしないのは、車輛から、二歳くらいの「あかちゃん」が、おぼつかない足取りで電車とホームの溝をまたぎ、おりてこようとしているから。四歳と七ヶ月のピッピは、ちいさい、よわいこを、まもってあげないといけないから。

その夜、おふろのお湯につかってすぐ、

「ねえ、おとうさん」

ピッピはお湯をかきまわしながら、きいてみます。

「もるもっとって、なんてなくの」

おとうさんは「に」と笑い、

「きょう、とうばんだったんだろう。モルモットにきいてみればよかったのに」

「あ、そうか！」

四歳七ヶ月のピッピと同い歳のころ、「ようじせいかつだん」で、おとうさんは「おはなし」の本をつくった。それがどんな「おはなし」か、「おはなし」に「むちゅう」の、四歳七ヶ月のピッピは、知りたくてたまりません。

朝ごはんのとき、

「ねえ、おとうさん、おはなし！」

ふりかけごはんに、わざと、ざっくざっくスプーンを突きたてながら、

「おとうさんが、せいかつだんで、はじめてつくった、おはなし、ね」

「いいよ」

おとうさんはお箸を置き、

「たいふう、というおはなしだ」

おーい、たいふうがくるぞ。みなとのひとがいいました。

ものすごい、たいふうがくるのです。おきに、ちかづいて、いるのです。

みなとのひとは、いそいで、ふねをりくにあげ、といたやかべに、くぎをうちつけました。

ところが、ひねくれおとこがひとり、いいました。

「へ、おれはたいふうなんて、こわくないねえ」

そして、ひとりボートにのり、おきへ、こぎだしていったのです。

そのばん、たいふうはしんろをかえ、みなとまちをちょくげきしました。よくあさ、

ひねくれおとこがもどってみると、そこには、なんにも、ありませんでした。いえも、ふねも、いぬも、ともだちも、おとうさんもおかあさんも、みんなたいふうに、ふきとばされてしまったのです。

それからひねくれおとこは、はみがきも、かおをあらうのも、ごはんをたべるのも、ぜんぶ、ひとりで、しなくちゃいけませんでした。

そして、ひねくれおとこは、まっさおにはれたそらをみあげるたび、いつもこうおもうのです。

こんどたいふうがきたら、きっとおれも、ふきとばされてやろう。

ピッピはしばらく黙っていました。

朝ごはんのあと、おとうさんは「おしごと」の部屋に、ピッピを呼びました。茶色い封筒から取りだした、青い画用紙の束の、いちばんはじめの紙に、オレンジ色のペンで、

「た」「い」「ふ」「う」

と書かれてあります。「ほんとう」に、ピッピのおとうさんが、「きのう」「きのう」「きのう」をこえて、ちょうど四歳七ヶ月のころ書いた「おはなし」。

題字の「たいふう」の下に、おとうさんの名前が、ひらがなで書かれてある。

ピッピはその字を見て、「たいふう」を聞いたのと、同じくらいびっくりする。

四歳七ヶ月のおとうさんが書いた、ひらがなの「い」や「し」や「い」などなど。四

歳七ヶ月のピッピが書いたひらがなと、まるで「しゃしん」で写し取ったかのように、笑ってしまうくらい、怒りたくなるくらい、そっくりだったのです。

よく晴れた、晴れすぎた青い午後、おとうさんとピッピと、ふたりで手をつなぎ、横断歩道を歩いていきます。歩くといっても、ピッピが「すずか」犬となって、手をぐいぐい引っぱっていくので、おとうさんの歩調は、とっとっと、とスキップのようです。「じゅうまんとん」という、レコードと本とでいっぱいのお店に、ピッピの好きなレコードを買いにいく途中。来週「京都レコード祭り」があり、ピッピとおとうさん、東京の友達「ゆあささん」とで、いっしょにレコードをかけることになっている。「じゅうまんとん」の「かじくん」が、「レコード祭り」の「リーダー」なんだ、とおとうさんが教えてくれました。消防車が「じゅうまんとん」へかけつける様子が、ピッピの頭のなかに浮かぶ。「かじ」なのです。燃えている！　どこが「かじ」だ？「かじくん」の頭が「かじ」だ！　名前が「かじ」だから！

まんざいだ！　まんざいだ！

「すずか」犬はハアハア笑いながら通りをいく。

横断歩道を渡りきったところで、おとうさんは立ち止まった。「がいこく」の女のひとが、食べ終えたお皿をおかあさんに持っていくときみたいに、地図の本をひろげ、おとうさんのほうへ持ってくる。

「こーさんじ、てんぷー」

といっています。お父さんはつっかえひっかえ「えーご」でおはなしを始めます。

「がいこく」のひとは「アハン」「アハン」と息を漏らしてうなずいている。胸に抱っこ紐がぶらさがっている。なかの赤ちゃんは？

ピッピが振り返ると、さっき渡ってきた横断歩道のぎりぎり手前まで、とっとっと、とすっごくちっちゃな「がいこく」の赤ちゃんが歩いていきます。おとうさんと女のひとを振り向くと、地図の上で頭を寄せあい、ひそひそ声で懸命に「こーさんじ、てんぷー」を探している。赤ちゃんが「きいろいボツボツのところ」までおりていく。薄暗いなかでスポットライトをつけたように、その様子はいま、ピッピにしか見えていない。

四歳と七ヶ月のピッピは、ちいさい、よわいこを、まもってあげないといけません。

たたた、小走りに近寄り、ピッピは赤ちゃんの左手をやわらかくつかむ。

「あかんよ」

そっと引っぱると、赤ちゃんはびっくりしたように振り向く。その瞬間、風が吹き抜ける。「とつぜんしんろをかえた、たいふう」のような風が、赤ちゃんの麦わら帽子を高々と舞いあげる。帽子についた模様だろうか、空中で「へ」の字が笑っている。

「へ」「へ」「へ」。「へ」「へ」「へ」「へ」「へ」「へ」「へ」。

帽子はくるりと「とおんきごう」みたいに回り、風に煽(あお)られ、回り、笑っている「へ」の先を、ピッピは長く伸ばした手で、さっ、とつかむ。赤ちゃんに笑いかけようと振り向いたときはもう車道に出ている。宇宙が割れる音もきこえなかった。ピッピには「滋賀」という字が見えた。「しが」と読めた。あたらしい漢字！　「しが」！　ピッピは宙をとんでいく。放物線を描き、ピッピはもちろん、誰もがおもっていなかった距離、青い中空をとぶ。

「ひ」だ。ピッピはおもう。

いま「はなび」が見えた。それとも、「ほたる」かな。

吹き飛ばされているあいだ、ピッピは「たいふう」のことを考えていた。ぜんぶ「ひらがな」で書かれた最初の「ほん」。こうして「せかい」を、何周も何周もしたさいご、ぼくは、いったいどこに着くんだろう。

衝撃はおぼえなかった。

からだは軽かった。わずかなすき間をあけて地面に浮かんでいる感じだった。「がいこく」の赤ちゃんがけんめいにピッピの手から麦わら帽子を取ろうとしている。空を見る。巨大な「ひ」や「し」や「く」や「め」が青を背景にゆったりとまわっている。

「おとうさん、これ、おはなし？」

真上に見えるおとうさんの顔にむかってピッピはたずねる。

「それか、ほんとう？」

「おはなしだよ！」

おとうさんの声がかすれる。

「こんなのは、おはなしだ！　ほんとうなんかじゃない、ただの、ただの、おはなしだよ！」

ピッピのこぶしがようやく緩み、赤ちゃんは声をあげて麦わら帽子をかかげる。いーほー、いーほー。「きゅー、きゅー、しゃ」。真っ白な彗星が、尾を棚引かせて、何台も何台も、たった今この町を走っている。

いろんな色の彗星があります。とりどりの火がつきました。いろんな軌跡がぐんにゃりと曲がって、つぎつぎと、あたらしい色の「ひらがな」を描きだしていきます。四歳と七ヶ月の、小さな頭のなかで。

車道に仰向きに横たわったまま、ピッピは小さな声でささやく。

「おとーさん、いま、おんがく、はじまったよ」

四歳九ヶ月のおとうさん

ピッピのおとうさんは、四歳九ヶ月の頃、おはなしを食べて生きていた。「たいふう」を書いたのはそのときだ。

自分ではもうおぼえていない昔から、自分がおはなしでできている、と感じていたし、ほんとうにそうかな、とも思っていた。ちょうど、「上の町」と「下の町」を行き来するユンと同じく、ひとの集まりを遠目からじっと眺めているようなところがあった。そのいっぽう、「犬顔の運転手」孝志のように、ごはんも、遊びも、まわりがぎょっとするくらい騒がしく、てんこ盛りにはしゃぎまわることもしょっちゅうだった。片方に留まることがなく、たえず両者のあいだを、ぶらんこみたいに揺れ動いていた。

毎日、文楽の人形そっくりの、おばあちゃんといっしょだった。ちょんまげの時代のうまれではないけれど、いつも紺色や灰色の、しぶい着物を身につけている。庭に面した四畳半が、おばあちゃんの部屋だった。四歳九ヶ月になる前から、ピッピのおとうさんはずっとそこで、まかふしぎなおはなしを聞かされて育った。

「しこく」の「おへんろみち」にはいりこんだら、「おだいしさま」のお助けがないかぎり、絶対に外へでていかれない。

　夜の道を口笛ふいて歩いていると、うしろから真っ黒い髪の束が追いかけてきて、首から上をぐるぐる巻きにされる。

　日が沈んでもかくれんぼしていると、「もういいかい」と顔を伏せた壁に、顔面が張り付いてはがれなくなる。

「しこく」には二本足の、首のない馬がいる。夜の道をうしろから駆けてきて、肩にかみつく。そうするとまる一年どうやっても動かない。藍の服を着ていればかみつかれる危険は少ない。

「おおごとやで」

　おばあちゃんは話の継ぎ目に、眉根を狭めていうのだった。

「な、しんちゃん、おおごとやで」

　なかでもすごかったのは、伊勢湾台風、室戸（むろと）台風のおはなしだ。ピッピのおとうさんは畳に仰向けになって耳をすました。ふだんなら「おぎょうぎわるい！」とはたかれるところだけれど、おばあちゃんは淡々と話をつづけた。おはなしに出てくるおおぜいの人間がおとうさんと同じ姿勢をとっていた。

　雨が降りしきる。屋根の下なのに、顔がぐっしょり濡れそぼっている。町の、山の、海のすべては砕かれ、ちりぢりばらばらになって、黄土色の濁流に運ばれていく。人間はみな、うねる水面に仰向けに浮かび、丸太ん棒みたいにぶつかり合って流されていく。

そのなかにたぶん、おばあちゃんも、ピッピのおとうさんもいるんだけれど、どの丸太が誰なのか、流されている本人たちにも判別がつかない。台風が、すべてをひとしなみに、ばらばらに壊してしまった。

こわかった。このままでいいと思った。どこかへ飛んでいきたい、とも。どこへも飛ばされたくない、とも。

「すごいおはなしやね」

四歳九ヶ月のおとうさんはいった。

「ちゃうよ、ほんまのことや。おおごとやで」

おとうさんのおばあちゃんはいった。かくかくとあごが動き、首根っこがまわる。どう見たって、しぶい着物に身を包んだ、文楽の人形だった。

大阪「ばんぱく」にいったのもその頃だ。何回も、何回もいった。「ふちょう」に勤めていたおばちゃんのおかげで、まったく待たず、裏口から入れてもらえた。

国旗に服に帽子。むきだしの肩や顔面。ピッピのおとうさんは、知っていると思っていたいろんな色を、実際には、そのときまで見たことがなかった。四歳九ヶ月のおとうさんは、ごった返すひと波のむこうに、うまれてはじめて、ほんとうの赤を、ほんとうの黄色を、ほんとうの緑を見た。目にじかに、チューブ入りの絵の具を注ぎ入れられた感じだった。

人間のからだが、あんなにいろんなかたちをとるんだってことも、はじめて知った。三枚重ねた敷き布団そっくりの腹。額にひらいた目。くも男。十三の金輪をはめられ引き延ばされたおんなの首。両の手のひらにおさまる身の丈の老人。ひとりひとりの立ち姿、顔面が、それぞれにちがった、特別なおはなしを物語っていた。

「ばんぱく」で紹介されていた外国のお祭はどれも、浅い眠りのなかでみる悪夢そのものだった。どのお祭も、ぼくは、遠い昔に立ち会ったことがある、四歳九ヶ月だったおとうさんは、そんなふうに感じた。大勢のひとに交じって遠目から見ていた。かと思えばお祭の山車に乗せられ、炎暑の街路を引き回されていた。どこへも行きたくない。どこかへ吹き飛ばされたい。

夜になると、まわりのみんなが寝静まったのを確かめ、コケのにおいが立ちこめる庭へ出る。三叉(みつまた)の幹に足をかけ、下から二番目の枝によじのぼると、そこには待ち構えたそぶりもなく、平然と自分のとがった爪を眺めている悪魔がいる。

ちょうどスペインかどこかの、巨大な人形を担いで練り歩く祭に出てきたのと、よく似た悪魔で、二本角の帽子、ビロードめいた上着など、ぱっと見はわりと派手だ。おとうさんは枝に両足をかけてまたがり、自分から声をかけずに待っている。

と、爪にふっと息をかけると、悪魔が口をひらく。

「知ってるか。うなぎって生き物は、うまれても、なんになるのかわからない。あなごか、はもになるかもしれない。すべては餌と海流の具合による。生長してからも、雄のうなぎは、ふとした拍子に、雌に変わる。雌のうなぎも、簡単なことで雄になる。でも、じっさいのところ、うなぎだけのことじゃないかもしれないんだぜ」

　ピッピのおとうさんはこたえない。声をだして返事をしない。けれども中身は、あっちへこっちへ、明るいところと暗いところ、たぷりたぷりと、絶え間なく揺れ動いている。悪魔は横顔でほほえみ、

「幼魚ってことでいやあ、まぐろってのもたいした野郎さ。一回の産卵で百万粒が受精するが、いち早く生まれ、生育した個体から、まわりの小さい稚魚や生まれる前の卵を丸呑みにしちまう。ときには、産卵で力尽きた親まぐろの骸さえむさぼる。でかくなったら一切とまらず、いつまでもいつまでも泳ぎつづけるって有名だろ。じつは、逃げつづけてるのかもしれないぜ、すぐ後ろを追いかけてくる、真っ黒い影から。一瞬だって休まない。この星でいちばんの速さで、海中を、えんえんつきすすんでく。恐怖に目を見開いてな。それでも、逃げおおせることなんてできない。真っ黒い影に、結局、飲み込まれちまうんだ。どんなまぐろも」

　おとうさんは動かない。わずかでもからだを傾げたとたん、ひたひたにあふれているものが一気にこぼれ、流れ去ってしまう。おとうさんはいま、ぎりぎりの表面張力で、ひとのかたちを保っているにすぎない。

「ここんちのはす向かいの、あの、赤い屋根の家があるだろう」

　悪魔が人差し指を伸ばし、愉快そうにささやく。

「おまえさんは気づいてるかどうかわからないが、鳩や野良猫は気づいてる。いいか、あの家は動いてる。誰もみていないとき、少しずつ少しずつ、おまえさんの家のほうへ。誰も気づかない速さで、にじり寄り、にじり寄り、そうしてあるとき、赤い屋根からだれかかって、おまえさんのうちを、一気に押しつぶすんだ」

翌朝、ごはんの前、浅い陽光の落ちる舗道に、おとうさんは歩み出た。赤い屋根の家の前に敷かれたアスファルトに腰を落とし、かに歩きで進みながら、長々と、白墨でぎざぎざの線を引いていった。そして、立ち上がると、うしろで玄関の戸が開き、おばあちゃんの声が「ごはんだよ！」と呼ばわるまで、卵大の石くれを握りしめ、空を削って高々と立ちはだかる赤屋根の正面を、まっすぐににらみつけていたんだ。

もちろん、犬のことがある。絵画、音楽、野球にスケート。文学作品の書き出しや、映画スターの名台詞。ピッピのおとうさんは、数え切れないほどたくさんのこと、その基礎を、すべて一匹の白犬に教わった。

「なんでこんな、なまえなん？」

夜ふとんのなかで、おとうさんは犬に、枕元で音をたてる目覚まし時計の文字盤上、犬小屋の赤屋根に仰向けになって眠る白犬に、きいてみたことがある。

「スノウ、は雪。僕はほら、白いだろ」

犬はこたえる。

「そして、眠いことを、僕たちのコトバで、スリーピー、っていう。このふたつがまざっちゃったんだ」

犬は、毎日ちがう服装で、おとうさんの前に登場した。あるときは、赤いごはん皿を頭にかぶった「いぬ旅人」。あるときは、飛行帽にゴーグルをつけた「だいいちじせかいたいせん」の「いぬパイロット」。またあるときは、「くらいあらしのよるだった」と、タイプライターに向かって、書きはじめばかり繰り返している「いぬ小説家」。顔が犬、からだが犬なだけだった。白犬は二本足で歩きまわり、野球場ではグラブをはめボールを追った。まわりにいる人間の、どの子どもたちよりかしこく、りりしく、頼りになった。

白犬のいうことから、ピッピのおとうさんはしょっちゅう、いったいぜんたい、これはどういうことだろう、と想像した。ソニア・ヘニーってどんな髪だろう。「しょうろ」っていったい、どんな香りだろう。ゴッホっていうひとは、まわりにどんな目をむけて、絵を描いていたんだろう。

「左は鳥の目、右は赤ん坊の目」

白犬がささやく。

「しょうろはきのこだよ。香りをすいこんだら、きみの一部が、目にみえないうちに、しょうろになっちゃう」

白犬の住む町は、冬になると必ず雪が積もり、水盤が凍る。ピッピのおとうさんはサッカーより先にアイスホッケーのスティックとパックさばきについて教えられる。小屋の赤屋根で眠る白犬の上に雪が積もる。仰向けの犬の、あいまいな白い輪郭に、おとうさんはうっとりとみとれる。と同時に、少しこわくもなる。あの雪をはらいのけると、そこにはもう、あのかしこい、白い犬のからだは、見つからないかもしれない。この世から消えてしまっているかもしれないんだ。

翌朝、おばあちゃんがみりん干しをあぶりながら、

「あんた、このところずっとやけど、寝しなにひとり、ぶつぶつ、なにをいうてんねん」

おとうさんは息をのみ、顔面を真っ赤にしながら、

「なんもない。ねごと！」

とことばを投げる。

手で触れる必要もない。四歳九ヶ月のおとうさんは、白い犬の絵を見ているだけで、その小さいおちんちんがかたくなり、むくむくと正面を向く。犬が嬉しいと、ぴん、としっぽが高くなることを知って、ほんの少し嬉しくなる。けれども、白犬がしっぽを立てながら、「おはなし」のなかでこうつぶやくのをききとり、ほとんどうっとりとなって目をつむる。おちんちんはいっそうかたく、ぴん、と立っている。

「喜んでる、なんて、思ってるのかね。ほんとのところ、こいつは、ごはんアンテナなんだ！」

白犬は飼い主の名前をおぼえなかった。そもそも飼い主だなんて思ってもいなかった。毎日ごはんをもってくる、丸頭の男の子、と思っていた。白犬と子どもたちのまわりで季節はめぐった。野球シーズンと、アイスホッケー、雪合戦のシーズンがくりかえし入れ替わった。スクールバスは毎朝子どもたちを学校に運び、九月がくればいつも新しい学年がはじまった。

子どもたちはけれど、何年生かまったくわからなかった。犬も子どもたちも、齢を重ねることが一切なかった。みな、じゅれい何万年の木、「永遠の木」オリーブみたいな、とほうもなく太い、いま、のなかにいた。沈まない船に乗って、時間の平らかな海を、うたいながら渡っていった。白犬のかたちの雪が、その上に、くるくるとらせんを描いてまわりながら、音もなく降り落ちていった。四歳九ヶ月のおとうさんは、同じ船に乗り合わせながらも、少しずつ、少しずつ、船の、オリーブの輪郭からはみ出ていってしまう自分のからだを、深いところで感じていた。四歳九ヶ月のつぎは十ヶ月、五歳組のつぎは六歳組。そのつぎは小学校一年生。二、三、四、五。

どこかへ飛んで行ってしまいたい。どこへも飛んで、行きたくはない。

白犬のおかげで、字をおぼえた。Sの字。Eの字。チーズはCHEESE。お肉はMEAT。雪はSNOW。眠いはSLEEPY。まざっちゃった結果がSNOOPY。子どもたちがなぜPEANUTSなのかは、どのおはなしでも解き明かされていなかった。

白い犬の国で書かれた他のおはなしを、ピッピのおとうさんは、家のなかや、移動図書館でさがして、ひらくようになった。そこは「がいこく」と呼ばれていた。「そとのくに」。僕は外へ出て行けるだろうか、おとうさんはしょっちゅう考えた。僕の外へ。この世の外側へ。白犬の笑顔が目の前にぶらさがる。

「外へ外へ、この町の外へ、突き抜けて出て行ったと思ってたら、いつのまにかまた、この町の中心に、戻っちゃってるってことはないのかな」

四歳九ヶ月のおとうさんは、「たいふう」を書く。ことばでいうことができない、ある決意を胸に秘めて。書くことは、足を踏み出すこととまったく同じだから。後戻りはきかない。一度歩きだせばえんえん前に進むしかない。ピッピのおとうさんは書く。「たいふう」のつぎの、「びんをのんでしまったサイ」は、こんなおはなしだった。

さいがひとり、はらっぱであそんでいました。うしがそれをとおくでみて、つのでついてやろうか、とおもいました。かわいそうなのでやめておきました。

さいは、くさむらできれいなびんをみつけました。ぴかぴかです。さいは、だれかにとられるのがいやで、くちのなかにそれをかくしました。

のみこんでしまいました。いいや、とおもってあそんでいると、どんどん、おなかがいたくなってきました。

おうちにかえろうと、あるいていると、となりのいえのことりが、まどからかおをだ

して、

「どうしたの」

　とききました。

「びんをのんでしまって、おなかがいたいんだ」

「まあ、そんなばかなことをするからよ。はやく、ふとんにはいって、おとなしくねていらっしゃい」

　さいはうちのなかにはいって、いわれたとおりにしました。そのうち、うらぐちからそっとそとへで、くちをひらいて、したをにゅっとつきだしてみました。するときれいなびんがでてきました。ぴかぴかです。さっきのひかりと、おんなじです。

　となりからそれをみていたことりは、まどからかおをだしていいました。

「ねえ、そのびんちょうだい。わたしのゆびわをあげるから」

「いやだよ。びんがほしかったら、はらっぱにいって、じぶんでみつけてきてよ」

「いいわ、わたし、いえでをするから」

　そしてさいは、いえにもどると、きらきらひかるびんをみながら、ともだちがひとりへったな、とおもいました。

　シリーズ第二作「かばとうじょう」で、さいは、どうぶつえんから逃げ出したかばと、ともだちになる。が、「そろそろかえるね、ばいばーい」といって、かばはあっさり帰っていってしまう。

「いえで」をしたことりはその後、ライオンに食われ、文楽のような、操り人形にされる。色ちがいの「ことりのともだちのことり」が、人形を操って、さいのもとへと運び、まるでことりが生きているかのように操って、さいをまどわす。

「コトリハミンナ、イッショダヨ」

そのうち、いつのまにか人形のほうが、生きている「ことりのともだちのことり」を操っている。

「ことりはみんな、いっしょなのか」

さいのシリーズは十巻つづき、つづけて、はじめての長編「ねずみどしんのぼうけんりょこう」が書かれる。「けいさつけん　じゃっく」なる「犬もの」が書かれる。かわうそを主人公にした「かわうそんぐのうた」が書かれ、すべてを雪が埋め尽くした世界で、真っ白い地面のしたで、たくさんのなにかがもにょもにょ動く、「ゆき」が書かれる。

おとうさんの「おはなし」の国には、もうはじめから、オウムのパッツィがいた。遠くから歩いてきて、また、目の届かないほど遠くへと歩み去る、たまさんのような人物がいた。永遠の新緑に、二本足の馬が走りこむ。「ちきゅうを　さかさまに　ひっくりかえすじしん」が、「このよで　いちばんふといはしらみたいな　かみなり」が、「おおごと」が、なんの前触れもなく、「おはなし」の世界に襲いかかった。「かちこちの冬」

の下、おこじょが、かわうそが、身を寄せ合って「うた」を歌う。書きながらおとうさんは、膝をこすり合わせて耐えしのんだ。

赤い風が吹き寄せ、犬、馬、鳥、旅人、町の大半が死んでしまったこともある。息をしなくなったからだは、近くを流れる黄土色の川へ、仰向けのまま流された。おとうさんはほとりに立って、見えなくなるまでじっと見送っていた。からだたちが流れ去ると、おとうさんは家のなかに戻り、からっぽのびんを眺めたあと、鉛筆を削り、また「おはなし」を書きはじめる。すべて、前の「おはなし」の「つづき」として。

真っ暗な、いまだ誰の足跡もついていない洞窟を、四歳九ヶ月のおとうさんは、一歩、また一歩と、進んでいった。じっさい、臆病な子どもだった。夜、自分を取り巻いている世界の広さにおびえ、ひとり布団をぬけだして、音をたてないようふすまをひらき、両親の、おばあちゃんの顔を、立ったまままいつまでも見つめているような。けれども「おはなし」を携えているかぎり、誰もいない闇の洞穴を、おとうさんはたったひとり、足先の感触をたよりに巡ることができた。というよりも、新しい「おはなし」のためには、いやおうなしに、たったひとりで闇を探らなければならない。

後戻りはできない。ただひたすら、前へ、前へ。洞穴をどうどう巡りし、また同じ場所に出てしまおうが、それは気にしない。気がつかないうち、からだがカナブンくらいに縮み、かとおもえば、割れ目から漏れ出した、窒素ガスほどにまでひろがっている。

ただひとり、歩き、ぶつかり、壁を触り、進んでいったあとに、ひとつ転がった結晶のように、「おはなし」が残っている。洞窟のどこかから時折、汗やお香、機械油、絵の具なんかのにおいが漂ってくる。おとうさんが書いた「おはなし」のせいかもしれないし、どこかでまた別の、「おはなし」の結晶が溶け出しつつあるのかもしれない。ピッピのおとうさんは、自分の外、洞窟を巡りながら、同時に、自分のうち、からだのなかをさまよっている、そんな感覚におそわれた。おぼつかないながらも、自分の足で歩きつつ、声を発する劇場になった気分だった。

「おはなし」には、きき手が必要だ。けれども目の前にいなくてもいい。ただひとりでもいい、この暗い穴の先で、きっと誰か、遠く流れてくる声の響きに、足を止めるひとがきっといる。自分がここにいる、だからこの太い柱みたいな「いま」のどこかに、宇宙人もまちがいなく生きている、そんな曖昧な確信をもって、ピッピのおとうさんは「おはなし」を書いた。書きつづけた。そうして、四十九歳のいまも、こうして、遠すぎてみえない耳にむかって、ささやかなことばを書きつづけている。

現像液のなかに浮かび上がる、もうここにいない女性の笑みを、おとうさんは書く。クロゼットの扉から流れだし、この世を埋めていく砂丘を、おとうさんは書く。五人目のサンタクロースの後ろ姿を、四十九歳のおとうさんは書く。山口先生が見あげた宇宙を、パチの最期のひと声を、人助けをする香りの、その残り香を、おとうさんは書く。きこえますか、きこえますか。闇を手でさぐり、モールス信号のように、指でたたきながら。

ときどき、洞窟のどこか遠くに、一心に耳をすましてみる。四歳九ヶ月の子どもが、この同じ闇に包まれながら、懸命に、勇気をふりしぼって、おぼえたてのことばを使えるだけ使って、たったいま「おはなし」を紡いでいる。きこえる、きこえるぞ。四十九歳のおとうさんは、四歳九ヶ月のおとうさんに呼びかける。きみが「おはなし」を書いてくれたから、いまここに、こうして僕がいる。打ち寄せる波間に投じられたボタンのように、この洞窟のある一点から、きみのことばがひろがっていくのを、僕はたしかに感じている。三十万光年より長い、犬の毛より短い、そんな距離をおいて。

四歳九ヶ月のおとうさんはふくらむ。闇のなか、やんわりと溶け、少しずつかたまり、そうして、少しだけよはひを重ね、四歳十ヶ月のピッピの姿に結晶する。「おはなし」を食べ、「おはなし」に生き、「おはなし」のなか、遠ざかっていく、一瞬ごとのピッピ。四十九歳のおとうさんは、四歳九ヶ月のおとうさん、四歳十ヶ月のピッピ、それにまた、この同じ闇を吸い、吐き、それぞれのよはひを重ねていく、無数の結晶のため、「おはなし」を書く。「おはなし」を食べて生きるひと、「おはなし」がなければ闇に吸い込まれてしまう、そんなひとがいるかぎり、「おはなし」を書きつづける。「永遠の木」を一本ずつ、砂漠に植えつづける。

モロカイのため。

四人たちのため。

ぐるぐる巻きのシジミのため。

首をまっすぐにあげた野犬、おだやかな表情のコーギー、三本足の犬。「おはなし」にあらわれたすべての犬たちのため。文楽の人形そっくりの、おばあちゃんのため。木の上の悪魔のために。

四歳九ヶ月のおとうさんが、まだ蟬も起き出していない、紫色の夏の朝、玄関をあけて家の外に出てくる。視線をあげて見つめ、足をしのばせて白線に近寄り、たしかめる。赤屋根の家はまだ動いていない。けれどもいまにも氷山のように崩れ、寝息をたてているぼくたちの家に、なだれかかってきそうだ。

四歳九ヶ月のおとうさんは、舗道にしゃがみこむ。白墨を取りだし、浅いグレイのアスファルトに、

「あかいやねのいえが、あります」

書きはじめる。

「なかにはだれも、すんでいません。だれかすんでくれないかなあ、そうおもって、いたのです。けれども、だれも、こしてきてくれません。あかやねのいえは、さびしくなって、もうじぶんからかってに、くずれおちてやろうか、そうかんがえました」

早朝の配送トラックが、黒煙をあげ、アスファルトの上を走ってくる。緑色の乗用車、オート三輪、工事用のダンプトラック。どの車にも、おとうさんをはね飛ばすことはで

きない。アスファルトにかがみこんで白墨の字を書きつづけるおとうさんの上を、まるで影踏みの足みたいに、むなしく通り過ぎていくだけだ。

「そうしてなつがきた。たいふうが、やってきました。あかやねのいえが、くずれおちそうになっているのをみて、おい、ぼくがふきとばしてやろうか、そうこえをかけます。ほんとうかい、ありがたい、ありがたい、あかやねのいえはいいました。

　じゃあ、いくぞ！

　たいふうは、あかやねのいえの、ぜんかいのまど、とぐちからふきこみ、ぜんぶのへやのなかを、なまあたたかいかぜでみたしました。あかやねのいえは、うまれてはじめて、じぶんのなかが、よそのだれかでいっぱいになったかんしょくに、おおきくほほえみました。うきあがりました。くるくるまわりました。とんでいってしまいました。あかやねのいえをそれからみたひとは、このよにだれもいません」

　書き終えて、ふうと息をつく。気づかないうち、あたりの路面はすみずみまで、白い字の「おはなし」でいっぱいになっている。四歳九ヶ月のおとうさんは、立ちあがり、いまは親しみさえ感じる赤い屋根を見上げてみました。そこにはなんにも、ありませんでした。ただの洞窟でした。屋根も、壁も、戸口も土台も、みんなたいふうに乗って、吹きとんでいってしまったのです。

五歳のピッピ、おはなしのピッピ

目をあける。黄金色に照り返す天井で、高いさえずり声だけが、いくつも飛びかっている。十月十三日の朝の陽ざし。背中で、ふとんの下、畳のさらにもっと下をさぐる。台所の流しのあたりで、木床をきしませ、おかあさんがあちこち動きまわっている。まだまっさらな、秋の日の朝。

もうしばらくこのまま寝そべっていよう。さえずり声がぶつかり合い、重なり、くるくるからまりあって飛んでいる。高い声がはじけ、広がり、こぬか雨みたいに、薄い綿毛布の上に降ってくる。

だんだんと焦点が合ってきた。扇風機の風をうけてぺたんと座っている。気がつけば、階段をあがりきった廊下から、おとうさんが影ふみの影みたいに立ち、のぞいている。

「さ、いこうか」

「どこへ」

ピッピはびっくりした声できく。でもはじめから、行き先も、目的も、ぜんぶわかっているのにちがいない。わかりすぎるほど。だからかえって、外で鏡にでくわしたときのように、こころから驚いたのかもしれない。

　おとうさんがいう。

「おわかれだよ」

　影だったおとうさんが、光のなかにはいってくる。頭、肩、腕に胸、輪郭のなかに、さえずり声が躍りこんで、くるくるまわっている。自分の胸が、ふくらんだりしぼんだりしているのを、ピッピはからだの芯で感じる。おとうさんが手をさしのべ、そして、夏に張った氷を踏んでいくような、おだやかな声でいう。

「おはなしのピッピに、さよならをいいにいくんだ」


　長い長い河原を、ふたり並んで歩く。ジャージとTシャツのひとが何人も、息を弾ませて走っていく。黄金色の、巻き貝みたいな楽器がそこここで揺れ、川の流れにも似た音色を深々と響かせている。

　向こう岸まで点々と、十三個並んだ飛び石の、一番手前をおとうさんは指さし、

「ほら、水中の、その陰に」

　いたずらを隠しきれない子どもの口調で、

「真っ黒くて首の長い生き物がすんでる」

「なに？」

「大うなぎってひともいる。すっぽんの親分っていうひともいる」

おとうさんはつづける。

「でも、ほんとのところはわからない。どんな大嵐が来て、川水があふれ、あらゆるものが下流へ流されたとしても、雨の上がった朝にはもう、その石の陰でまどろんでる」

立ち止まったピッピは、しゃがみこみ、リュックのひもを押さえながら、すっぽんみたいに首を伸ばして、いまは日陰になった、石の上流側を見やる。水流がぶつかり合い、渦の生じている川面に、ぷくぷくと水泡があがっている。

おとうさんは流れに沿って歩き出し、

「じつは、ここに並んだ飛び石それぞれが、もともとそうした、ぬしみたいな生き物じゃなかったか、ってひともいる」

川風に向かってひとさし指をたてる。

「石の生き物たちが、ここでこうして押さえてくれるから、この川はずっと、同じ形で流れていくことができるんだって」

ピッピはまじまじと見つめ、はっ、と息をついて駆けだし、おとうさんに追いつくと、

「ねえ、おとうさん、それ、おはなし？」

そう訊ねる。

「うん、そのとおり」

おとうさんはこたえる。

「漢方薬のお店の、ご主人にきいた、おはなし」

「いち」条、「に」条、「さん」条。南へさがるに従い、道の名の数字が、一段一段あがってい く。そこにかかっている橋の数字もいっしょに。

「し、ご、ろく、しち、じゃあ、じゅうじょう、あるかなあ?」

「うん、あるなあ」

なら、にじゅう、さんじゅう、ひゃくじょうだってあるかも。いま通り過ぎていく橋の数字がいくつかちょっとわからない。水面ぎりぎりをアオサギの羽が叩き、七色の光が日向にぱっと飛び散る。

逆光のなか、頭上から声が響いた。

「おーう、ピッピ!」

空にあふれかえる光のなかで、声の主が、片手片足を直角に曲げ、完璧な「シェー」のポーズをとっている。米子にいって、それでまたこっちへ戻ってきたのかな。ピッピは考えながら、意識しないまま「シェー」を返している。よくみればたまさんは空中に浮かんでいるのではなかった。石の橋の欄干に、草履履きの片足でまっすぐに立っているのだった。飛んでいるよりこっちのほうがよっぽどすごい。

「ほうれ、おみやげじゃあ!」

たまさんはいうと、橋の上からピッピになにか小さなものを投げた。ピッピは、うけとめそこなった、そうおもったけれど、おとうさんは隣でにこにこ欄干にむかって手を振っているし、しょっている赤いリュックも、さっきよりほんの少し重くなったようだった。逆光のたまさんは大きく手を振ると、欄干のうしろに飛び降りた。そうしてそれきり、姿がみえなくなった。

歩いていくとまた、今度は木の橋の上で待っているひとがいる。近づいていきながら見上げているピッピは、いつか会ったような気はするけれど名前がでてこない。欄干の隙間でスカートがひるがえる。おとうさんが、

「先生、やまぐちせんせい！」

と声をかける。おとうさんの、せんせいだったんだ。青空のはずなのにせんせいの後ろに青黒い夜がひろがり、こんぺいとをばらまいたみたいに、大粒の星が渦をまき、ゆっくり、ゆっくりとまわっている。

せんせいはひょいと背伸びし、

「これ、もっていってね、ピッピくん」

冬の吐息みたいな声でいう。

「おとうさんのおはなしの、もともとすべてが、ぜんぶここにあるから」

まっすぐに伸ばされたノースリーブの右腕が、さっとしなり、なにか本のようなものが橋の上から落ちてくる。今度もとりそこなうかとおもったら、さり、とリュックのなかに収まる感触が、背中に伝わる。見上げるともうせんせいの姿はない。でもなんだか、欄干のかげにしゃがみこんで、隠れてるみたいな気配もある。

次の橋には、タカシさんがいる。波乗りにいってきたばかりなのか、くるくるの髪に

塩がうかび、タイ料理屋のひとみたいにまっくろけだ。ピッピはうれしくなって、

「しゅっぽーん!」

高々と叫ぶ。ヒバリみたいにあがってきた声をタカシさんはなつかしげにつかまえる。タカシさんが投げかえしてきたのはたぶんクルマだ。カシャッとリュックのなかに響いたその乾いた音でピッピにはわかる。

「タカシさーん、やけてんねえ」

「これー? 雪焼けー!」

「ゆき、やけ?」

「そーう。ぶじに、秋んなって、よかったなあ」

手を振ってタカシさんはいってしまう。

次の橋には、五人のサンタクロース。

その次の橋では、フランスパンをいくつも頭にぐるぐる巻きにした男。

「パーンやの、おやじ!」

男はうたう。トラララー、どこかで合いの手が響いている。

「きーんぎょが、すきだ!」

トラララー。

うたが終わったとき、パン男は消え、合いの手もなくなっている。そのかわり、移り香のように、背中のリュックから、焼きたてのパン、果物、焦がしたおしょうゆ、ピッ

ピが考える、あらゆるすばらしい香りがたちのぼっている。香りはふくらみ、一歩一歩、足を前に出すピッピを包み込んでいく。十月十三日。しばらくぼくはこの香りとともにいっていいいんだ。

風に乗って、ヴァイオリンの音が川面を渡ってくる。いつかレコードできいた覚えのある「なつかしい」メロディ。おとうさんも愉快そうに、音楽のまじった風を深々と吸いこんでいる。

「なつかしー」

ピッピはつぶやく。黒服のヴァイオリニストは川の中央に立っている。飛び石もなにもない、流れゆく平らかな川の、ただ、まんまんなかに、足をひらいて。はじめてみるのに、こんなことあるわけがないのに、たしかに、「なつかしー」。

ピッピはおとうさんをふりむき、

「ね、おとうさん」

遠い昔をなつかしむ声で、

「あれも、おはなし?」

「そうだね。なにしろ、川のまんなかだものね」

おとうさんはほほえみながら、流れくる音楽をこわさないよう、ごく低い声で、ていねいに、

「ながいながい、おはなしの、はしっこだ。だんだんと、もう、おわりにちかづいていてい

るんだよ」

黄色い紙飛行機がひとつ、どこで投じられたのか、ふたりの上に飛来する。ひとつ、またひとつ、次から次と、紙飛行機がやってくる。川を渡って、向こう岸からくるらしい。やがて川のこちら側でふたりは、紙でできた不定形な雲に包まれる。一枚ずつの、紙で折られた飛行機が旋回する。おとうさん、そしてピッピは、深々と理解する。自分たちがそれぞれ別の軌跡をなす、一本ずつの、線であること、線でしかないことを。どっと川風が吹き、黄色い飛行機の雲を、一瞬のうち、彼方へと運び去る。前方に、また橋があらわれる。長い長い、白味を帯びた光の橋。

「おとうさん」

先に立って歩きながらピッピがいう。

「あのはし、さんじょう、しじょう、ごじょうって、もうそんなふうに、かぞえられるはしと、ちがうんでしょう?」

おとうさんは立ち止まる。ピッピも足をとめ、ゆっくりとふりかえり、

「たまさんのも、タカシさんのはしも、ああいうのはぜんぶ、もう、かぞえられへんのでしょう? それか、おはなしのうえで、ぜんぶつながって、いっぽんなんでしょ?」

おとうさんは黙ったまま、ピッピをみつめる。線の上から、並行するもう一本の線を、おとうさんはじっとみつめる。そしてうなずく。この世にあたらしく描かれつつある、ピッピの線をみつめたまま、おとうさんはゆっくりとうなずいて、

「よくわかったねえ」

とこたえる。

「大きくなったなあ、ピッピ」

歩きだす。白味を帯びた光の橋、五条七条と数えることのできない橋が、すぐ、頭の前に近づいてくる。そこで誰が待っているか、ピッピにはもう、顔をみなくってもわかっている。逆光はない。声が飛んでくる。高野山にいったはずの声。きょうは戻ってきてくれたのか。

「パチ！」

黒白茶の顔を欄干の上にだし、よはひをこえたパチがハアハアと舌をだしている。犬の口は、どんな犬でもいつだってニッと笑っている。犬をうしろから抱え上げているのは大阪のおばあちゃん。白い雲みたいな頭の大阪のおばあちゃん。東京のおじいちゃん、おばあちゃんもいる。しんかんせんで、おかあさんが、つれてきてくれたんだ。三崎の、みちよさんが、いさきのしっぽをにぎって、手をふっている。たばこくわえて、ビールのかんをにぎりしめて、まるいちの、のぶさんも、よはひをこえて、あいにきてくれた。

おかあさんが、白味をおびた橋の横、光の階段を、口をゆるくしめておりてくる。光の段はふわふわしてるみたいで一歩おりるごとにからだがオットットとゆらぐ。おかあさんがまっすぐにピッピのまえにやってくる。

「ピッピ、おたんじょうび、おめでとう。一ねん、かかっちゃった。やっと、まにあったわ」

まるで、ふねにのるひとみたいな、こん色のコート。

「ピー、コートでしょ」

「そーう、よくしってるわね、ピッピのピーよ。ピーコート」

そでを通してみる。うでをまげのばし、こしをひねり。まるで一ねんずっときたままだったみたいに、ピッピのピー、のピーコートは、ピッピのからだにぴったりなじむ。おかあさんが手をのばし、おおきな水牛の角のボタンを、ふたつ、みっつ、とめてくれる。

「これから、冷えるからね。しっかり、ここをとめて、あったかくしててね」

ふいにおもう。このボタンの角をはやしていた水牛は、角がとれたとき、いったい、なんさいだったのかな。

気がつけば、おかあさんはいない。横におとうさんもいない。見上げると、おじいちゃん、おばあちゃん、のぶさんにみちよさん、タカシさん、たまさん、パチ、みんなにまじって、おとうさんとおかあさんの顔がみえる。おとうさんの手がすっとまるをかいて、そうして、かぞくも、すんでるところも、どうぶつも、いきてることもしんでることも、ぜんぶこえちゃった、十月十三日の、でたらめなうた声が、光の橋の上からぼくの上にふりそそぐ。まぶしくってぼくは、雨をよけるみたいに、かおのまえに、みぎとひだりのてをかざす。

しあわせな(ハッピー)　たんじょうびを(バースデイ)　きみに(トゥユー)
しあわせな(ハッピー)　たんじょうびを(バースデイ)　きみに(トゥユー)
しあわせな(ハッピー)　たんじょうびを(バースデイ)　きみにおくるよ(ディア)
ピッピ
しあわせな(ハッピー)　たんじょうびを(バースデイ)　きみに(トゥユー)

わらい声があがる。だれかとだれかがコップをうちあわせる。はくしゅが、ゆうがたちかくの川に、ずいぶんながくひびく。

まるでおはなしみたいや、とピッピはおもう。でもちがう、これはおはなしじゃない。なにしろぼくはいまから、おはなしのピッピに、さよならをいいにいくんだから。

おもたくなったリュックをしょいなおし、ピッピに、ピーコートのボタンをたしかめると、ピッピはひとり、あるきはじめる。ここからは、ぼくだけでいかなきゃならない。ぼくひとりだけが、おはなしのピッピに、ほんとうのさよならをたぶん、つげることができるはずだから。

暗くなってくる。歩を進めながら目をやると、河原のそここに、闇のかたまりが吹きだまっている。かすかな風になびく灰色の草が、さふ、さふ、さふ、と足の下で音をたてている。

光の粒が、ひとつ。またひとつ。

こんなきせつなのに、ピッピは胸のなかでつぶやく。

ふたつ、みっつ、そしてもう、数えられない。

「ほたう？」

三歳のころのいいかたで、つい、声が出ている。青白味をおびた、おびただしい蛍の群れが、さらさらと流れる川のうすぐらい土手を、まるで、ピッピに合図を送ってくるみたいに飛びかかっている。

ちがう、ほんとうに、ピッピをこの先へ、導こうとしているのだ。無理なくついていける自然な速度で、蛍の群れは河原を移動していく。ときには凝集、拡散し、ときには地面すれすれにおりて足下を照らしつけながら、行くべき方向を、ピッピの前に指ししめしている。だんだんとピッピは、川上にのぼっていくのか、それとも川下へくだっているのか、そんなことすらも曖昧になってくる。ただひたすら、青白い蛍の光のほうへ、足を動かしていくだけだ。

背の低い木が立っている。気づくとそれは何十、何百本と河原に林立している。立ち尽くしているピッピには、なぜかそれが、オリーブの木なんだってわかる。そう、おとうさんのしてくれた、おはなしにでてくる。ジープからながめる、さばくに、おしっこのまかれた場所に、ばらばらにはえている、「えいえんの木」オリーブ。

「おしっこの場所ってのは、よけいだが。としよりを、こんなにまたせるもんじゃない」

一本のオリーブのかげから、やきゅうのあかい帽子をかぶり、顔の下はんぶん、まっしろなひげにおおわれた、からだのおおきな「がいこくじん」がでてくる。ずいぶんなおじいさんだけれど、ピッピには、このひとも、よはひをこえているってわかる。おとうさんのおはなしでは、ジェリーっていっていた。

「ジェリー」

声をかけてみると、ぐしゃっ、とくしゃみみたいな鼻音を鳴らし、

「自分の名前なんて、もう、わすれちまったよ。さあて、おくりもんだ。おまえさんにじゃないぞ。おまえさんのかたわれにだ」

といって、すべすべのかたいものを、ジェリーがくれるものなら、ピッピのてににぎらせる。わかってる、ジェリーがくれるものなら、ビニール袋をかさかさいわせ、それがいったいなにか、おとうさんのおはなしをきいたピッピには、ようくわかっている。

「おおさむ。おれもほんとに、おしっこしたくなってきたよ。じゃあな」

「ジェリー！　ありがとー！」

せなかをむけかけたジェリーに、ピッピは少し声をはりあげ、

「あのね、ぼく、サッカーより、やきゅーのほうが、すきやで」

「ほう」

ぐしゃっ、また鼻を鳴らし、

「いつかボストンにきたら、このよでさいあくのやきゅうチームをみにいけばいい。じゅみょうがちぢむから。そうだ、おまえさん、いいことをおしえといてやろう」

まっしろなひげに手をあて、めがねをはずし、ひとさし指をまっすぐ前へのばすと、

「いいか、えいごではな、おまえさんのなまえは、おしっこ！　っていみになる！」

ぐしゃっ、ぐしゃっ、音をたてながらジェリーはオリーブの木陰へきえてしまった。

鼻がわるいんでも、かぜなんでもなくて、あれはジェリーのわらい声だったんだ。ピッピはようやく気づく。胸の底からおかしくなる。ひとりで歩いているようにみえても、いや、ほんとうに、そこにたったひとりでも、橋を架けてみれば、ぜんぶひとつにつながっている。ジェリーのくれた「橋」をピーコートのポケットにおさめる。

蛍はまいあがり、よりあつまる。ピッピの前、河原のあしもとから川むこうに、いつのまにか、ほんとうの橋ができている。蛍は橋のらんかんにとまり、ほう、ほう、と呼吸するリズムで光をはなつ。さっきの光の橋も、こうして蛍がとまって白く輝いていたのかもしれない。橋の上には誰もいない。誰のための橋だか、ピッピにはよくわかっている。リュックをしょいなおし、土手をのぼり、青白く光を放つ橋のわたり口に、まよいなく、まっすぐに足をおろす。

ただひとり、息をじっとつめて、川音の上をわたっていく。たちどまるのがこわい、

ということもある。リュックのなかみ、なつかしいみんなに渡されたひとつひとつの「橋」が、ピッピの足に力をくれて、前へ、前へ、やすむことなくいそがせる。リュックのポケットからすいとうをだす。おちゃはホカホカとまだあつい。こんなあついものを、あるきながら、ふつうにのんでる。ぼくは五さいになったんだ。

めのまえを、ほたるが、とおもって、よくよく目でおってみたら、らせんをえがきながら橋の上におりていく。

「ゆきだ」

ほたるがぎっしりはりついていたはずの橋が、いまはすっかり、まあたらしい雪におおわれている。ふりかえるとまっすぐあしもとまで、雪の上に、あしあとがのこっている。リュックをさぐると、おもったとおり、きいろい、フェルトの帽子があった。左右に一本ずつ、どうぶつの耳みたいな、こおにの角みたいな、とんがりがついている。おかあさんがつくった、おとうさんとおそろいの。帽子をかぶるとピッピは、ピーコートの前をあわせ、ころばないよう注意しながら、雪の橋の上をおおまたであるきだす。河原はどっちがわも、雪にけぶってか、よくみえない。こっちがわからあっちへいくのか、あっちがわからこちらへわたるのか。

「おんなじことだよ、上も下も、こっちもあっちも」

声が、耳でなく、からだのしんにじわりとひびく。たちどまり、

「おとうさん？」

「カジどーい！　カジどーい！」

いくつもの合わさった声。夜の海岸を、暗い河原を、目にみえない火玉がでたらめに転がっていく。

「カジどーい！　カジどーい！」

「いーほー、いーほー」

こんどはサイレンがくる。橋のしたをすりぬけていく。何台も、何台も。まっかな音をあげてすべっていくまっしろな「すいせい」。

「ゆきのなかでおとは、ずいぶんとおくまでひびく。ふだん、きこえないところまで」

ピッピのなかにおとうさんの声がひびく。ずっとまえ、まいおちる雪をながめながら、こんなふうに話してくれたことがある、ピッピにはそれが、てにとるようにはっきりとおもいだせる。

「ゆきのひに、おとは、おもいがけないところからやってくる」

おとうさんの声はいう。

「やまみちで、ずっとしただとおもってたパワーシャベルが、めのまえのかどをまがってきたり。いつまであるいても、いつまであるいても、まよこにいるはずの犬の声にたどりつけなかったり」

ピッピはまわりをみる。お祭の笛、電車のきしみ、誰もいないはずの山の上を誰も乗っていないスポーツカーが走りまわるエンジン音。そうか。

「ね、ピッピなら、わかったろう」

おとうさんの声がほほえむ。

「雪の橋は、どのほうこうにむかってでもかかってる。どんなところへも、ぼくたちは、雪の橋をとおってならわたっていける。わかるだろう、これはピッピのための橋だ」

ふみだしてみると、雪は、ほのかにあたたかい。一歩、二歩。おとうさんのしてくれたながい、ながい、おはなし。歩いていくと、ひとつひとつのかけらが、ピッピのなかにうかびあがり、ふゆのよぞらの星座みたいに、それぞれべつの、しんせんなかたちをとって目のまえでかがやく。きこえないけれど、おとうさんのあたらしい声が、ピッピにかたってきかせている。

カメラマンのたなべさんは、いまも河原を走っている。ひろわれたあの子犬とは、さんぽのとちゅう、あいさつをかわしあう。

「シロ」をみつけたおんなのこは、いまでもおとこのこといっしょに、十八さいにくっついている。雪のせなかのやまいぬが、ときどきめんどうをみにやってくる。

革カバーのノートは、こどもの絵、おぼえたての字でいっぱいだ。ぼくのもっている、「けいはん」のノートとおんなじように。

えかきのおじいさんはよはひをこえた。そのえのなかにならこの雪の橋みたいに、いつ、どんなばしょにでもわたってこられる。

犬のかたちの雪の結晶が、いま、ピッピの鼻先におちてくる。ピーコートの上でそれは溶けない。まるで、クリスマスプレゼントのブローチのように、ピッピのひだりむねで輝いてる。

この世でいちばんひどいけいむしょは、きょうも、いっさい声をあげずに、さばくの上をいどうしている。オリーブの種は、あれから十二本あたらしく芽をだした。ことりたちがだんだん、あのさばくにあつまってきていて、だからけいむしょのしゅうじんは、いつのまにか、とりのなまえと、なきごえにくわしくなった。

オオオオオジーは、もちろん、いま、ここに、ぼくといっしょにいる。おはなしのピッピのいばしょを、いちばんよく知っているのは、この、オオオオオジーだ。「ぶんらく」のにんぎょうにも、いのちがあるムスタングにも、オオオオオジーははいっている。タカシさんが踏んであるいていく、「かちこちの冬」のかたい雪の結晶にも。

「おとうさん」

ピッピは声をかけてみる。

「おしっこしたくなった。ここでしてもいいでしょ」

声はかえらないけれど、笑いをかみころしておとうさんがうなずくのがわかる。おかあさんは呆れている。ズボンをおろし、チリチリおしりをくすぐる雪を感じながら、ピッピはちいさなホースをパンツからとりだす。

「ほー、すい！」

ねらいをさだめ、ゆっくりとノズルをうごかして、アルファベットのなかでさいしょにおぼえた字、大文字のPのかたちを、青白い雪の上にえがきだしていく。おしっこのP。ピッピのP。パチのP。ピーコートのP。

橋をわたりきると、切り立ったがけのなかに、いっぽん、雪におおわれた坂道がのびている。こうやさんて、だいたい、こんなかんじなんかな、そうおもいつつ、ピッピはさかをのぼりだす。たったひとり。顔の前にふきだす白い息のつぶが、またたくまに凍りついて、流星みたいにとびかう。

のぼっていきながら、ずっと、かおをあげている。そらがほんのり、ももいろにもえている。サフ、サフ、雪をふむ足音が、やけにおおきくあたりにひびき、ピッピはまるで、橋からみおくってくれたおおぜいと、足をそろえていま、雪道をあるいていく、そんなさっかくをおぼえる。でもそれは、おはなし。ぼくはいま、ほんとうにたったひとり、うすぐらい雪山を、息を凍らせながらのぼっていく。

もう、なんさいとか、わからない。ただ長くのびた、ピッピのじかんだけがある。よはひをこえたじかん。そのはるかさき、なんとなく、ひかっているけはい。だんだんと、外へでていくかんかく。そのいっぽう、なかへなかへ、はいりこんでいくかんかく。

「ちょうどそのあたり」

ふとい声がささやく。

「ちょうど、そのへんでいい」

冷え切ってねばっこい夜気を、むねいっぱいにすいこむ。

そしてはく。声のふるえを、息ぜんたいにはらませて。

「ぴっぴーっ！」

足は雪をふんで、ピーコートにつつまれたからだを、山の上へ、山の上へとはこんでいく。

「おはなしの、ぴっぴーっ！」

さかをのぼりきったところ、うすく、ももいろの光がさしているくぼち。おはなしのピッピが、白いといきを、やっぱり、雲みたいにまきあげながら立っている。山をのぼってきたほんとうのピッピは、はじめてじぶんに会ったうれしさ、はずかしさ、おどろきをのみこむと、おとうさんがおはなしをするときみたいに、ちょっと間をおいて、そしてすばやく、おはなしのピッピにあゆみよる。そうしてピッピは、おはなしのピッピのために、まずかけなくちゃいけない、さいしょのひとことを口にする。

「おたんじょうび、おめでとう、おはなしのピッピ！」

なんさいでもない、よはひをこえた、おはなしのたんじょうび。

「ありがとう！」

おはなしのピッピの声が、びっくりするくらいのおおきさで、雪山ぜんたいに、はんきょうする。

リュックを雪におろす。プラスティックのとめぐをはずす。すべてが、浅い海のそこみたいな、淡い光のもとですすんでゆく。のぞきこんで、うわあ、いっしゅん、息をのむ。

「まず～」

「たまさんから、これ！」

タケマサごうにさしてあった、はた。おはなしのピッピは、おはなし以上のそのはたをたかだかとかかげ、

「シェー！」

と叫んでシェーをする。ほんとうのピッピもシェーする。

パチがくれたのは、まっさらの、スヌーピーがかいてあるボール（あそばずにとっといてくれた）。おばあちゃんふたりからは、おはなしの本『エルマーとりゅう』。

やまぐちせんせいからの、おとうさんのノート。おはなしのピッピはまじめな目で、はじめのページ、にまいめのページをひらき、

「しょうがっこうのおとうさん、じぃ、いまとおんなじや」

「ピッピも、かわらへんしな」

おはなしとほんとうは、いっしょになって笑う。ピッピのわらいごえが、また、雪山ぜんたいにはんきょうし、ももいろの光が、ほんの少しつよくなる。

「さあ、いくよ！」

ピッピはリュックに手をつっこみ、

「じゃーん！」

おおげさにとりだす。

メルセデス190E2・3－16。

スイフトスポーツ。

ムスタングGT。

ハイブリッドの、ダンプカー。

ピックアップトラック。

それに、「いーほー、いーほー」の、きゅうきゅうしゃ。

おはなしのくるまが、エンジン音をひびかせてはしりだす。まっしろいくぼちを、まるでモンテカルロ・ラリーのさいしゅうびみたいに、光、音、雪をまきあげ、ドリフトでせんかいする。

ならんでみつめながら、どちらともなく、うたいはじめている。

「すてきな、たんじょうびを、きみにー」

「すてきな、たんじょうびを、きみにー」

なんさいだろう？　なんさいでもいい。「うた」は、ことば、月日をこえた「おはなし」だ。ライブで、レコードをきいて、ピッピはふかいところでわかっている。「いま」つづいている「えいえん」。うたってさえいれば、ぼくは、ピッピは、いつ、どこまでもひろがっていける。

うたのなかで、ことばはとけ、ゆれうごきふるえる「おはなし」となって、雪山にひびきわたる。「おわり」は「はじまり」につながり、ひとつぶの雪になって、ピッピのまどべにおちていく。

道も、自動車も、石灯籠も草木も、真っ白な、ひとつの風景のなかにとじこめられている。色も、かたちも、すべてが溶け合い、意味をうしない、この世がはじまるときに響いた、大きな声のなかにまた包まれているみたいだ。

「おとうさん、これ、おはなし？」

ほんとうと、おはなしが、「大きな声」のなかでとけあう。まっすぐにのびる「橋」が、「雪の橋」が、あらゆるとき、あらゆる土地をつなぐ。くるまのひびき、犬のほえごえ、うたはすべてをふくみ、ゆきぞらをわたっていく。このせかいは、えいえんにまわりつづける、いちまいのレコードだ。くるまたちも、雪をけたててまわっている。ピッピはいま、そのまんなかにたち、なりひびくうたに、ごくしぜんに、声をかさねている。いくつものおはなしの声が、ふりつもる雪みたいに、その上にかぶさる。

ピッピはポケットから、さいごのたんじょうびプレゼントをとりだし、ピッピにてわたす。すいぎゅうの、つのの、まっしろいボタン。ビニールのふくろに、ボタンといっしょに、かみがいちまい、はいっている。ジェリーのかいてくれた、みじかい、おはなし。

「えいえんの、たんじょうびに、ピッピのピーコートについていた、二ばんめのボタン」

ピッピは、さしだされたボタンをにぎりしめる。ちょうどよくひえた、てのひらといっしょに。はるののばらのような、ももいろの光がつよくなる。このようにして、おはなしはおわる。とどうじに、ピッピのおはなしははじまる。いちまいずつとりかえる、あたらしいレコードのように。くるまと、犬と、へんなひと、ものたちのおはなし。よはひをこえて、なんどもおわり、なんども、うまれかわる。

たんじょうび、おめでとう、おはなし！

解　説

文月悠光

札幌で迎えた二歳の冬。私は初めてのスキーへ連れ出された。赤い橇(そり)を手にご機嫌だった私は、雪山に着いた途端、シクシクと静かに泣き出した。なぜ？　きょとんとする両親を前に、母の腕の中で私は泣き続けたという。得体の知れない、白い物体が空からふありふありと落ちてくる様。それらが頬にひやりと触れる感覚、真っ白な無音空間への畏怖。「怖い」という語彙のない私は、その驚きを涙で訴えるしかなかった。目にするものすべてが非常事態だった。そんな頃の記憶が、ピッピの声と重なった。

「おとうさん、これ、おはなし？」

初めて雪を目にしたピッピ。その一声と共に、たちまち雪の白と、本のページの余白が響き合う。ピッピの目を通して描かれる世界はどれも瑞々(みずみず)しく新鮮だ。世界に対する発見と興奮を隠そうとしない彼の姿が愛(いと)おしい。

〈〇歳児だからわかることがある〉〈シロサイの四十五歳と、わたしの〇歳が、この汀のうちで、ひとつに均される〉（「〇歳の旅人」）。肉体はまっさらにスタートを切るのではない。この身体(からだ)の中にも歴史が潜む。先祖たちの、ひいては惑星のいにしえの記憶まで、肉体は包んでいるのだ。無から自分が発生したと考えるより、むしろ自然な発想だろう。世界に不慣れな幼き者は、肉体の記憶にも敏感なのであろうか。

いしいさんの文章は、五感を絶え間なく刺激してくる。しかし、それは感覚を研ぎ澄まされる印象とは異なる。お風呂のお湯に浸かっていると、水面の揺らめきで、皮膚感覚がぼんやりと拡散される。あのぬるま湯の意識で、思わぬ遠い果てへ届いてしまうのだ。

特に印象的なのが匂いの表現。視覚と比べ、嗅覚情報は言語化しづらい。だからこそ、言葉以前の記憶を喚起する。〈においによって、見なれないその土地の印象は、ことばではとどかない深い記憶としてわたしの底に黒々と刻みこまれる〉〈鼻の奥で「むかし」がふくれ、からだのあちこちに声が散らばります〉〈灰色だった記憶が、香りを振りまかれ、鮮やかな彩りをもってたちのぼる〉〈それはまちがいなく「生きている」〉のだという。匂いによって言葉以前の世界を「生きている」と強く断言するのである。

「六十過ぎの風景画家」では、赤ん坊の強いまなざしと、「空」の出会いに見惚れた。私自身も、電車で見かけた赤ん坊の瞳の強さに胸を衝かれ、こんな詩を書いたことを思い出した。〈まなざしを宿らせたばかりの／赤ん坊の瞳に射抜かれる。／黒目の澄んだ光沢は、／抜ける青空に似て／立ち尽くすわたしを飲み込んだ。〉〈やがて、永遠の朝に目覚めるか。／きみの瞳に／空は帰っていく場所を見つけた。〉（詩「みなしごの惑星」より）。赤ん坊の瞳の中に、この世界全体が息づいているようだった。

「六十過ぎの風景画家」は、創作の歓びも厳しさも克明に描き出す。〈はじまり、と、おわり、を与える。そうすれば、絵はきみの元を離れようが、きみがこの世から歩み去ろうが、きみの絵、でありつづけることができるんだ〉。創作者にとって、何かをかたちづくり完成させることは、「ここで作品を『おわり』にする」という決断の連続だ。けれど、「おわり＝断絶」ではない。「四歳のピーコートのボタン」にはこんな言葉もある。〈詩はわたしの時間にとって、なにかとなにかをつなぐボタンのようなものだから〉。ボタンは記憶を留めながら、新たに付け直すことで、記憶を更新することもできる。ボタンの確かさは、私たちに温かな安心を与える。

一方、画家の姿勢と対照的なのが〈うた〉の世界だ。〈意味や単語なんてどうでもよくって、はじまりや終わりさえどっちでもよくて、それは山や海に、意味やはじまりがないのとちょうど同じ感じだった〉。それはまさに〈ことばの音楽〉。声は留まることなく、流れ去っていくもの。そして再び、風のように訪れる「おわり」なき永遠。どんな唄声だったのだろう。想像させてくれる言葉たちに、心地よく身を任せた。

「三千三百ページのノート」は、読み返す度に発見と驚きをもたらす一篇だった。〈「待つ」。ノートにとって、書かれるのと同じか、それ以上の時間を費やす、いわば本業がこれだ〉。胸が熱くなった。私はいったい、どれくらいの年月をノートに待ってもらっただろう。誰にも見せられない落書きのような言葉、情けない反省の言葉、どんな弱々しい言葉でもノートは待ってくれていた。全身をまっしろに広げて受けとめてくれた。本篇の終わりでは、幼い手がクレヨンで力強い線を引き始める。あたかもノートの余白が、子を産んだように思え、不思議な読書体験だった。

もう一つ、ひと際ぐっときた一篇が「小学四年の慎二」。〈むくりむくりと首の芯から湧いてきて頭蓋骨を満たし、目鼻から噴きだして周囲の光景を別の色に変えてしまう〉ほどの好奇心を持て余す慎二は、日記帳を通して担任の山口先生へ、思いや疑問をぶつけるようになる。

私も山口先生の返信の虜(とりこ)になった。〈いま、ってね、時計の針のことじゃない。わたしたちを太くふくんで、時間の海をはこんでいってくれる、沈まない船のことだよ〉〈わたしたちのいまは、未来にも、過去にものびていく。ふくらんでいく。日記のことばに乗って〉。日記は、時間の海を描き出す地図なのだ。慎二は〈何十億のいとなみ〉に思いを馳(は)せ、宇宙次元にまでたどりつく。その体験が根源的なものとなり、慎二の将来を導いたに違いない。

その視点から「四歳九ヶ月のおとうさん」の冒頭を見てみよう。〈ピッピのおとうさんは、四歳九ヶ月の頃、おはなしを食べて生きていた。「たいふう」を書いたのはそのときだ〉。この「たいふう」は（いしい読者には自明かもしれない）、いしい氏の代表作『ぶらんこ乗り』の一篇「ひねくれ男」にも登場する童話「たいふう」のことだろう。『ぶらんこ乗り』（新潮文庫）の増田喜昭氏の解説には、〈「たいふう」のおはなしとあのひねくれ男の絵は、ほんとうにぼくが四歳のときに描いたんですよ……〉といしい氏が語るエピソードもある。

読者は揺り動かされる。「おはなし」と「ほんもの」の間を。「おとうさん」と作家「しんじ」の間を。「ピッピ」といしい氏の息子「ひとひ」の間を。〈両者のあいだを、ぶらんこみたいに揺れ動いていた〉おとうさん自身のように。

彼は、四歳九ヶ月の自分に向かって呼びかける。〈きみが「おはなし」を書いてくれたから、いまここに、こうして僕がいる〉と。〈「おはなし」を食べて生きるひと、「おはなし」がなければ闇に吸い込まれてしまう、そんなひとがいるかぎり、「おはなし」を書きつづける。「永遠の木」を一本ずつ、砂漠に植えつづける〉。書くことで「おはなし」を永遠に留める。その覚悟に圧倒される。

身体感覚の描写も鮮烈だ。〈洞窟を巡りながら、同時に、自分のうち、からだのなかをさまよっている〉〈自分の足で歩きつつ、声を発する劇場になった気分〉。外へ出る感覚と、中へ入り込む感覚が混ざり合う。外の誰かへ語りながら、自分の内を掘っていく――。息を呑む。これは、「書く」という孤独な営みそのものだ。

詩を書いているとき、私は時間が止まったように感じることがある。あのとき、私は長い「いま」に留まりながら、降りしきる雪に泣き出した二歳の私を、作家を夢見た十歳の私を、現在の二十八歳の私を一手に束ねて、時間を太く太くしていたんだ。それは〈太い柱みたいな「いま」〉にほかならない。

そう、本書において「いま」は一瞬の現在ではない。「三千年生きる」の中で、四人たちは砂嵐に耐えるため手をかたく繋(つな)ぎ、信号を送り合う。その様子を〈とてつもなく太い「いま」に包まれている感じだった〉と形容する。「四歳九ヶ月のおとうさん」では、〈みな、じゅれい何万年の木、「永遠の木」オリーブみたいな、とほうもなく太い、いま、のなかにいた〉と綴(つづ)られている。「いま」に包まれ、守られている私たち。

もう一つ顕著なのは、声や音楽、身体にも果てしない時間を見出(みいだ)す視点。〈女の語りはひとりの声じゃなかった。そこにはあらかじめ、女につらなる一族の声、女から発し、この世をつつんでいく子孫の声がふくまれていた〉というように。「五百歳の音楽」で、楽器職人たちに微笑(ほほえ)みかける樹齢二百年の木は、ヴァイオリンに仕立て上げられ、奏者との出会いを果たす。〈遠いこだまが、木肌の内奥に響きつづけていることを、ヴァイオリニストは初対面のときから知っているし、熱狂する聴衆たちも、そのかけがえのない音色を存分に浴びながら、薄闇のなか、意識しないまま聴きとっている〉。なんて幸福で豊かな「いま」だろう。

おとうさんとピッピの不思議な会話も、そのような文脈で理解した。「おばあちゃんの、おばあちゃんの、そのまたおばあちゃんのなかに、ちいさぁく、ちいさぁく、はいってた」という〈ピッピの頭のなかで、はてしなく連なっている「きのう」の景色〉（「四歳七ヶ月のピッピ」）。読者の頭の中にも果てしなく遠い「きのう」が連なる。私たちは皆「きのう」の景色を抱えて、きょうを生きるのだ。

物語の到達地に描かれているのは〈雪の橋〉。言葉の結晶を集めてできた、雪なのに〈ほのかにあたたかい〉不思議な橋。「どんなところへも、ぼくたちは、雪の橋をとおってならわたっていける」。本読みであれば皆、人知れず渡ってきた、あの透き通るような橋だ。〈ほんとうと、おはなしが〉とけあい、〈「雪の橋」が、あらゆるとき、あらゆる土地をつなぐ〉。物語の無限の可能性が語られ、胸が沸き立った。

本書の最後の一行。ピッピへ、そして読者に向けて、ある祝福の言葉がかけられる。そのとき「ほんとう」の私と、「おはなし」の私の輪郭が確かにぴったりと重なった。書き手でなくても、特別な読み手でなくても、私たちは「自分」という「おはなし」の橋を渡ることができる。そう素朴に信じさせてくれる結末に、安堵（あんど）がおしよせた。

最近ふと思い立ち、自分の名前の漢字の意味を調べてみた。文月悠光の「悠」の字は「遠く長く、つきることのない」時間や距離を含むものだった。漢字の一字さえも、はるかな時間を包んでいる。時間は過ぎ去っていくものでも、後ろ向きに遡（さかのぼ）るものでもない。名前のようにひっそりと背負っていくものであろう。

〈このせかいは、えいえんにまわりつづける、いちまいのレコードだ〉。その「レコード」は、切り株の年輪のように、よはひの線を重ね続けていくものだろうか。木は人の何倍も生き抜く。生きてきた年月が、木の存在そのものを包み込む。年輪のかたちに息を重ねて、声を響かせてみよう。それはレコードのように、私の存在したあかしを再生してくれるだろう。

〈よはひをこえて、なんどもおわり、なんども、うまれかわる〉私たち。「よはひ」を重ねていくこと、老いていくことを、もう恐れない。「おはなしのうえで、ぜんぶつながって、いっぽんなんでしょ?」というピッピの言葉通り。読者の私たちは、一本の橋へみちびかれた旅人なのだから。

この一冊の丘を見渡してごらん。「いま」に太く根ざす言葉たちが、あちこちで青く芽を吹いて揺れている。

（ふづき・ゆみ　詩人）

本書は、二〇一六年一月、集英社より刊行されました。
初出誌「すばる」二〇一三年五月号～二〇一五年一〇月号
（二〇一四年七月号、二〇一五年一月号、八月号を除く）
本書はフィクションであり、実在の個人・団体等とは無関係であることをお断りいたします。

題字／いしいひとひ
本文デザイン／アルビレオ

集英社文庫　目録（日本文学）

集英社文庫　目録（日本文学）

石田衣良　愛がいない部屋
石田衣良　空は、今日も、青いか？
石田衣良他　恋のトビラ　好き、やっぱり好き。
石田衣良　答えはひとつじゃないけれど　石田衣良の人生相談室
石田衣良　逝年
石田衣良　傷つきやすくなった世界で
石田衣良　REVERSE リバース
石田衣良　坂の下の湖
石田衣良　北斗　ある殺人者の回心
石田衣良　オネスティ
石田雄太　桑田真澄　ピッチャーズ　バイブル
石田雄太　イチローイズム
伊集院静　むかい風
伊集院静　機関車先生
伊集院静　宙ぶらん
伊集院静　いねむり先生

伊集院静　愚者よ、お前がいなくなって淋しくてたまらない
泉鏡花　高野聖
一条ゆかり　実戦！恋愛倶楽部
一条ゆかり　正しい欲望のススメ
一田和樹　天才ハッカー安部響子と五分間の相棒
一田和樹　女子高生ハッカー鈴木沙穂梨と0.02ミリの冒険
一田和樹　内通と破滅と僕の恋人　珈琲店ブラックスノウのサイバー事件簿
一田和樹　原発サイバートラップ
一田和樹　天才ハッカー安部響子と2,048人の犯罪者たち
五木寛之　こころ・と・からだ
五木寛之　雨の日には車をみがいて
五木寛之　不安の力
五木寛之　新版　生きるヒント1　自分を発見するための12のレッスン
五木寛之　新版　生きるヒント2　今日を生きるための12のレッスン
五木寛之　新版　生きるヒント3　癒しの力を得るための12のレッスン
五木寛之　新版　生きるヒント4　ほんとうの自分を探すための12のレッスン

五木寛之　新版　生きるヒント5　人生にときめくための12のレッスン
五木寛之　歌の旅びと　ぶらり歌旅、お国旅　東日本・北陸編
五木寛之　歌の旅びと　ぶらり歌旅、お国旅　西日本・沖縄編
伊東乾　さよなら、サイレント・ネイビー　地下鉄に乗った同級生
伊藤左千夫　野菊の墓
いとうせいこう　鼻に挟み撃ち
絲山秋子　ダーティ・ワーク
井戸まさえ　無戸籍の日本人
乾ルカ　六月の輝き
乾緑郎　思い出は満たされないまま
犬飼六岐　青藍の峠　幕末疾走録
井上荒野　森のなかのママ
井上荒野　ベーコン
井上荒野　そこへ行くな
井上荒野　夢のなかの魚屋の地図
井上荒野　綴られる愛人

集英社文庫　目録（日本文学）

S 集英社文庫

よはひ

2019年12月25日　第1刷　　定価はカバーに表示してあります。

著　者　いしいしんじ

発行者　徳永　真

発行所　株式会社　集英社
東京都千代田区一ツ橋2-5-10　〒101-8050
電話　【編集部】03-3230-6095
【読者係】03-3230-6080
【販売部】03-3230-6393（書店専用）

印　刷　大日本印刷株式会社

製　本　大日本印刷株式会社

フォーマットデザイン　アリヤマデザインストア　　マークデザイン　居山浩二

ISBN978-4-08-744058-4 C0193